ALLEY CIZ

NOUVELLE DONNE

DU MÊME AUTEUR

<u>#UofJ Series</u>

Droit au but (Kay and Mason)

Nouvelle Donne (Kay and Mason)

Jouer Pour Gagner (Kay and Mason) *Preorder November 7, 2023*

Sur La Touche (Quinn and CK) *Preorder February 6, 2024*

RÉSUMÉ

@UofJ411 : Depuis quand est-ce que tu lâches le ballon @CasaNova87 ? #PasConcentre #PerdPlusQueDesPoints

J'avais la fille... LA fille.
Kay.
Ma Skittles… MIENNE.
Et puis je me suis pris tous les fantômes du passé en pleine tête, d'un seul coup. C'est comme si j'avais pris une ligne de défense entière sur le dos, *tous les joueurs* en même temps. Maintenant, j'imagine qu'il est temps de changer de stratégie…

Mason Nova est… argh !
Je me suis efforcée de rester loin de lui. J'ai explicitement demandé à mon cœur de ne *pas* tomber amoureux. Et est-ce qu'il m'a écouté ?
NOPE.
Et maintenant, j'ai l'impression de m'être faite écrasée par toute une pyramide de cheerleaders.
Désolée, mec, mais tu n'es **PAS** celui qui me fera changer d'avis sur les gars dans ton genre, en fin de compte.

***NOUVELLE DONNE est le deuxième tome de la série #UofJ et ne peut être lu directement. L'histoire reprend directement à partir du cliffhanger sur lequel se termine DROIT AU BUT. Vous vous*

*demandez si notre trop charmant Casanova parviendra à reconquérir sa reine du sarcasme aux cheveux arc-en-ciel ? Découvrez la suite de leur histoire d'amour dans ce roman seconde chance. Il s'agit du livre 2 sur 3.***

Alley Ciz

Designer couverture: Julia Cabrera at Jersey Girl Designs

Photographe couverture : Wander Book Club Photography

Modèles couverture : Megan Napolitan & Wayne Skivington

Corrections : Amélie Delcroix

Relecture : Valentin Translations

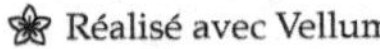 Réalisé avec Vellum

NOTE DE L'AUTEUR

Chère lectrice,

NOUVELLE DONNE est le tome 2 de la série #UofJ. Il vous faut absolument lire le tome 1, DROIT AU BUT, avant de commencer ce tome si vous voulez comprendre l'histoire.

Avec tout mon amour,
Alley

<u>#UofJ Series:</u>

1. Droit au but (Kay and Mason)
2. Nouvelle Donne (Kay and Mason)
3. Jouer Pour Gagner (Kay and Mason)
4. Sur La Touche (Quinn and CK)

<u>BTU Alumni Cameos</u>

BTU1- Power Play (Jake and Jordan) *U of J Jordan Cameo Mention*

BTU1.5- Musical Mayhem (Sammy and Jamie) *U of J Cameo Mention of Jamie's band Birds of Prey*

PSEUDOS INSTAGRAM

CasaNova87: Mason 'Casanova' Nova (TE)
QB1McQueen7: Travis McQueen (QB)
CantCatchAnderson22: Alex Anderson (RB)
SackMasterSanders91: Kevin Sanders (DE)
LacesOutMitchell5: Noah Mitchell (K)
CheerGodJT: JT (James) Taylor
TheGreatestGrayson37: G (Grant) Grayson
ThirdBaseAdam16: Adam
CheerNinja: Rei
TheBarracksAtNJA: The Barracks
NJA_Admirals: The Admirals

PLAYLIST

- "Whip My Hair"- Willow Smith
- "Sing"- Ed Sheeran
- "BLOW"- Ed Sheehan with Chris Stapleton
- "Guys Don't Like Me"- It Boys!
- "Girls Just Want To Have Fun"- Cyndi Lauper
- "Stack It Up"- Liam Payne feat. A Boogie Wit da Hoodie
- "Better Now"- Post Malone
- "Runaway Baby"- Bruno Mars
- "Teeth"- 5 Seconds of Summer
- "Good As Hell"- Lizzo feat Ariana Grande
- "Good Thing"- Zedd with Kehlani
- "Shape Of You"- Ed Sheeran
- "Frustrated"- R.LUM.R
- "Lips On You"- Maroon 5
- "Rumors"- Lindsay Lohan
- "Burn It to the Ground"- Nickelback
- "I Warned Myself"- Charlie Puth
- "Thunderstruck"- AC/DC
- "Blow Your Mind (Mwah)"- Gua Lipa
- "Say Amen (To Saturday Night)"-Panic! At The Disco
- "Papercut"- Linkin Park
- "Paparazzi"- Lady Gaga
- "Close To Me (with Diplo)"- Ellie Goulding feat. Swae Lee

- "Suffer"- Charlie Puth
- "Don't Stop Me Now"- Queen
- "Finesse (Remix)"- Bruno Mars feat. Cardi B
- "Fuck Apologies"- JoJo feat. Wiz Khalifa
- Find Playlist on Spotify

SURNOMS

Mason Nova : Casanova / Mase
Kayla Dennings : Kay / PF / Skittles / Miniature / P'tit Bout
Eric Dennings : E
Christopher Kent : CK
Emma Logan : Em
Quinn Thompson : Q
James Taylor : JT
Tessa Taylor : T
James Taylor, Père : Pops / Pops Taylor
Grant Grayson : G
Dante Grayson : D
Mrs Grayson : Mama G
Mr Grayson : Papa G
Ben Turner : B

KAYLA

« **J**e me suis trompé. »

Me repasser les mots dans ma tête n'atténue pas la souffrance.

« C'est ce que j'essaie de te dire. »

Je l'ai imploré. Et l'ironie, dans tout ça, c'est que c'est M. Casanova en personne, le play-boy du campus, qui m'accuse, *moi*, de le tromper, *lui*.

« Non. Je suis sérieux. Je parle de toi et moi. »

Cette façon de parler de nous de manière dépassionnée me fait de nouveau éclater en sanglots.

« C'est la raison pour laquelle je ne fais pas dans les relations sérieuses. »

Et je pleure encore, et *encore*.

— Aïe ! Mais qu'est-ce que… ?

Je me rends à peine compte que quelqu'un a trébuché sur moi. Ni le bruit d'un corps qui s'effondre sur le sol ni ma propre douleur ne parviennent à mon cerveau, trop occupé à ressasser les récents événements. Je suis littéralement perdue dans ma tête.

« Tu es en train de rompre avec moi ? »

Même encore maintenant, j'ai du mal à me reconnaître dans cette question pathétique.

« *Oui.* »

Un mot, un seul. Une seule syllabe. Une réponse catégorique. Et puis… le néant.

— Kay ?

Attendez une seconde.

Quelqu'un vient de parler. Ce n'était pas une hallucination auditive.

— Kay ?

Je connais cette voix.

— Kay ?

Pourquoi est-ce que JT m'appelle Kay ? Je crois que ce n'est plus arrivé depuis qu'il a eu cette brillante idée de me surnommer PF.

PF.

Penser à mon surnom me fait grimacer.

« *Je ne sais pas. À toi de me le dire, P.F.* » *Mason crache chacune des lettres de mon surnom comme si elles étaient une insulte à son égard.*

Comment deux petites lettres ont-elles pu créer un tel cataclysme, détruire une partie si vitale de moi ?

— Kay, qu'est-ce qui ne va pas ?

Tout.

— Oh mon dieu, Kay.

Em s'accroupit à mes côtés.

— Pourquoi est-ce qu'elle est dans l'entrée ? Elle est blessée ?

Q se pose de l'autre côté de moi.

Je suis toujours dans l'entrée ?

Hum…

Je me demande depuis combien de temps je suis là. S'ils sont tous là, ça doit vouloir dire que le match est terminé, donc cela fait bien plusieurs heures. Je suis *vraiment* restée assise là tout ce temps ?

Et voilà, ça recommence. Je suis retombée dans ce vieux travers dont je semble incapable de me défaire : sous le choc, je me suis renfermée sur moi-même et mes pensées et j'ai perdu la notion du temps, incapable de parler ou de réagir, comme résignée à mon sort.

Que Mason m'ait jetée, même si ça fait mal sur le coup, n'est pas le pire. Le pire, c'est *ça*. Je pensais être devenue plus forte, avoir appris à faire face, à ne plus jamais être victime de mes émotions quand je ne suis plus capable d'en supporter le poids.

— Kay, parle-moi.

Des mains puissantes agrippent mes épaules mais, encore une fois, je suis à peine consciente de ce contact, je suis comme un fantôme qui erre dans les airs et qui observe la scène du dessus.

— Kayla, qu'est-ce qui se passe, bordel ?

Des doigts pincent mon menton et le soulèvent, ce qui m'oblige à quitter le sol des yeux. Ma vision trouble s'éclaircit, le brouillard se dissipe et un nouveau flot de larmes se met à couler sur mes joues quand je rencontre deux yeux inquiets couleur whisky.

Impuissante, incapable d'arrêter le torrent de larmes, je reste là à le regarder qui contemple les gouttelettes tomber sur ma poitrine. On dirait un robinet qui fuit, impossible à fermer.

— Pourquoi est-ce que tu pleures ?

Parce que…

Je ne réponds pas. Je n'arrive même pas à y penser… comment suis-je censée le verbaliser ?

— Em, regarde s'il y a du nouveau sur Insta, lance JT, qui fait de son mieux pour reconstituer le puzzle alors qu'il n'a ni l'image de référence ni les pièces.

« Est-ce que tu as seulement été réellement harcelée ? Ou c'était une histoire bien pratique pour éviter que je parle de nous sur les réseaux sociaux ? »

— Rien de neuf depuis qu'ils ont découvert qu'elle était la PF Dennings de la NJA.

Je sursaute à ce nom, véritable réponse pavlovienne. Je ferme les yeux pour essayer d'annihiler la douleur, puis je me force à les rouvrir et à les verrouiller sur mon plus vieil ami, pour m'ancrer de nouveau dans le présent.

— Ça n'a aucun sens.

JT passe une main frustrée dans ses cheveux.

— Elle ne serait pas dans cet état-là juste pour ça. Il a dû se passer quelque chose.

On a juste brisé mon cœur en mille morceaux.

— Est-ce qu'il ne faudrait pas appeler Mason ? demande Q.

Je sursaute dans les bras de JT. Pourquoi est-ce que je lutte contre cet engourdissement qui menace ? Je devrais céder, le laisser m'emporter à nouveau pour que je puisse arrêter de souffrir.

— Il ne répond pas.

La voix de Q semble venir de l'intérieur d'un tunnel, mais j'enregistre tout de même cette information qu'elle transmet à JT.

Bien sûr qu'*il* ne répond pas.

— Essaie encore, réclame JT.

Je devrais leur dire de ne pas s'embêter avec ça, parce qu'il ne répondra pas. Mase… *Non !* Il faut que j'arrête de penser à lui en tant que Mase, c'est Mason maintenant. *Mason* ne répondra pas, parce que lui et moi, c'est fini.

« *Tu es en train de rompre avec moi ?* »

« *Oui.* »

— Kayla, je te jure que si tu ne te décides pas à ouvrir la bouche et à m'expliquer ce qui se passe immédiatement, j'appelle E.

La menace est suffisante pour faire éclater la chape de brouillard qui m'entoure.

— Tu peux arrêter avec tes Kay et autre Kayla ? Ça me fait flipper.

JT s'affaisse comme un ballon qui se dégonfle, son corps bascule vers l'avant et il vient poser sa tête sur mon ventre tandis que l'air qu'il a déplacé fait onduler le tissu de mon pantalon de survêtement.

« *JT est juste un ami. Il est autant un frère pour moi qu'E.* »

« *Ouais, et dans la chanson de Biz Markie, c'est exactement ce que dit la salope quand elle est en train de coucher avec l'autre mec.* »

— Putain, Kay.

JT passe ses bras autour de mes hanches et il s'accroche à moi comme si c'était lui qui avait besoin d'une bouée de sauvetage et pas moi.

— Tu recommences.

Je lève une main et je la passe dans ses cheveux roux foncé, à l'arrière de sa tête, là où ils sont courts. Si le geste l'apaise lui, c'est davantage pour moi que je le fais, pour me rassurer sur le fait qu'il est bien réel. Aussi proche que je sois d'E, c'est JT qui a toujours été mon point d'ancrage.

Notre amitié n'est peut-être pas la plus conventionnelle au monde, mais elle est purement platonique. JT est mon frère, même si nous n'avons pas de lien de sang.

Mason n'est pas la première personne à imaginer que ma relation avec JT va plus loin que ce n'est réellement le cas. Néanmoins, il y a une vraie différence entre *imaginer* des choses, et les *croire.* Je sais qu'il lui manque des éléments, parce que je ne lui ai pas tout dit à propos de la façon dont les choses ont dégénéré après la mort de mon père et les événements qui m'ont amenée à supprimer mon compte Instagram… Mais, sérieusement, après toutes les histoires que je lui ai racontées sur JT et moi, et comment nous avons grandi ensemble… Comment peut-il arriver à une telle conclusion ?

« C'est comme si tu refusais que je parle de nous sur mon compte parce que tu avais peur que ton autre petit ami le découvre. »

Je ne suis pas une menteuse, et je ne suis certainement pas une tricheuse. Que Mason m'accuse des deux me fait vraiment mal. Oui, j'ai gardé des parties de mon passé dans l'ombre. C'était une façon de me protéger, de me débarrasser de cette étiquette de victime qui me collait à la peau, de garder mon cœur en sécurité.

Ça m'a fait beaucoup de bien.

— Que s'est-il passé ?

JT tente à nouveau de me faire parler.

Em et Q s'agitent, incertaines quant à ce qu'elles doivent faire, et je ne peux pas leur en vouloir. Elles savent à quel point le lycée m'a détruite, et c'est déjà difficile en soi. Mais en avoir été témoin, comme JT ? C'est d'un tout autre niveau. Aussi graves que les choses aient l'air d'être à cet instant précis, c'est loin d'être ce que j'ai vécu de pire.

— J…

Je trébuche sur cette lettre unique, ce qui montre bien combien je suis désespérée. C'est aussi rare pour moi de ne pas mettre le T à la fin de son nom que de m'appeler Kay pour lui.

JT me soulève du sol en marmonnant un juron et me pose sur ses genoux pour me bercer doucement. Mon nez effleure la peau dénudée par le V du col du sweat-shirt de son uniforme de cheerleader, et son odeur familière, mélange de transpiration et de savon à l'eucalyptus, m'empêche de m'effondrer totalement.

— Qu'est-ce que je peux faire ? De quoi as-tu besoin ? me demande-t-il, affolé par l'anxiété qui se dégage de moi.

— Maison, sangloté-je.

Je ne peux pas rester ici, là où je suis tombée amoureuse de Mason, entourée de souvenirs qui peuvent paraître anodins mais qui sont pourtant lourds de sens.

— D'accord.

Avec une facilité que seule une personne habituée à lancer des filles en l'air peut dégager, JT se lève en me tenant toujours dans ses bras, et suit Em jusqu'à ma chambre.

Si la douce sensation de la couette en duvet d'oie offre un soulagement immédiat à mon coccyx endolori après avoir passé des heures sur un sol dur, le répit est de courte durée car je suis immédiatement assaillie par mes souvenirs.

Mase... Putain ! *Mason et moi en train de travailler sur nos cours.*

M-A-S-O-N me demandant d'être sa petite amie.

La première fois que nous avons dormi ensemble.

Notre première fois.

Putain ! Il faut que je sorte d'ici.

Em et Q s'agitent dans l'embrasure de la porte, leurs regards inquiets rebondissant entre moi, assise sur le lit, et JT qui s'affaire dans ma chambre pour me préparer un sac de voyage et récupérer mon sac à main et mes clés. Il glisse ensuite mes Converses noires et blanches à mes pieds.

Je laisse échapper un long gémissement de souffrance lorsqu'il essaie de m'enfiler le sweat à capuche de Mason. Des question dansent dans ses yeux, mais heureusement, il s'abstient de les poser, et récupère mon propre sweat-shirt aux couleurs de l'université de Jersey dans le placard.

Il ajuste la capuche pour cacher mon visage puis tire sur les cordons pour la resserrer. Il me reprend dans ses bras, me serre contre lui et fait passer mes deux sacs sur son épaule, ainsi que le sien, qu'il a laissé tomber devant la porte, puis nous fait sortir de l'appartement.

Je me rappelle vaguement qu'il a promis aux filles de les appeler plus tard, mais c'est la dernière chose dont je me souviens. Entre cet instant-là et le moment où nous sommes arrivés à la maison, ce n'est même pas flou : je n'ai aucun souvenir de l'heure de route, tout n'est plus qu'un trou noir.

Une main qui serre la mienne me ramène au présent, et je cligne des yeux jusqu'à parvenir à voir la maison des Taylor. Je m'appuie sur l'appui-tête et j'essaie de répondre au sourire encourageant de JT par un sourire reconnaissant. Je ne saurais pas dire si j'ai effectivement réussi à sourire, mais il vient encore de démontrer à quel point il me connaît bien. Je n'ai pas dit un mot concernant la fin de ma relation avec Mason, mais il a quand même senti que je n'étais pas capable d'aller chez moi, à quelques rues de là.

Rosie tourne au ralenti dans l'allée, la chaleur qui s'échappe de la ventilation fait voler légèrement les boucles qui pendent mollement autour de mon visage, tandis que JT attend que je sois prête à quitter la voiture.

Je fais un signe de tête presque imperceptible, et il prend nos sacs sur le siège arrière puis fait le tour de la Jeep afin de m'ouvrir la porte pour que je puisse descendre.

Il m'ouvre les bras et je me laisse tomber contre lui, les doigts serrés dans le tissu du dos de son sweat-shirt bleu de l'université du Kentucky. Béni soit son stoïcisme : je pleure et me mouche dans son sweat ; et il ne bronche même pas.

Les frissons qui secouent mon corps finissent par s'estomper alors qu'il me serre contre lui. Une fois que je suis assez calme, il me libère en me tapotant le dos.

Le bruit de la porte d'entrée qui s'ouvre attire l'attention sur notre arrivée, et Pops entre dans l'entrée quelques secondes après nous.

— Jimmy, mon garçon.

Pops prend automatiquement JT dans ses bras, mais son humeur joviale retombe en même temps que son sourire quand il me voit.

— Qui dois-je tuer ?

Sa réaction instinctive et sans ambiguïté amène le premier tressaillement à mes lèvres.

— Papa, prévient JT.

— Viens ici, ma petite chérie.

Je vais vers lui sans hésiter et je m'abandonne à son étreinte toute paternelle. Pops était le meilleur ami de mon père et il a toujours fait partie de ma vie, il est comme un second père pour moi. C'est parce qu'ils étaient amis de longue date que JT et moi sommes devenus meilleurs amis *à la vie à la mort*.

— Les enfants, vous voulez manger quelque chose ? propose Pops en se dirigeant vers la cuisine, à l'arrière de la maison.

Je n'ai pas faim, les nœuds dans mon estomac prennent bien trop de place pour que je sois capable d'avaler quelque chose. Mais je le suis quand même et m'assieds sur l'un des tabourets du comptoir. Je concentre toute mon énergie à inspirer et expirer, tout pour ne pas succomber au stress que je sens monter en moi.

Je n'arrive toujours pas à croire que tout ce qui vient de se passer est vraiment arrivé.

— Merde, Kay.

Tessa se précipite sur moi à l'instant où elle me voit. Je dois être plus mal en point que je ne le pensais si les deux enfants Taylor m'appellent Kay.

— Et moi, je suis quoi, une potiche ? demande JT en réponse à la prière silencieuse *S'il te plaît, je ne suis pas capable de supporter ça maintenant* que je lui adresse par-dessus l'épaule de T. Je n'ai pas droit à un câlin ?

— Tu es un crétin, rétorque T, mais elle me lâche quand même pour aller vers lui.

Les frère et sœur Taylor sont un intéressant mélange de leurs parents. Les yeux de JT ont la teinte whisky de ceux de leur mère, tandis que ceux de Tessa sont plutôt d'un bleu nuit profond hérité de son père. Le roux sombre profond des cheveux de JT est issu d'un mélange de la riche chevelure brune de Pops, qui est maintenant grise aux tempes, avec les mêmes cheveux blond-roux dont Tessa a hérité de sa mère.

— Viens.

JT relâche T et me tend la main pour que je la prenne.

Avec les Taylor, je n'ai pas à m'inquiéter de ce qu'ils vont penser de moi si je n'ouvre pas la bouche, alors je suis JT à l'étage.

Le chemin qui mène à sa chambre est aussi familier que celui qui mène à la mienne, la porte étant encore entrouverte depuis que j'ai dormi chez lui l'autre nuit, alors que Pops était de garde à la caserne. J'enlève mes baskets tout en me dirigeant vers le lit, et je les laisse là où elles tombent, avec mon sweat-shirt.

Je me glisse sous les couvertures et j'enfouis mon visage dans l'oreiller de mon côté du lit. Un mur de chaleur m'enveloppe par-derrière alors que JT se glisse à côté de moi et attire mon corps tout contre le sien. Je serais incapable de dire combien de fois JT et moi avons partagé un lit au cours de nos vies. La plupart des parents préfèrent éloigner leurs bébés des autres quand ils sont malades, mais ce n'était pas ainsi que nos mères procédaient. Le seul moyen d'obtenir que l'un de nous dorme était que l'autre soit dans le même berceau.

Comme des années auparavant, être là dans les bras de JT permet à la sensation d'oppression de s'estomper. J'ai un peu moins l'impression que quelqu'un m'a déchiré la poitrine pour serrer mon cœur dans son poing. Ce qui ne m'empêche pas de laisser s'échapper de petits gémissements involontaires de temps à autre.

— Je veux savoir ce qu'il s'est passé, Kay.

Merde ! J'ai horreur qu'il m'appelle Kay.

— Mason… croassé-je, incapable de continuer tellement prononcer son nom me fait aussi mal que si l'on m'avait frappée. Il a… rompu avec moi.

— Bordel de merde.

JT laisse échapper un sifflement entre ses dents. Il ne s'attendait manifestement pas à ça.

— Il pense que si je ne l'ai pas laissé poster des photos de nous sur son Instagram, c'est parce que j'avais peur que toi, tu les vois.

Je ne parviens pas à empêcher l'image des yeux verts habituellement pétillants de Mason, éteints par la colère, de s'imprimer dans ma tête et de me transpercer comme un couteau brûlant.

Il était tellement en colère, il a été si cruel.

— *Pardon ?*

L'incrédulité dans la voix de JT apaise un peu la douleur.

— Il pense que toi et moi, nous sommes en couple, et que toute l'histoire autour de mon nom et de mon surnom était un moyen de vous tromper tous les deux.

Des vagues de colère se dégagent de son corps à mesure que je parle. Même si j'ai techniquement un mois de plus que lui, JT m'a *toujours* traitée comme sa petite sœur, *exactement* de la même manière qu'E. Honnêtement, c'est peut-être ça qui rend la réaction de Mason encore plus douloureuse.

Pourquoi ne m'a-t'il pas fait confiance ? Pourquoi n'est-il pas venu me voir pour me demander des explications, au lieu de sauter aux conclusions ? Qu'il ait automatiquement pensé au pire sans me donner une chance de lui expliquer me tue.

Putain de réseaux sociaux. Je les ai littéralement *en horreur*. Pourquoi Mason aime-t-il tant aller là-dessus ? Est-ce que ça cessera un jour d'être le fléau de mon existence ? Est-ce qu'ils n'ont pas déjà fait assez de dégâts dans ma vie ?

— Il a dit que c'était une erreur de sortir avec moi.

Je renifle, pour essayer de dégager mon nez et parvenir à

respirer. Le coton de la taie d'oreiller est déjà trempé sous ma joue, les larmes ayant recommencé à couler dès que j'ai été en sécurité dans la chambre.

— Le côté positif, c'est qu'au moins celui-là ne m'utilise pas pour se rapprocher d'E.

— *Salopard*, jure JT dans un souffle. Je vais le buter.

Si j'apprécie qu'instinctivement JT vole à mon secours, j'en ai assez de ressasser toute cette histoire. Je ferme les yeux, mon corps tout à la fois engourdi et hurlant de douleur. Pour l'instant, je veux juste dormir et profiter du répit apporté par le sommeil, même si ce n'est que pour quelques heures.

CHAPITRE 2

MASON

Souffrance.

Le visage souriant de Kay sur l'Insta de JT.

Je ne ressens plus que de la souffrance.

Pourquoi est-ce que lui peut poster des photos d'elle alors que nous nous sommes disputés quand j'ai voulu le faire ? En quoi est-ce juste ?

J'ai mal partout à m'être puni moi-même en salle de musculation et ensuite à l'entraînement, mais c'est mon cœur qui me fait le plus souffrir. Kay lui manque.

Bordel… Kay *me* manque.

PF Dennings. JT Taylor et PF Dennings – @CheerGodJT et @FlyerQueenPF – ont gagné plusieurs titres de champions du monde.

PF Dennings.

PF Dennings, coach à la NJA.

Il me faut quelque chose pour oublier tout ce qui est en lien avec Kay : elle s'est fichue de moi, c'est terminé. Je prends ma voiture et je vais directement au magasin de spiritueux le plus proche pour m'acheter la plus grande bouteille de Jameson que je parviens à trouver.

C'est une histoire à la Chrissy/Tina, encore.

Pour l'instant, je n'ai rien dit à personne. Je me contente de monter dans ma chambre avec ma bouteille de whisky, et je m'y enferme avec elle.

PF. P. F. P putain *de F.*

Pour éviter de céder à la tentation de me torturer en regardant des posts de « Kay » et de son « ami », j'éteins mon téléphone et je m'installe confortablement pour me saouler et trouver le réconfort que seul un bon moment d'ébriété peut apporter.

Bordel, ça craint salement.

Chapitre 3

UofJ411 : Plus d'infos #CracherLeMorceau #CopineMystereDe-Casanova

REPOSTÉ : photo issue de l'IG de JT, de lui et Kay dans leurs uniformes des Admirals après avoir remporté les championnats du monde – CheerGodJT : Moi et @FlyerQueenPF, on a déchiré et on s'est fait un nom ! J'adore cette fille !! #ChampionnatsDuMonde #CheerWorlds #intouchables #NousSommesLaReference #MeilleursAmisAuMonde

@The_book_queen : Elle ne s'appelle pas PF. On était au lycée ensemble. Elle s'appelle Kayla Dennings. #CopineMystereDe-Casanova

@The-mumma-life : Oh putain, elle est de la famille du Eric Dennings qui joue pour les Baltimore Crabs ? #CopineMystereDe-Casanova

UofJ411 : Véridique. #FrereEtSoeur #CopineMystereDeCasanova ***vieille photo de E dans sa tenue de football de Penn State, un bras passé autour de Kay avec son propre maillot #87 et qui sourit à la caméra.***

@_The_art_of_reading_ : Oh merde, c'est elle ! Regardez cette vieille photo d'eux qui date de l'époque où il jouait à Penn State #FraterniserAvecLEnnemi #CopineMystereDeCasanova

@UnCheckedOther : Est-ce qu'elle ne serait pas une espionne à la solde des Nittany Lions ? Est-ce que ce n'est pas pour ça qu'elle sortait avec @CasaNova87 ? #AgentSecret #CopineMystereDe-Casanova

@Work2play : Est-ce qu'on est bien sûrs que c'est une seule et même personne ? #VraiOuFaux? #CopineMystereDeCasanova

@Lala_powergirl : Est-ce qu'elle s'est mise avec @CasaNova87 parce qu'il portait aussi le #87 ? #NombreMagique #CopineMystere-DeCasanova

UofJ411 : Nous avons la preuve que @FlyerQueenPF et Kayla Dennings, alias la petite sœur d'Eric Dennings, SONT bel et bien la même personne. #QueDitesVousDoncDeCa? #CopineMystereDe-Casanova

vieille photo d'E et Kay dans son uniforme de la NJA en train de faire des grimaces à l'objectif

@_Bdsmbutch : C'est bien la même personne. #MystereResolu #CopineMystereDeCasanova

CHAPITRE 4

KAYLA

C'est l'odeur du café, suivie des mouvements du matelas derrière moi, qui me tirent du sommeil. Pendant quelques bienheureuses secondes, ma seule préoccupation est de sortir des limbes du sommeil. Et puis les murs bleu pâle de la chambre de mon meilleur ami redeviennent nets, et les événements de la veille s'abattent sur moi comme une enclume tombe sur la tête des héros dans les vieux dessins animés.

La vidéo de JT et moi en pleine séance de stunt au Huntington.

Les gens qui font le lien entre moi et PF Dennings.

Mas… *Mason* qui rompt avec moi.

« *Je me suis trompé.* »

J'enfouis mon visage dans l'oreiller, dans l'espoir que le sommeil me reprenne pour que je puisse retourner dans l'oubli. Mon corps entier me fait mal comme si j'avais passé toute une journée à faire des exercices de musculation.

Une main douce lisse ce qui, j'en suis sûre, est un fouillis de boucles sur mon visage et les met derrière mon oreille.

— PF, dit JT en exagérant la façon dont il le prononce, comme d'habitude.

Au moins, il a cessé de m'appeler Kay. J'espère que c'est bon signe.

Je dois lutter pour rouvrir les yeux. Ils sont douloureux et ils me brûlent, tellement j'ai pleuré avant de finir par sombrer dans le sommeil. Ils doivent probablement être gonflés et me faire ressembler à Will Smith dans *Hitch*.

JT soupire quand le son d'une vibration résonne dans la pièce. Je sais que c'est un téléphone, mais je ne sais pas si c'est le sien ou le mien.

— Je sais que tu n'en as pas envie, mais il faut que tu te lèves. E a passé sa matinée à essayer de te joindre.

Je pousse sur mes bras pour m'asseoir, j'écarte grossièrement le reste de mes boucles rebelles de mon visage et j'accepte avec reconnaissance la tasse de café salvateur qu'il me tend. Je m'agrippe à la tasse *Je suis pompier et papa, rien ne me fait peur* de Pops. Dans cette famille, nous ne faisons pas que dans les t-shirts humoristiques.

— Je suppose que tu lui as parlé de ce qui s'est passé avec… Mason ?

Prononcer son nom est aussi douloureux aujourd'hui qu'hier.

Putain ! Le lendemain d'une rupture craint autant que le jour où c'est arrivé.

Le proverbe dit bien que *le temps guérit toutes les blessures* ? Eh bien, j'aimerais autant que le temps se dépêche. Je sais, je sais, je ne suis pas raisonnable. Je suis sûre que vous me pardonnerez : j'ai le cœur brisé et pas assez de caféine dans le sang. Au moins, je suis assez mature pour ne pas dire que c'est la pire chose qui me soit arrivée, c'est déjà ça.

— Non.

JT renvoie un autre appel vers la messagerie vocale.

— Vu tout ce qui s'est passé, j'ai pensé qu'il n'avait pas besoin d'avoir cette information en particulier. Je me souviens de comment il a réagi après l'histoire avec *l'autre*, crache-t-il, sachant qu'il ne faut pas prononcer le nom de mon ex en ma présence, et je n'avais aucune envie d'être celui qui allait le faire plonger dans la folie.

E n'est pas la personne la plus raisonnable qui soit quand il est question de moi. Logiquement, je sais qu'il ne peut rien faire à Mason, mais il n'a pas laissé quelque chose d'aussi trivial que la logique l'empêcher d'essayer de faire retirer sa bourse à *l'autre*.

Je suis assez mesquine pour être déçue qu'E ne soit pas arrivé à ses fins il y a quatre ans, les règlements de la NCAA étant trop stricts pour qu'il puisse y parvenir.

Je prends subitement conscience du reste de ce qu'a dit JT, et je sursaute. Je lève prudemment les yeux, et la tête qu'il fait, comme s'il avait mordu dans quelque chose de très acide, suffit presque à ce que je dégonfle de poser la question qui me brûle les lèvres.

— Qu'est-ce que tu veux dire par « tout ce qui s'est passé » ?

Il jette un coup d'œil à l'écran noir de son téléphone puis repose ses yeux sur moi.

— Tu as été démasquée.

La façon dont il choisit de le formuler arriverait presque à m'arracher un gloussement. Et fait renaître un peu d'espoir en moi. J'ai passé une journée abominable hier, mais au moins je sais maintenant que j'ai grandi, même si ce n'est que marginalement, par rapport à la fille que j'étais au lycée. Parce que si ce n'était pas le cas, à cet instant précis, je serais toujours une chiffe incohérente cachée sous les couvertures de JT.

— Tu essaies de me dire que tu n'as *pas* gardé la Kayla Dennings qui a un lien de parenté avec Eric Dennings cachée dans un placard sous l'escalier ?

— Tu es une telle Potterhead.

Je me frotte les yeux pour essayer d'en chasser les réminiscences du sommeil, et je grimace sous la douleur.

— Toi aussi. Je n'ai pas souvenir d'avoir jamais été seule à l'Espresso Patronum, frangin. Tu es toujours sur le siège passager.

Oh, comme j'aime le café de Lyle. C'est un lieu agréable et un peu magique. Sauf que penser à ça, ou à tout ce que j'avais en commun avec Mason, ne fait que me faire penser à lui, *encore*.

— Viens, lance JT en me tendant la main pour que je la prenne. Lève-toi. Bois ça et essayons de faire en sorte d'empêcher E de venir ici et de te jeter sur son épaule pour te ramener dans le Maryland avec lui.

Depuis la mort de papa, E a fait beaucoup de choses pour « prendre soin de moi », mais faire appel à Jordan Donovan est certainement ce que je pourrais qualifier de cerise sur le gâteau. Tu parles d'une réaction excessive !

Lorsque j'ouvre la porte de la maison des Taylor, je me retrouve nez à nez avec la reine des relations publiques, spécialiste du hockey sur glace. Il est facile de comprendre qu'elle est une force à ne pas négliger, quand on voit la hauteur de ses talons aiguilles, la coupe nette de son pantalon cigarette à carreaux noir et blanc, sa chemise en soie blanche et sa veste en cuir noir.

Dire que je me sens mal fagotée à côté d'elle avec mon legging noir et un des sweats à capuche de la NJA de JT, en chaussettes, est un euphémisme.

Je n'ai pas eu beaucoup d'interactions avec Jordan depuis qu'elle s'occupe des relations publiques d'E, mais le sourire qu'elle m'adresse en entrant est empreint d'une affection digne d'une matrone, alors qu'elle n'a même pas trente ans.

Sachant qu'il n'y a aucun moyen d'éviter la conversation à laquelle j'aimerais pourtant bien pouvoir échapper, je la précède vers la cuisine.

JT est appuyé contre le comptoir, les pouces en train de voler sur l'écran de son téléphone. Il est probablement en train d'envoyer un texto à E, ce qui m'évite d'avoir à faire semblant que je vais bien avec mon frère.

Il lève les yeux quand nous entrons, ses doigts s'arrêtent et il me jette un coup d'œil rapide pour s'assurer que je vais bien avant de recommencer à taper. JT m'a peut-être poussée à organiser cette réunion avec Jordan moi-même pour avoir la main sur les événements, mais cela ne l'empêche tout de même pas de rester dans les parages au cas où j'aurais besoin de lui.

— Alors…

Jordan tire l'une des chaises en bois, pose sa veste sur le dossier et s'installe tout en ouvrant la pochette d'un iPad que je ne l'ai même pas vue sortir de son sac.

— Il faut que je te dise que ton frère a émis un certain nombre de, comment dire…

Elle marque une pause, comme si elle réfléchissait à la meilleure façon de formuler ce qui, j'en suis sûre, était une demande de E.

— ...d'*opinions*, concernant la façon dont nous devrions gérer ta récente résurgence d'exposition sur les réseaux sociaux.

— Ça, je me doute qu'il doit avoir pas mal de choses à en dire, dis-je tout en agitant la tête et en m'asseyant en face d'elle. Et c'est une façon très professionnelle de qualifier les trolls d'Internet.

— C'est parce que je *suis* une professionnelle, sourit-elle tout en me faisant un clin d'œil.

Encore une fois, son attitude calme et assurée me met à l'aise au lieu de me donner envie de me cacher dans un trou de souris à la simple mention des réseaux sociaux.

Cela peut sembler puéril de s'inquiéter de ce que les gens publient sur moi sur internet, mais je suis bien placée pour savoir à quel point cela peut impacter la vie d'une personne. Mason a eu beau essayer de banaliser ce que j'ai vécu...

« Est-ce que tu as seulement été réellement harcelée ? Ou c'était une histoire bien pratique pour éviter que je parle de nous sur les réseaux sociaux ? »

...rien ne pourra changer ce qui m'est arrivé. Il pourra en douter tant qu'il veut, ou me dire que je n'ai pas réellement été harcelée, cela fera toujours partie de mon histoire.

Est-ce que je pense que E réagit de manière excessive en appelant Jordan à la rescousse ? Oui, je l'ai déjà dit. Cela dit, si je n'avais pas craint que les gens découvrent que je suis sa sœur, je ne me serais pas cachée de cette façon, jusqu'à garder des pans entiers de ma vie dans l'ombre.

Une main réconfortante se pose sur mon poignet.

— Je sais qu'Eric ne m'a engagée qu'après que tu t'es retrouvée dans la tourmente, mais je me souviens des articles et des *histoires* que nous avons fait en sorte d'enterrer dans les dernières pages des moteurs de recherche, dit-elle d'un ton qui dit clairement ce qu'elle pense de la presse à scandale. Et si aujourd'hui, tu n'attends rien de plus de nous que ça, nous ferons en sorte de refaire ce même travail.

Les gros titres défilent dans ma tête, sous la forme d'un genre de montage cinématographique composé de coupures de journaux et d'articles de magazines. Le drame qui a entouré la mort de mon père et le procès qui s'est ensuivi, combinés aux histoires avec Liam, son infidélité et le harcèlement que j'ai subi ensuite, il y avait matière pour un sacré mauvais téléfilm. Dieu merci, *Life-*

time n'a jamais eu vent de l'histoire. Des frissons courent sur ma peau rien qu'à l'idée que cela aurait pu arriver.

— Ça me va.

C'est vrai. S'il y a bien quelque chose que je ne veux pas, c'est que l'on me rappelle, à moi et aux autres, combien j'étais tombée bas dans ma dépression. Néanmoins, j'aimerais que voir déterrer des histoires embellies ou fabriquées de toutes pièces soit la seule chose à laquelle je doive faire face.

— Mais ce qui m'inquiète le plus aujourd'hui, c'est de savoir comment ces trolls d'internet vont affecter ma vie. J'ai supprimé tous mes comptes sur les réseaux sociaux il y a des années, et pourtant… nous en sommes quand même là.

Tout cela arrive parce qu'il y a des gens qui postent sur moi, qui font remonter de vieilles photos et publications tout en essayant de leur donner un sens qui soit d'actualité. Cela m'a déjà coûté l'homme que j'aime, quoi d'autre maintenant ?

— Il existe plusieurs écoles concernant la meilleure façon de gérer ça, et je peux rester ici à te donner des faits et des statistiques jusqu'à ce que mort s'ensuive.

Une lueur, presque malicieuse, brille dans ses yeux noisette alors qu'elle se penche en arrière sur sa chaise.

— Eric a été *très* clair sur ce qu'il pense que tu devrais faire, mais… en fin de compte, c'est à toi de décider.

À mon avis, la description que fait Jordan de la réaction de mon frère est très édulcorée. Le nombre d'appels qu'il a réussi à passer aujourd'hui alors qu'il est à l'entraînement est stupéfiant. Heureusement que JT me sert de tampon, car je n'ai aucune envie de savoir tout ce que E aurait réussi à me dire avec tous ces appels.

Je déteste avoir l'impression qu'on me force à prendre une décision qui devrait être sans conséquence et qui pourtant est critique.

J'ai des crampes d'estomac, et le peu que j'ai réussi à avaler avec ma deuxième tasse de café menace de réapparaître quand des réminiscences du lycée explosent dans ma tête.

Coincée dans les toilettes des filles.

Le moqueur : « Si je te baise assez bien, tu crois que ton frère pourra glisser un mot en ma faveur aux recruteurs de l'université ? »

Les chuchotements : « C'est mignon que tu aies cru être assez bonne pour t'approprier un mec comme Liam Parker. »

Des téléphones constamment pointés dans ma direction, dans l'attente du moindre moment digne d'un GIF ou d'un mème.

Sous l'épais coton bleu camouflage de mon sweat-shirt, ma peau se couvre de chair de poule et un filet de transpiration coule le long de ma colonne vertébrale.

Avant, j'étais cette fille capable de se faire des amis en toute situation. Je m'épanouissais dans tout ce qui était interactions sociales.

À l'exception de la femme assise à côté de moi, vous auriez du mal à trouver une sœur plus fière de son frère ou plus prompte à vanter ses mérites.

Et puis… papa est mort.

E et moi sommes toujours aussi fiers l'un de l'autre, mais c'est devenu une affaire privée.

Je ne suis pas la première fille à souffrir après avoir perdu son père, et malheureusement, je ne serai pas la dernière. C'est juste que sa mort a été l'étincelle qui a mis le feu à ma vie.

En me trompant, Liam ne m'a pas seulement trahie sur le plan affectif. Non, il m'a trahie au plus profond des choses, au-delà même du strict minimum de la décence.

Qui a été la source de choix pour la presse et autres paparazzi, ceux qui recherchent des ragots juteux qui font vendre ou des photos de l'un des meilleurs espoirs de la NFL ? Liam Parker. Dommage que nous n'ayons pas pu le prouver.

Ce qui a commencé comme une histoire apparemment intéressante sur comment une star montante de la NFL décide de se marier précipitamment avec sa petite amie dans le but de conserver la tutelle de sa sœur mineure a été transformé en histoires ridicules et sensationnelles qui parlaient du grand Eric Dennings, lequel avait pris la responsabilité de s'occuper de sa sœur suicidaire.

J'étais extrêmement déprimée, surtout pendant la première semaine après la mort de papa. Même encore maintenant, je n'ai aucun souvenir de cette période. Même si je n'étais *pas* suicidaire, les médias se souciaient plus de vendre des titres et des espaces publicitaires que de dire la vérité sur l'épreuve que traversait notre famille.

Mes mains se mettent subitement à me lancer, et je laisse échapper un sifflement de douleur. JT lève son regard vers moi, et ses yeux se posent sur mes paumes alors que je déplie mes doigts. Des gouttes de sang apparaissent dans mes paumes, là où j'ai enfoncé mes ongles dans ma peau assez fort pour l'entailler, et une serviette en papier apparaît dans mon champ de vision.

Nous n'aimons pas parler de cette période, ou même ne serait-ce que penser à tout ce qui a entouré les circonstances de la mort de papa : c'est digne d'une mauvaise série télé. Que la presse les utilise pour vendre des journaux est une chose. Nous avons *presque* réussi à accepter ça.

Mais si j'ai décidé de fuir les réseaux sociaux, sans jamais regarder en arrière, c'est bien parce que mes moments de souffrance les plus intimes ont été transformés en mèmes pour divertir mes camarades du lycée.

— Eric m'a expliqué, *en long, en large et en travers*, comment tu t'es créé deux identités distinctes pour minimiser le risque d'être reconnue.

Jordan commence à faire défiler les onglets ouverts sur l'iPad, et quand j'aperçois Instagram, je détourne le regard : je suis *physiquement* incapable de regarder *ça*.

— J'aimerais pouvoir te dire que je pense qu'il est possible pour toi de continuer sur cette voie.

Ses yeux vont de l'écran à moi, et elle déglutit.

Si me dire ce qu'elle a à dire la rend nerveuse alors qu'elle est payée pour le faire, que suis-je censée ressentir ? Je ne suis pas sûre de pouvoir supporter une autre bombe. Depuis hier, j'ai du mal à ne pas me briser en petits morceaux. Et si je parviens encore à résister avec mon moi rafistolé au scotch, on parle davantage de scotch de bureau transparent que de gros scotch américain capable de tenir les morceaux d'une voiture de course lancée à plus de trois cent kilomètres à l'heure.

— Dans la mesure où tu sors avec un joueur de football aussi notable de l'équipe de football de ton université, l'intérêt qui t'est porté ne va faire qu'augmenter *à cause* du secret originel, explique-t-elle tout en cliquant sur le hashtag #CopineMystere-DeCasanova pour faire défiler les publications.

Évidemment.

Nous vivons à une époque où les gens pensent qu'ils ont le droit de savoir ce qui se passe dans la vie des autres. Et si cet autre est une célébrité, ils estiment avoir le droit de *tout* savoir. Non pas que Mason soit une célébrité en dehors du campus, mais nous savons tous qu'il le sera un jour, et cela suffit.

Avec l'essor d'internet, il est devenu particulièrement facile d'accéder aux informations. Le problème, néanmoins, est qu'il donne également à ceux qui auraient dû garder leurs opinions pour eux-mêmes un moyen de déblatérer dessus sans se préoccuper des conséquences ; tout au moins des conséquences pour les principaux concernés.

— Je sais qu'E t'a probablement demandé de trouver une dizaine de plans d'urgence différents parce que nous savions *tous* que c'était une éventualité, dis-je tout en inspirant profondément, parce que je sais que les mots que je vais prononcer ensuite vont me déchirer la langue comme des lames de rasoir. Mais ces stratégies seraient-elles différentes si je ne sortais *pas* avec Mason ?

« *Est-ce que tu es en train de rompre avec moi ?* »

« *Oui.* »

Bon sang, je déteste être obligée de me rappeler que je suis désormais célibataire.

— Qu'est-ce que tu veux dire par là ?

Au loin, j'entends la porte d'entrée s'ouvrir et se fermer, T doit être rentrée du lycée.

— À ton avis de professionnelle… si je n'étais plus liée à Mason, à quelle vitesse penses-tu qu'on cesserait de s'intéresser à moi ?

— S'il te plaît, dis-moi que tu ne penses pas à rompre avec Mason pour ça, Kay ?

C'est la voix de Bette qui résonne, et je peux entendre la panique qui la teinte. Au temps pour moi, ce n'était donc pas T. Pourquoi ne suis-je pas surprise qu'elle ait fait toute la route jusqu'ici ?

Je sais pourquoi elle est là : elle vient jouer les mamans avec moi et me raisonner. J'aimerais dire que je n'ai pas besoin de ça, mais ce serait mentir, parce que le fait est que j'en ai *vraiment* besoin. La vitesse à laquelle Bette, ma maman de substitution, est venue m'apporter son soutien fait fondre en larmes la petite fille encore en moi, celle qui aurait voulu que sa vraie maman soit là quand tout allait mal. Elle ignore quasiment tout de ce qui s'est passé, mais pourtant elle est venue sans qu'on lui demande de le faire.

—Non.

J'agite la tête, et cela fait vibrer la douleur sourde provoquée par ma crise de larmes.

— Bien, soupire Bette, soulagée.
Dommage que ce soit prématuré.
— C'est lui qui m'a larguée.

CHAPITRE 5

MASON

É viter les gars est plus difficile que je ne le pensais. Pour l'instant, j'erre sans but en arpentant chaque étage du Huntington comme si j'étais le fantôme chargé de hanter l'hôtel.

Sachant que nous jouons demain, je ne peux pas me saouler aveuglément comme je l'ai fait hier soir, et je ne parviens pas à faire taire les voix qui résonnent dans ma tête. OK, ce ne sont pas *des* voix : il n'y en a qu'une seule. Mais mon coach intérieur a été à la fois extrêmement disert tout en étant étrangement silencieux. C'est un oxymore que je n'ai pas réussi à comprendre.

Je n'ai toujours pas eu le courage de retourner sur Instagram, mais d'après les questions que mes coéquipiers me posent quand je les croise, il y a deux évidences :

1. Personne n'a compris que Kay et moi avions rompu ;

2. Tout le monde sait désormais qu'Eric Dennings est son frère.

« Eh, mec, pourquoi tu ne nous as pas dit qu'elle était de la famille d'Eric Dennings ? »

*« Bordel de merde ! Sa famille que tu as rencontrée dans le Mary-*land, c'était Eric Dennings ? »

« C'est énorme. Il faut que tu nous organises une rencontre ! »

Ignorer les questions, commentaires et demandes de ceux qui ne sont que des coéquipiers a été facile, parce que tout ça ne les regarde pas. Par contre, ignorer les questions de ceux qui sont mes amis en plus d'être mes coéquipiers a été plus compliqué.

« *Pourquoi est-ce que la Miniature ne répond pas quand on l'appelle ?* »

« *Sérieusement, elle a oublié que c'est notre tradition de soirée d'avant-match ?* »

« *Elle va nous foutre la poisse si elle déconne avec nos superstitions.* »

Ils n'ont pas arrêté de me poser des questions du genre. Et j'ai été incapable de leur répondre, parce que je ne sais pas quoi leur dire.

Chapitre 6

UofJ411 : Hum. Suis-je le seul à avoir vu ça ? #PasConcentre #CasanovaWatch
boomerang de Mason qui lâche le ballon
@68blackburnc : Depuis quand @CasaNova87 lâche le ballon ? #DoigtsQuiGlissent
@Acolon1729 : Est-ce que c'était la première, ou la deuxième fois ? #JAiPerduLeCompte #CasanovaWatch

UofJ411 : Où est Charlie ? #PreparezLesAffichettes #CopineDeCasanova
photo de la chaise vide, là où s'assied Kay habituellement avec les garçons
@Annielaurel : Est-ce que c'est pour ça que @CasaNova87 a joué comme une merde ? #OuEstTaCopine #CopineDeCasanova
@Ash_lovesbooks : Quelqu'un connaît quelqu'un à Penn State ? Est-ce qu'elle est là-bas ? #DoubleVie #CopineDeCasanova

Il faut qu'on parle, me lance Trav alors que nous entrons dans la fraternité.

C'est plus une demande qu'une exigence, néanmoins.

Nous évitons les fêtards qui sont déjà prêts pour la fête de ce soir, et je suis mon meilleur ami dans l'escalier qui mène à sa chambre. Il verrouille la porte à clé, et je fronce les sourcils.

— Je ne veux pas risquer d'être dérangé avant que nous ayons réglé notre problème.

Il s'appuie sur le bord de son bureau, croise ses pieds au niveau des chevilles et ses bras sur sa poitrine.

Je prends la même position que lui contre le mur opposé et je soupire. Je savais que c'était une mauvaise idée de lui cacher des choses. Nous sommes amis depuis trop longtemps pour qu'il ne remarque pas les plus infimes changements dans mon comportement, et j'ai beau détester l'admettre, cette rupture m'a violemment affecté.

Le silence s'étire en longueur et devient inconfortable : chacun de nous attend que l'autre parle en premier. Je ne sais pas ce que Trav veut que je dise, mais je ne suis pas d'humeur à avoir une conversation à cœur ouvert avec lui.

— C'est Kay ?

Le nom me heurte avec la même force que le tacle que j'ai pris au troisième quart-temps.

Je laisse aller ma tête en arrière contre le mur, je suis incapable de maintenir le contact visuel.

— Quoi, Kay ?

— J'ai horreur quand tu joues les divas et que tu fais semblant de ne pas comprendre ce que je te dis, rétorque-t-il avec un rire sans joie. Tu as oublié que j'étais là quand tu as pété les plombs sous la douche ?

Le claquement de ma paume contre le mur humide qui résonne dans un grand bruit sourd.

Ma bouteille de shampoing éjectée de la cabine de douche, et qui glisse sur le sol comme un bobsleigh, tellement j'ai mis de force quand je l'ai jetée.

— Je croyais que tu allais aller chez Kay, pour parler avec elle de vos problèmes, ajoute Trav, tout en détaillant du regard pour essayer de comprendre. Mais vu que tu te comportes comme un misérable crétin depuis deux jours, je commence à soupçonner que tu ne l'as pas fait et que tu laisses juste les choses s'envenimer.

Deux jours, pas plus que ça ? Cela ne fait *que* quarante-huit heures que j'ai rompu avec Kay ?

— Mon vieux, tu réfléchis trop, dis-je dans une tentative, probablement vaine, de me débarrasser de lui.

Je n'ai vraiment, *vraiment* pas envie de parler de ça.

— Nova, ce que tu me sers, c'est tellement de la merde que tes yeux sont devenus marron.

Il s'écarte du bureau et commence à faire les cent pas. Je ne vois pas trop l'intérêt, néanmoins : l'espace est si restreint dans cette pièce qu'il ne réussit à faire que deux pas avant de devoir repartir dans l'autre sens.

— Putain ! lâche en faisant claquer ses mains sur ses cuisses. C'est *moi*, Trav. Ton meilleur pote. Pourquoi est-ce que tu me mens ?

Il fait une dizaine d'aller-retour avant de reprendre sa place le long du bureau tout en me lançant un regard éloquent. Je suis incapable de me défendre de l'accusation que je lis dans ses yeux : c'est au-dessus de mes forces. Et cela ne fera qu'empirer quand il va découvrir l'étendue des dégâts.

— Je suis un crétin, dis-je, tout en enlevant ma casquette.

Je la jette sur le lit et passe mes doigts dans mes cheveux.

Trav se met à rire, comme l'enfoiré qu'il peut être parfois.

— Rien de nouveau là-dedans. Ce que je voudrais bien savoir, par contre, c'est pourquoi le mec qui n'a jamais lâché un ballon dans sa carrière de footballeur universitaire a réussi l'exploit de le perdre *deux fois*, au cours du match d'aujourd'hui, dit-il tout en agitant deux doigts devant mon visage.

Voilà ce qui fait aussi mal qu'un coup de pied dans la coquille de protection. Les Hawks ont perdu un match pour la première fois de la saison, et un match qui compte pour le titre national, pas moins. J'ai joué comme une merde. Honnêtement, je suis vraiment surpris que le coach Knight ne m'ait pas mis sur le banc. Pour la *première* fois de ma vie, je n'avais pas le cœur à jouer. Mon cœur n'était pas sur le terrain, parce qu'il était quelque part sur le sol, là où il a atterri après avoir été arraché. Et avant que vous ne me disiez, comme mon coach intérieur, que tout ça, c'est ma faute, je suis au courant, merci bien.

— Je vais poser une question qui me semble idiote, parce que tu n'as jamais mal joué en match extérieur, mais est-ce que c'est parce que Kay n'était pas dans les gradins ?

*Je t'avais prévenu que les filles n'étaient rien d'autre que des problèmes en puissance, mais NOOON, tu n'as pas voulu m'écouter. Je parie que Brantley a fait exploser ton téléphone. Que dirait ton futur agent de ce match pendant lequel tu as joué de manière totalement merdique ? *Se tapote le menton* Pas étonnant que tu sois trop lâche pour allumer ce téléphone.*

— Ce n'était de toute façon pas prévu qu'elle vienne aujourd'-hui, si ? Elle n'avait pas un truc de cheerleader à faire avec son ami qui était en ville ?

Je serre les poings et laisse échapper un grognement, bien malgré moi, quand Trav mentionne l'*ami* de Kay.

Tu ne crois pas qu'il est temps de te comporter en vrai mec et de lui dire ce que tu as fait ? Mon coach intérieur peut être un véritable enfoiré parfois.

— J'ai rompu avec Kay.

— QUOI ?! hurle Trav en se redressant brutalement. Pourquoi aurais-tu fait quelque chose d'aussi débile ?

« Donc ce que je veux vraiment savoir, Kayla, si c'est bien ton vrai nom… »

— Parce qu'elle est exactement comme Chrissy ! crié-je finalement, tout prêt à déverser ma frustration sur lui, victime à portée de main.

— Encore cette salope ? jure-t-il, mais d'un ton égal et calme, cette fois.

— Regarde bien : tous les signes sont là !

Je balance mon poing dans la cloison sèche, et le bruit du choc résonne dans la pièce quand je passe à travers. Trav, à son crédit, ne bronche même pas alors que j'explose.

« Bien joué. Je me suis fait rouler comme un bleu. »

Profil Instagram secret.

Secrets en général.

Un nom différent dans une liste d'employés officielle.

Revendiquée par quelqu'un qui n'est pas moi sur Instagram.

Je dessine une coche dans les airs alors que j'évoque chacun de ces faits, un par un. Le visage de Trav s'assombrit à chacun de mes mots.

— Tu sais quoi ? Tu as raison, lâche Trav en agitant la tête d'un air déçu. J'aurais dû le voir venir et l'anticiper. Désolé de ne pas l'avoir fait.

— Pas ta faute, mec, réponds-je, satisfait de voir que ce n'est pas moi qui imagine des choses. Au moins, celle-là n'a pas essayé de détruire notre amitié.

J'ai déjà du mal à supporter tout ça, alors si en plus je devais me préoccuper de l'état de ma relation avec Trav, je ne sais pas si j'y survivrais.

Et puis…

Aussi douloureuse qu'ait été l'histoire avec Chrissy / Tina, je n'étais pas amoureux d'elle. Bien sûr, ma bite et mon cœur d'adolescent immature s'imaginaient l'être, mais c'est parce que je ne savais pas faire la différence entre le désir brut et l'amour, contrairement à maintenant.

Et c'est sûrement ça le pire. L'amour que je ressens pour Kay est si fort qu'il aurait pu finir par être *la seule* chose capable de détruire mon amitié de toujours avec Trav. Notez que j'ai bien dit *ressens*, pas *ressentais*.

Putain, qu'est-ce que ça dit de moi ?

— Je ne parle pas de Kay. Je parle du fait que j'aurais dû voir comment toi, tu allais la mettre, elle, dans le même sac que Tina, lâche-t-il en enfonçant son doigt avec force dans mes pectoraux.

Ça veut dire quoi, ça ?

— Ça fait quatre ans, Mase. Arrête de laisser cette salope foutre ta vie en l'air. Tina n'en vaut pas la peine.

— Mais Kay…

— N'est *pas* cette salope de Christina Hale. Elle ne fait pas semblant d'être Kay avec toi et PF avec son ami.

Il recommence à faire les cent pas, plus nerveusement cette fois. Il marmonne pour lui-même, passe brutalement la main dans ses cheveux, et à plusieurs reprises, j'ai l'impression qu'il est tout prêt à planter son poing dans le mur lui aussi. Si moi, j'ai été choqué par l'affaire Chrissy/Tina, Trav a souffert deux fois plus que moi.

— Est-ce que tu as seulement envisagé que si son club de cheerleading la répertorie en tant que PF Dennings, c'est *à cause de* son frère ? On aurait pu croire que tout le monde s'en ficherait, mais sur Insta, les gens ont pris le mors aux dents et les publications à son sujet pullulent en ce moment. La quantité de trucs qui circulent a littéralement explosé.

J'ai l'estomac qui se tord, et mon œsophage commence à me brûler.

— Qu'est-ce que tu veux dire ?

— #CopineMystereDeCasanova a largement dépassé en popularité #CasanovaWatch.

— Ils savent déjà qui elle est, pourquoi utilisent-ils encore ce hashtag ?

J'ai des frissons d'inquiétude qui se propagent à la base de mon crâne quand je repense à E qui parlait de faire appel à sa chargée de relations publiques si nécessaire. Kay en a ri, comme si son frère avait simplement réagi de façon excessive, mais…

Est-ce qu'il pourrait y avoir d'autres explications ?

Merde, Kay ! Pourquoi est-ce que tu ne m'as jamais parlé en détail de ces histoires de harcèlement ?

C'est toi qui lui as renvoyé le harcèlement qu'elle a subi à la figure.

Va te faire FOUTRE, coach intérieur.

— Comprends-moi bien, continue Trav, me faisant sortir de ma dispute avec mon coach intérieur. Non seulement ils veulent toujours *tout* savoir sur notre nana, limite jusqu'à la marque de dentifrice qu'elle utilise, mais maintenant on a aussi sur les bras tous les barjots complotistes.

Une partie de moi dont j'ignorais qu'elle était encore là

reprend vie quand mon meilleur ami appelle ma petite amie *notre nana*. Quel con, d'avoir tiré des conclusions hâtives ! Trav était là, avec moi, quand je suis parti en sucette, et pourtant j'ai tout gardé pour moi au point de finir par précipiter ma perte.

— Quels complots pourraient bien se trouver là-dessous ?

Je lève les yeux au ciel : toute cette histoire est grotesque.

— Par exemple, qu'elle ne sortait avec toi que pour rompre ensuite et donner à Penn State l'avantage sur nous, des putains de conneries de ce genre.

Je grince des molaires, et le son résonne désagréablement dans ma tête.

— Quoi ? demande Trav devant mon expression *Oh, merde !*

Voilà une théorie terrible qui est sur le point de devenir encore pire.

Je commence à comprendre pourquoi E s'inquiétait autant des médias. Personne ne s'intéresse vraiment à la famille d'un athlète à moins qu'il ne soit lui-même célèbre. Mais là, une histoire bien juteuse susceptible d'attiser les flammes d'une rivalité ? Je ne saurais même plus dire combien de fois Brantley a insisté sur le fait qu'il fallait utiliser tout ce qui est à disposition pour vendre des tickets et des magazines.

— Au lycée, Kay sortait avec Liam Parker.

Trav écarquille ses yeux bleus au point que je peux voir tout le blanc qui entoure ses iris. Manifestement, il ne s'attendait pas à ce que je dise *ça*.

— Eh bien… voilà qui devient intéressant. Ça fait un peu une histoire genre Kardashians, non ? Lâche-t-il avec une pointe d'humour dans la voix.

Ce qui a au moins le mérite d'alléger sensiblement l'atmosphère. C'est toujours bon à prendre, compte tenu de la situation.

— Bon, mec, lâche-t-il en sortant un carnet et un stylo avant de se poser sur sa chaise de bureau, tout en pointant son lit grossièrement fait du doigt. Pose tes fesses là et raconte-moi tout en partant du début. Je vais avoir besoin que tu me dises absolument *tout* jusque dans les moindres détails si tu veux que je t'aide à réparer les dégâts.

— Est-ce qu'il va falloir que je t'appelle Cupidon1 au lieu de QB1, maintenant ? me moqué-je de lui tout en m'asseyant sur son lit et en récupérant ma casquette au passage.

— Et bien, ma foi, lâche-t-il en se frottant le menton comme s'il réfléchissait à quelque chose d'important ; ouais, ça me plaît bien. Allez, je t'écoute, maintenant.

Et je lui dis tout, jusqu'à chaque accusation que j'ai proférée, dans les moindres détails.

« *Tu m'as dit que tu ne voulais pas qu'on voie ton visage sur les photos.* »

« *En dehors des quelques fois où tu as porté mon sweat et de quand on est assis l'un à côté de l'autre en cours ou au déjeuner, tu t'efforces de laisser autant d'espace entre nous qu'entre toi et nos amis.* »

Toutes les insultes que j'ai proférées, tout les arguments que j'ai utilisés contre Kay à propos de ses problèmes avec les réseaux sociaux et tout ce qu'elle a vécu dans le passé.

« *Je t'ai offert un moyen facile de faire taire toutes les rumeurs. Tu n'aurais rien eu à faire qu'un beau sourire, et pourtant, tu as dit non.* »

« *Est-ce que tu as seulement été réellement harcelée ? Ou c'était une histoire bien pratique pour éviter que je parle de nous sur les réseaux sociaux ?* »

Je dis tout ce que j'ai sur le cœur à l'une des rares personnes au monde dont je sais qu'elle ne me jugera pas.

— À un moment, je l'ai même applaudie. J'ai applaudi, genre *applaudie lentement*, putain.

Je ne suis pas juste idiot, je me fais l'effet d'être un trou du cul doublé d'un connard.

Peut-être qu'il ne me juge pas, mais il lève yeux au ciel. Je suis sûr qu'il a piqué cette mimique à Kay elle-même.

— Tu es vraiment un abruti, Mase.

— Je sais.

Je soulève ma casquette pour la replacer sur mon crâne, et je tripote la visière du bout des doigts avant de m'attraper la nuque à deux mains.

— Heureusement pour toi, t'aider sert un but plus égoïste pour moi, alors oui, j'accepte de jouer à Cupidon1.

J'ai beau savoir qu'il serait plus sage de ne pas demander ce qu'est ce but égoïste, je ne peux pas m'empêcher de poser la question tout de même.

— Eh bien, comme je suis ton meilleur ami, je vais probablement me retrouver autant *persona non grata* que toi chez Kay. Et je n'ai aucune envie de renoncer à la cuisine de la Miniature.

Le propos de Trav est si absurde qu'il arrive à me faire rire pour la première fois depuis plusieurs jours. Ce mec n'est qu'un estomac ambulant.

— Voilà qui relève réellement du code des frères, hein ? plaisanté-je.

— M'en fiche, rétorque-t-il en haussant une épaule. Pas un risque que je suis prêt à prendre.

Je hoche la tête. Pas besoin d'argumenter. D'ailleurs, nous avons des choses plus importantes dont nous devons discuter.

Il est temps d'élaborer une stratégie afin que je récupère ma petite amie, avant qu'il ne soit trop tard.

CHAPITRE 8

— P F, t'es où ?

La voix de JT résonne dans le hall de la maison familiale, et Herkie saute du canapé pour aller accueillir mon meilleur ami.

Inutile que je gaspille mon énergie à lui répondre : il va me trouver en moins d'une minute.

— Oh, bien. Bette s'est occupée de tes cheveux, lâche JT quand il me voit recroquevillée dans le coin du canapé, mes cheveux récemment lissés tombant sur mes épaules.

Je n'ai pas eu la force d'empêcher Bette de s'acharner sur moi tout à l'heure, et la laisser s'occuper de mes cheveux étant indolore, c'était plus simple de la laisser faire. De plus, il faut bien admettre que se faire faire un shampoing par une professionnelle est toujours particulièrement agréable.

Je me sens peut-être comme une merde, mais oui, mes cheveux sont au top. La vraie question est de savoir pourquoi JT s'en soucie.

— Si c'est un moyen subtil de demander à Bette de te couper les cheveux, c'est inutile.

— Oooh, ça, c'est un bon plan, réplique JT en pointant des deux index vers Bette.

Il fais ensuite des aller-retour de ses doigts entre sa tête et moi, avant de continuer :

— Tu vas pouvoir t'occuper de *ça* pendant que *celle-ci* va aller se préparer.

— Me préparer ? demandé-je tout en secouant la tête, et mes cheveux me fouettent le visage tellement j'y mets de force. Je ne vais nulle part.

— Oh, mais si, tu viens avec moi. On va chez les King, et tu n'as pas voix au chapitre.

Il attrape ma main et me tire du trou que j'ai creusé dans le canapé à force d'y rester sans bouger. Voilà qui explique le jean noir, le t-shirt blanc déchiré avec style, et les Vans.

— Je ne suis pas vraiment d'humeur à aller à un bal de Sa Majesté.

J'essaie désespérément de me débarrasser de ses mains posées avec fermeté sur mes épaules alors qu'il m'emmène vers les escaliers.

— Dommage, parce que tu viens quand même, PF.

Je n'ai pas besoin de me retourner pour savoir qu'il arbore son sourire carnassier, alors qu'il me pousse pour me faire avancer jusqu'à ce que l'on arrive à la porte de ma chambre.

— Maintenant, va te changer, et garde en tête que c'est soirée course. Et pense à faire quelque chose pour *ça*, ajoute-t-il en me faisant tourner sur moi-même et pointant mon visage de son doigt.

Il semblerait que la partie chouchoutage et réconfort post-rupture soit terminée. JT est un spécialiste de l'amour vache si la situation le justifie. Cela dit, impossible de lui en vouloir. J'ai la peau autour des yeux toute sèche, j'ai dû utiliser de la glace à plusieurs reprises pour faire dégonfler mes paupières de manière à ne pas faire peur aux gens aux Barracks ce matin. Et j'en suis encore à mettre des gouttes dans mes yeux pour essayer d'atténuer la rougeur autour de mes iris.

— Waouh, ton amour pour moi me fait chaud au cœur, frangin, *vraiment*.

— Arrête tes sarcasmes, sœurette, rétorque-t-il en me faisant bifurquer à nouveau, avec une claque sur les fesses, pour me propulser dans ma chambre. Tu as une demi-heure, et ensuite je t'emmène avec moi, que tu sois prête ou pas.

Trente minutes plus tard, vêtue comme il se doit de mon propre jean noir moulant, de Converses noires et blanches, d'un t-shirt à col en V blanc et d'une veste en cuir, je m'assieds sur le siège passager de Rosie alors que JT prends le volant pour aller jusque chez King.

Ma Jeep rose vif détonne parmi la mer de voitures de sport noir mat garées dans l'immense terrain qui entoure les bâtiments appartenant à Carter King, et qui sert de quartier général à la cour de Sa Majesté.

Le feu de joie, élément essentiel de ces *bals royaux*, ronfle déjà. T et Savvy sont là, debout avec d'autres lycéens, le plus loin possible du feu afin d'éviter que la fumée ne déclenche une crise d'asthme à Savvy.

JT m'attrape pour m'attirer contre lui, sous son bras, et nous conduit à l'endroit où Carter et son second, le bien nommé Wesley Prince, surveillent leur cour. Il prend un des sièges libres autour du feu et m'attire sur ses genoux.

JT se met à discuter de tout et de rien avec les autres, et je me contente d'une paire de mouvements du menton pour les saluer. J'ai réussi à faire bonne figure pendant les stages de stunt que nous avons animés hier soir ; et à entraîner les Marshals et les Admirals aujourd'hui. L'entraînement des Admirals a été une épreuve, puisque les jumeaux Roberts font partie de cette équipe, et ce soir, je suis à bout de force et je n'ai plus la moindre envie de socialiser.

Je ne suis pas une habituée de ces soirées comme l'est JT : jusqu'à ce que T et Savvy commencent à y assister, c'était avec elles que je traînais. Néanmoins, personne ne semble s'offusquer de mon silence. S'il y a quelque chose que j'apprécie avec la cour de Sa Majesté, c'est qu'ils ne jugent pas et ne sont jamais mesquins.

Nous n'avons pas beaucoup frayé avec King, plus jeunes, du fait de notre différence d'âge : King a deux ans de plus que nous. Il n'y avait guère que nos amitiés communes qui nous rapprochaient, notamment avec T et Savvy. Mais quand les choses ont commencé à se gâter et que le harcèlement dont j'étais victime au lycée de Blackwell est devenu incontrôlable, JT a pris les choses en main et s'est rapproché du roi, au sens propre du terme, de Blackwell, jusqu'à s'en faire un ami.

En tant que membre de l'une des familles fondatrices de la ville, Carter a des relations depuis le bureau du maire jusqu'aux commères de la ville. Il a beaucoup plus d'influence, et j'ose dire, de pouvoir, que l'on pourrait croire possible pour une personne qui a à peine l'âge de boire légalement.

En dehors des courses de rue manifestement illégales dont il a hérité, avant de les développer pour en faire les plus grosses courses de rue de la région en quelques années ; personne ne se pose de questions concernant les différentes activités dans lesquelles la cour de Sa Majesté peut être impliquée.

Je pense que la raison pour laquelle JT m'a traînée ici ce soir était qu'il voulait me rappeler que même si Carter est plus son ami que le mien, il n'en reste pas moins un ami. S'ils n'ont rien pu faire pour ce qui se passait sur le net, King et sa cour ont été les seuls à parvenir à mettre fin au harcèlement que je subissais dans les couloirs du lycée.

Même après que Carter a eu quitté le Lycée, une fois diplômé, Wes a continué à faire respecter le décret de protection royale. Donc, me traîner à un bal royal au lieu de me laisser me vautrer dans un plein bac de Ben & Jerry's ? C'est un moyen pour JT de me dire qu'il y a des gens qui me soutiendront toujours, une fois qu'il sera reparti pour le Kentucky demain soir.

Lorsque *Wasabi* de Little Mix retentit, je sais que T et Savvy ont pris le contrôle de la sono, et si je n'étais pas si déprimée, j'irais les retrouver pour improviser une danse. Au lieu de quoi, c'est comme si les terminaisons nerveuses qui me permettraient de bouger les pieds et de faire pivoter mes hanches étaient bloquées, et mes jambes restent mollement suspendues sur le côté de la chaise.

Le feu craque, crépite et claque, comme des Rice Krispies dans du lait. Je reporte mon attention sur la danse des flammes orange et rouges, et sur la façon dont l'oxygène danse au sommet de la pile de bois sous l'effet de la chaleur.

Je suis libre de ne rien faire, mais je n'arrive pas à savoir si c'est une bénédiction ou une malédiction. C'est agréable de ne pas avoir à faire semblant d'aller bien alors que j'en suis loin, mais le revers de la médaille, c'est qu'à chaque fois que j'ai trop

de temps pour penser, mes pensées se tournent vers Mas…
putain ! Mason.

Je suis en colère.

Je suis blessée.

Si vous me disiez que mon cœur a des canaux lacrymaux, je vous croirais, car j'ai littéralement l'impression qu'il pleure la douleur de son absence.

Je suppose que je ferais mieux de m'habituer à ma nouvelle réalité, pas vrai ?

CHAPITRE 9

MASON

Au moment où Trav et moi sortons de sa chambre avec un plan pour que je récupère Kay, la fête des Alpha bat son plein en bas. Je m'arrête brutalement sur le seuil, et Trav me heurte.

— Oh, merde, murmure Trav quand il aperçoit Grant Grayson qui nous fixe du regard tout en déverrouillant la porte de sa propre chambre.

Ces derniers jours, accaparé par mes pensées, je n'ai même pas réalisé que je n'avais pas eu de ses nouvelles. Il m'avait prévenu de faire attention à ne pas blesser sa meilleure amie, et pourtant, c'est exactement ce que j'ai fait. Sa réaction, ou plus exactement, son absence de réaction ; montre clairement de quel côté il est dans l'histoire.

Je suppose qu'il a opté pour « les sœurs avant les hommes » au lieu de « les frères avant les femmes », hein ?

Nous nous fixons en silence jusqu'à ce qu'un bruit de pas précipités précède l'apparition d'Em en haut des escaliers.

— Oh, super, tu es revenu, lance Em à Grayson, tout en m'ignorant superbement malgré le coup d'œil qu'elle jette dans ma direction.

Par-dessus la tête d'Em, le regard sombre de Grant croise à

nouveau le mien, mais il m'ignore également et ne s'adresse qu'à elle.

— Tu es encore là ?

— Je t'attendais. JT savait que tu serais furieux qu'il ne t'ait pas dit plus tôt ce qui se passait, alors je suis venue te chercher pour t'emmener, explique Em tout en poussant Grayson pour le faire avancer à l'instant même où il ouvre la porte de sa chambre. Maintenant, dépêche-toi de te changer.

— Tu lui as parlé ? entends-je Grayson demander alors qu'ils disparaissent dans la pièce.

— Non. JT dit qu'elle a mis son téléphone dans un tiroir chez lui et qu'elle n'y a plus touché depuis jeudi.

Parce que je veux absolument obtenir des nouvelles de Kay, je traverse précipitamment le couloir et glisse mon pied dans la porte avant que le battant ne se ferme complètement.

— Qu'est-ce que tu veux, Mason ? demande Em en croisant les bras sur sa poitrine, d'un ton teinté de mépris.

— Tu vas voir Kay ? demandé-je à mon tour, pas le moins du monde impressionné par son attitude.

— Évidemment, réplique-t-elle en s'approchant de moi pour me frapper de son doigt à chaque mot qu'elle prononce. Les amis se serrent les coudes dans l'adversité.

Bordel.

Oh, mon pote. Tu t'es mis dans un sacré merdier.

— Tu penses qu'on devrait comparer nos notes à propos de ta stupidité ? chuchote Trav dans mon oreille, mais suffisamment fort pour qu'on l'entende si je dois en croire le rictus qui apparaît sur les lèvres d'Em.

— J'ai merdé, admets-je.

Et ce n'est pas la première fois ce soir, mais si j'arrive à convaincre Em de me dire où ils vont, ce ne sera probablement pas la dernière.

— Ça, c'est sûr, grogne Em, tout amusement envolé.

Grayson commence à se déshabiller, pas perturbé par notre présence.

— Est-ce que j'ai tort d'être ennuyé qu'elle ne m'ait rien dit ? demande-t-il à Em en enfilant un jean foncé.

— Elle ne voulait pas gâcher ton week-end avec ta famille. Si ça peut te rassurer, JT a dit qu'elle n'avait même pas parlé à E. C'est lui qui a répondu à tous les appels.

Il grogne, mécontent d'avoir été maintenu dans l'ignorance.

— Je n'arrive pas à croire qu'elle ait accepté pour ce soir.

Grayson passe un t-shirt propre par-dessus sa tête.

Em nous ignore comme Grayson, et continue à discuter avec lui comme si Trav et moi n'existions pas.

— Je ne pense pas que JT lui ait laissé le choix. Il réfléchit à la situation dans son ensemble.

— À quel point ça va être dur pour elle quand il sera reparti dans le Kentucky ?

— Je ne sais pas, répond Em en haussant les épaules. Mais si je dois en croire ce qu'on m'a dit...

Je me mords la langue, fort, assez pour faire couler du sang dans ma bouche, dans l'effort que je fais pour ne pas exiger qu'elle finisse sa phrase. Je déteste qu'il ne me manque pas uniquement des pages, mais des chapitres entiers de l'histoire de Kay.

Grayson finit de zipper un sweat à capuche noir et se place à côté d'Em. Ses deux mètres dix de muscles vibrent pratiquement d'une colère à peine contenue tandis qu'il me regarde. Tous deux adoptent des poses similaires, bras croisés et regards assassins, et cela me rappelle, encore, qu'il est peut-être mon frère au sein de la fraternité, mais qu'il se considère aussi comme l'un des frères de Kay.

— Je m'occuperai de toi une autre fois.

Grant s'apprête à me contourner. Une sensation de besoin irrépressible envahit mon corps et je prends le risque de l'arrêter d'une main sur son bras.

— Où est-elle ?

— Tu as perdu le droit de poser cette question, lâche Em.

Le côté maman ourse de son attitude est inédit.

— Emma..., commencé-je, sans chercher à masquer l'angoisse qui m'étreint le cœur. Je sais que je ne mérite pas ton aide, mais je ne vais pas pouvoir régler ça tout seul.

Et même avec de l'aide, *putain*, il y a des chances que j'ai fait bien trop de dégâts pour que ce soit réparable. Je ramène mes mains sur ma poitrine et pose mes paumes à plat sur mon cœur.

— Je... Il faut que j'arrange ça. *S'il vous plaît*, ajouté-je, en déglutissant bruyamment. S'il vous plaît, aidez-moi.

Qui aurait cru que le silence pouvait être aussi assourdissant ?

Il est lourd, et s'étire en longueur, au point que j'ai l'impression que je ne vais pas arriver à le supporter.

Finalement, Em partage un regard que je suis incapable d'analyser avec Grayson, puis reporte son attention sur moi tout en arquant un sourcil et en laissant flotter un sourire en coin sur ses lèvres. Je devrais probablement tenir compte de l'avertissement qu'il contient, mais ma volonté de rejoindre Kay est trop forte.

— Si tu tiens à ce point à mourir.

CHAPITRE 10

Des murmures excités se propagent dans le parking tandis qu'un bourdonnement d'anticipation imprègne l'atmosphère. C'est suffisant pour me faire sortir de ma propre brume antisociale.

De mon siège, je ne suis pas à même de voir ce qui se passe, mais la façon dont la foule se déplace suggère que c'est un nouvel arrivant inattendu. Je ne suis pas la seule à avoir remarqué le changement. C'est presque imperceptible, mais ainsi installés sur leurs chaises autour du feu, penchés en avant les coudes sur les genoux, je sais que toute la cour de Sa Majesté est en alerte.

— Tu as invité des gens de BA ?

Je parle pour la première fois depuis que nous sommes arrivés, et ma question s'adresse à Carter puisque c'est lui le maître de cérémonie ici.

BA, ou Blackwell Academy, est l'école privée la plus chère et la plus exclusive de l'État. Elle se trouve également de l'autre côté de la ville, à l'opposé du lycée public de Blackwell, où nous avons tous été. La rivalité entre les écoles et ceux qui les fréquentent est aussi profonde que n'importe quelle rancune familiale vieille de plusieurs générations.

Heureusement pour eux, ils ont de l'argent, c'est pourquoi Carter les autorise à participer aux courses. Celui qui est arrivé doit avoir une voiture assez belle pour rivaliser avec celle de King si je dois en croire la réaction des gens.

— Non.

Il a les dents serrées, et sa mâchoire saille. Carter King est le type même de ces mauvais garçons contre lesquels les mères mettent leurs filles en garde. Il a un faux air de Cam Gigandet avec ses cheveux blonds courts cachés sous son bonnet noir, son t-shirt noir moulant, son jean déchiré, ses Jordans classiques pour lesquelles G tuerait, et sa veste en cuir.

— Sachant que tu serais ici, je ne voulais pas prendre le risque d'avoir des inconnus autour de moi. Je prendrai l'argent de ces imbéciles de riches le week-end prochain.

Cette fois, c'est le choc qui me laisse sans voix.

Carter glousse devant mon air médusé, puis il penche la tête pour regarder derrière moi, là où j'entends Savvy rire avec T

— Je comprends bien que je ne suis pas ton meilleur ami, Dennings, mais tu as *toujours* été adorable avec ma sœur, et tu sais comment je considère ma famille.

Une émotion inattendue m'étouffe. Les frère et sœur King ne sont peut-être pas orphelins comme moi, mais avec un père qui est décédé quand Savvy était jeune et une mère passablement indigne, c'est Carter qui a assumé la majorité des responsabilités pour la plus jeune des King. Comme j'ai moi aussi grandi dans une dynamique familiale non conventionnelle, il ne me serait jamais venu à l'esprit de ne pas accepter Savvy dans notre grande famille.

— Ce soir, l'objectif était de te rappeler qu'il y a des gens qui sont là pour toi et aussi de t'empêcher d'oublier ça, comme tu l'as fait pendant un temps quand tu étais au lycée.

Carter me regarde en haussant un sourcil avec l'air de dire *J'espère qu'on s'est bien compris*, et je hoche la tête avant même de m'en rendre compte. Ce n'est pas quelque chose dont on parle ouvertement, mais j'apprécie qu'à l'époque il ait utilisé son influence pour me protéger.

Cela dit... Si ce ne sont pas des élèves de BA, alors, de quoi s'agit-il ?

Puis je vois Em, Q, CK et G se frayer un chemin dans la foule, mais ils ne sont pas la source de l'émoi généralisé. Non, cet honneur revient à l'Adonis avec sa casquette à l'envers qui marche derrière eux.

Qu'est-ce que c'est que ce bordel ?

Mon cœur meurtri bondit à la vue d'un Mason plus beau que jamais. Son jean foncé repose sur ses hanches étroites, le tissu gaufré de son maillot vert moule les muscles de son ventre plat, et sa veste en denim usée et sa casquette blanche complètent le look.

Si sa présence suffit à me rendre dingue, c'est sa voiture qui a mis le feu aux poudres.

— Em, sifflé-je, tout en attrapant sa main pour la tirer vers moi et la mettre à ma hauteur.

Sous moi, JT grogne : je crois que je lui ai mis un coup de coude dans le ventre à faire des mouvements brusques.

— Qu'est-ce qu'*il* fait ici ?

Je jette un coup d'œil derrière elle pour tomber sur des yeux vert océan fixés sur moi, comme s'il pouvait voir à travers le corps qui lui barre la vue. Toute la nostalgie et la douceur qu'ils contenaient se sont évaporées à l'instant où il a remarqué que j'étais assise sur les genoux de JT, mais je suis trop occupée à me remettre de sa présence pour me préoccuper de ça.

— Apparemment, lâche Em en jetant un coup d'œil par-dessus son épaule, Casanova a envie de mourir.

Évidemment, elle a recommencé à l'appeler par son ancien surnom.

— On dirait bien, effectivement, lâche Tessa de quelque part derrière moi.

— Je sais que tu es un King, le meilleur, tout ça, Cart, mais peut-être que tu devrais te trouver une reine et la laisser t'épauler, suggère Savvy à son frère alors qu'elle se dirige elle aussi vers lui.

— Pas maintenant, Sav, réplique Carter.

J'entends résonner un grognement et mon regard se porte sur la gauche de Mason pour voir Trav se placer à son côté. J'ai l'impression de prendre un nouveau coup de poing dans le ventre : j'ai perdu davantage que mon petit ami ce week-end.

Ils continuent à se chamailler, mais je n'y prête pas attention, trop concentrée sur Mason. Mon cœur souffre tellement que le simple fait de le regarder me fait mal.

— C'est une fête privée, déclare Carter froidement.

— C'est bon, King.

Je tends la main et la pose sur son genou pour l'empêcher de se lever. Les yeux de Mason s'enflamment lorsqu'ils se fixent sur ma main et ses narines se dilatent. Il peut être jaloux tant qu'il veut, mais il a perdu le droit d'être possessif avec moi quand il a rompu. En plus, si je m'efforce d'apaiser Carter, c'est plutôt pour son bien. Il suffirait d'un subtil mouvement de son menton pour que toute sa cour s'en prenne à Mason.

— Qu'est-ce que tu fais là, Mason ? demandé-je.

— Je suis venu pour te voir.

Encore une fois…

Qu'est-ce que c'est que ce bordel ?

Em et Grayson ne nous adressent plus la parole que pour nous dire de nous changer, et nous demander de les suivre. Une heure plus tard, nous passons devant le panneau *Bienvenue à Blackwell* et je ne suis pas surpris de voir que c'est là que se trouve Kay. Ce qui me surprend, par contre, c'est que nous n'allons pas chez elle.

*C'est probablement une bonne chose. Je sais qu'il a un match demain, mais que se passerait-il si E venait pour le week-end ? *Ôte sa casquette et se gratte la tête* Je ne pense pas qu'il serait aussi enclin à te laisser tranquille que Grayson, du moins pour le moment.*

Merci, coach, voilà qui est d'une grande aide.

Je saisis le levier de vitesse avec un peu plus de force que nécessaire pour repasser la troisième avant la sortie.

Nous nous arrêtons sur un immense terrain où se trouvent deux grands bâtiments, l'un ressemblant à un garage et l'autre à un entrepôt ; et des dizaines de voitures de sport, la plupart peintes en noir mat. Au milieu se trouve une Jeep familière, rose bonbon.

Je suis la Lexus RX d'Em jusqu'à une zone encore libre sur la gauche et je me gare. Vu la réaction de Kay lorsqu'elle a vu ma Ford Mustang Shelby GT500 1967 le soir de notre premier rendez-vous, voir les gens se ruer sur ma voiture ce soir ne me surprend pas. Il en va de même pour l'accueil glacial que je reçois de Kay elle-même.

Par contre, il y a des choses auxquelles je ne m'attendais pas.

Cette désagréable sensation de prendre des coups, simultanément, dans la poitrine, le ventre et l'entrejambe, dès que je l'aperçois. Ses longs cheveux lisses qui dansent autour de ses épaules, les couleurs cachées sous la masse dépassant de sous les longueurs, et s'enroulant autour de l'arrondi de son décolleté. Le décolleté en question, mis en valeur par un t-shirt moulant. Son blouson de cuir qui lui donne un air de motarde *badass*.

Et puis j'ai l'impression de prendre un nouveau coup quand je me rends compte qu'elle est assise sur les genoux de JT.

Et comme si cela ne suffisait pas, il y a aussi la façon dont M. Bad Boy agit, assis sur la chaise à côté d'elle, comme s'il croyait qu'il peut me faire décamper.

Et c'est sans compter sur ce que je ressens quand je vois la petite main de Kay se poser sur lui quand elle essaie de l'empêcher de se lever.

— Je suis venu pour te voir.

À mes mots, Kay détourne ses beaux yeux couleur de ciel d'orage de moi pour les reporter sur le feu de joie qui brûle dans mon dos.

— Tu n'aurais pas dû, lâche-t-elle.

— Est-ce qu'on peut parler ?

Mon ton est suppliant.

— Tu es sérieux ?

Elle plonge ses yeux dans les miens, un ouragan grondant dans les profondeurs grises.

— Oui.

J'enfonce mes mains dans mes poches pour ne pas être tenté de l'arracher des genoux de JT.

— Maintenant ? Tu veux qu'on parle, *maintenant* ?

Elle croise ses bras sur sa poitrine, dans une attitude de défense.

— Oui.

Ma voix sonne pleine de détermination, cette fois, même si, au fond, je me consume d'incertitude.

Kay me regarde comme si j'avais perdu la tête. Peut-être est-ce une réalité, après tout ? Mais son regard vide qui me regarde sans me voir me tue. Qu'est-ce que je ne donnerais pas pour un de ses mouvements d'yeux vers le ciel, à cet instant !

Je veux vraiment qu'elle accepte de me parler. Mais quand elle rouvre la bouche, ce n'est pas pour me dire ce que je veux entendre.

— Non, dit-elle simplement.

Qui aurait cru qu'un seul si petit mot pouvait faire si mal ?

— S'il te plaît, l'imploré-je.

— Sérieusement ?

Le mot s'achève sur sa voix qui monte dans les aigus.

— Allez, Skit. S'il te...

— Non, s'il te plaît, souffle-t-elle dans un murmure, même si dans mes oreilles, cela sonne comme un cri. Rentre chez toi, Mason. Je ne veux pas parler de ça ici.

Je déteste qu'elle m'appelle Mason. C'est comme si on revenait à ce jour où l'on s'est rencontrés, quand elle faisait tout ce qu'elle pouvait pour m'empêcher de l'approcher, comme si ne plus utiliser mon surnom n'était qu'un moyen de plus de me tenir à distance.

J'ai été incapable d'accepter sa façon de me repousser, à l'époque. Pas question que je l'accepte davantage aujourd'hui. Je me campe plus solidement sur mes pieds et croise mes propres bras. Je n'irai *nulle part*.

— Dennings.

Bad Boy, alias King si j'ai bien entendu tout à l'heure, sort une petite carte noire, semblable à une carte d'hôtel, et la tend à Kay. Quand elle jette un coup d'œil dans sa direction, il lève le menton vers le bâtiment qui ressemble à un entrepôt.

Kay reste un instant à fixer le morceau de plastique, et j'ai l'impression que mon cœur s'est arrêté.

— Merci, King.

Son corps entier s'affaisse sous le poids du soupir qu'elle pousse, mais elle accepte l'offre, et se lève pour se diriger vers le bâtiment sans même attendre de voir si je la suis.

Tous les yeux des personnes qui nous entourent sont braqués sur moi, interrogateurs, comme pour demander *Alors ? Qu'est-ce que tu attends pour la suivre ?*

Sur un signe de tête encourageant de Trav, je prends une profonde inspiration et je cours derrière elle pour la rattraper. Ma main attrape la porte une seconde avant qu'elle ne se verrouille.

Je m'arrête sur le seuil, le temps de prendre une autre grande inspiration tout en priant pour parvenir à trouver les mots afin de réparer mon erreur.

— Kay ?

Ma voix résonne dans le vaste espace. Une forte odeur de cuir et d'huile moteur m'assaille les narines alors que j'observe la poignée de motos de sport en attente de réparations et la Camaro noir mat sur le coffre de laquelle elle s'est juchée.

Elle a l'air si brisée, les pieds posés sur le pare-chocs, les coudes appuyés sur ses genoux écartés et le visage enfoui dans ses mains, que je m'immobilise.

La voir comme ça me fait physiquement mal, c'est comme si tous mes muscles avaient été douloureusement sollicités et que je m'apprêtais à me plonger dans une baignoire pleine de glace.

Je l'appelle, mais elle ne bouge pas. Elle ne réagit pas, jusqu'à ce que j'appuie une hanche contre la voiture et que je tende une main pour toucher son dos.

— Ne fais pas ça, me supplie-t-elle d'une voix étranglée.

— S'il te plaît, Kay.

— Quoi, Mason ? Qu'est-ce que tu veux de moi ? demande-t-elle brutalement en me fusillant du regard.

Encore mon prénom entier. Je fais l'effort de ne pas réagir à ça, et je demande :

— On peut parler ? S'il te plaît ?

Ses yeux s'écarquillent sous le choc.

— Parler ? *Parler* ? Tu te moques de moi, hein ?

J'ai l'impression d'avoir des nuées d'insectes qui me courent sous la peau, et j'en ai la chair de poule. J'ai fini par reconnaître, aussi bien en moi-même qu'auprès des autres, que j'ai merdé, mais je crois que je n'avais pas saisi l'étendue des dégâts que j'ai provoqués. Jusqu'à maintenant. Je ne l'ai jamais vue aussi... désespérée qu'à cet instant.

— S'il te plaît ?

— Qu'est-ce qui a changé par rapport à l'autre jour ? demande-t-elle en baissant les yeux et en faisant glisser son pouce d'avant en arrière sur le violet métallisé du bord des bandes noir brillant de la voiture. J'ai voulu parler avec toi l'autre jour, et tu n'as pas voulu m'écouter. Tu te moquais de ce que j'avais à dire, ou des explications que je pouvais te donner. Tu te moquais que cette publication en particulier ait été sortie de son contexte. Tout ce qui t'intéressait, c'était ce qui avait été posté sur les réseaux sociaux à un moment donné. Alors, pourquoi est-ce qu'aujourd'hui, je devrais me donner la peine de t'écouter, puisque toi, tu n'as pas fait l'effort de le faire ?

Ses mots et la douleur qui s'en dégage achèvent de déchiqueter mon cœur déjà mal en point.

— Écoute, dis-je tout en me serrant la nuque des doigts, dans un effort de m'abstenir de la toucher. Je suis désolé, OK ?

— Tu es *désolé* ? couine-t-elle.

J'ai de nouveau l'impression que l'on me plante un tisonnier chaud entre les côtes, tellement elle semble souffrir.

— Oui, Kay, dis-je en m'efforçant de mettre autant de sincérité que j'en suis capable dans mes mots. Je sais que je me suis planté.

— Ce n'est rien de le dire.

Elle ne me regarde toujours pas, et je déteste ça.

— Tu sais ce que je ne comprends pas ? dit-elle en levant enfin la tête pour me regarder en face, ses yeux vaguement rouges déjà.

Elle pointe un doigts vers moi.

— *Tu* m'a poursuivie, *moi*.

Elle pointe du doigt vers elle, cette fois, et continue.

— C'est *toi* qui as activement cherché à sortir avec *moi*. *Tu* t'es imposé dans *ma* vie.

C'est vrai. Dès que je l'ai vue, et alors même que je pensais qu'elle sortait avec un autre, je me suis senti attiré par elle. Si elle pense que je vais abandonner après être sorti avec elle, l'avoir aimée, savoir ce que ça fait d'être aimé *par* elle, elle se fourre le doigt dans l'œil.

Il y a deux jours, les fantômes de mon passé m'ont fait jeter l'éponge. Mais je suis passé au-delà de ça. Il est temps de laisser le passé à sa place : dans le *passé*. Je vais récupérer le ballon et réaliser le plus important *touchdown* de toute ma vie : mon avenir.

— Dieu sait que je n'ai pas été irréprochable dans notre relation, lâche-t-elle en enfouissant ses mains dans ses cheveux et en, faisant glisser ses doigts dans ses mèches. J'avais peur et cela m'a incitée à taire de nombreuses choses, mais je ne t'ai jamais menti.

« Donc ce que je veux vraiment savoir, Kayla… Enfin, si c'est ton vrai nom… »

Je m'oblige à chasser ce souvenir de mon cerveau.

— Je sais…

Elle lève une main pour m'interrompre, et cela me coupe dans mon élan.

— Pourtant c'est exactement ce que tu m'as accusée de faire.

« Est-ce que tu as seulement été réellement harcelée ? Ou c'était une histoire bien pratique pour éviter que je parle de nous sur les réseaux sociaux ? »

J'ouvre la bouche pour parler, mais rien ne sort. Je ne sais pas quoi dire, alors je décide de m'en tenir à la vérité.

— Tu n'étais pas la seule à avoir des secrets.

— Quels secrets pourrais-tu avoir qui auraient pu t'inciter à venir chez moi seulement pour m'accuser de te tromper en me jetant une photo de JT et moi au visage ? Une photo vieille de cinq ans, laquelle était ta grande preuve, la preuve que PF était une identité alternative que j'utilisais pour… quoi ? Avoir une liaison avec toi ?

Elle lance des hypothèses en l'air, comme si elle cherchait à comprendre. Avant que je n'ai eu le temps de lui répondre, elle reprend :

— Mais quand on y pense, ça n'a pas de sens puisque tu étais là, même quand je discutais avec JT par ordinateurs interposés. Les réseaux sociaux sont donc si importants pour toi, qu'il faut que notre relation et mon amour pour toi y soient affichés et jetés en pâture à des étrangers pour que tu y crois ?

« Je t'ai offert un moyen facile de faire taire toutes les rumeurs. Tu n'aurais rien eu à faire qu'un beau sourire, et pourtant, tu as dit non. »

— Au lycée, je suis sorti avec cette fille qui n'était pas non plus très portée sur les réseaux sociaux, lancé-je subitement, pour interrompre son flot de suppositions. Contrairement à toi, elle avait des comptes et me laissait poster des photos de nous deux sur le mien.

« Tu m'as dit que tu ne voulais pas qu'on voie ton visage sur les photos. »

— Cela ne m'a pas sauté aux yeux à l'époque, mais ce n'était que des photos où, par exemple, elle m'embrasse sur la joue ou avec une casquette qui fait qu'on ne voit pas son visage.

Je ressens soudain une envie irrépressible de frapper dans quelque chose. Maintenant, c'est moi qui ne parviens plus à croiser le regard de Kay. Faire un parallèle entre notre relation et celle que j'avais avec Chrissy est un exercice qui me déplaît profondément. Et parler de tout cela avec Kay me déplaît encore davantage.

— Ce que je ne savais pas à l'époque, c'est qu'elle agissait comme ça parce que je n'étais pas la seule personne avec qui elle sortait, déglutis-je, tout en plongeant dans le gris réconfortant de ses yeux. Elle sortait aussi avec Trav.

— Quoi ? bafouille Kay, la bouche entrouverte, les yeux brillants de confusion. Comment c'est possible ?

C'était possible parce que tu étais encore un crétin d'ado de dix-sept ans qui ne se laissait diriger que par ses hormones. Mon coach intérieur est toujours si gentil avec moi. *Ou pas.*

— Elle s'appelait Christina Hale, et elle allait dans un autre lycée que le nôtre.

— Vu comme Trav s'est toujours mêlé de notre relation, j'ai du mal à croire que vous ne parliez pas des filles que vous fréquentiez.

— Oh, mais on en parlait, dis-je avec un rire sans joie. Je lui parlais de Chrissy, et lui me parlait de sa copine à lui : Tina.

KAYLA

Bon sang.

Je suis complémentent à court de mots.

Il existait nombre de scénarios pour expliquer la réaction instinctive de Mason, laquelle a conduit à notre rupture, mais celui-là, je ne l'aurais même pas envisagé.

Et j'aimerais que ce soit notre seul problème.

— S'il te plaît, Kay. Laisse-moi arranger ça.

Je saute de l'arrière de la Camaro quand Mason cherche à nouveau à me toucher. Je ne peux pas accepter ça. S'il le fait, je vais m'effondrer, et il est *hors de question* que cela arrive ici.

Pas en public.

Pas là où des gens peuvent me voir.

Même si je suis assez protégée ici, c'est encore trop risqué.

— Je suis désolée, Mason, dis-je, avec sincérité, parce que c'est vrai. Mais c'est impossible.

— Foutaises ! lâche-t-il d'un ton furieux.

Les semelles de mes Converses couinent sur le béton peint quand je commence à arpenter la largeur du garage. Je fais l'erreur de regarder Mason au moment où il jure : *merde !* Pourquoi doit-il être si beau, simplement appuyé contre une voiture ? Ce serait beaucoup plus facile si je n'étais pas si attirée par lui.

Ou bien, tu sais, si tu n'étais pas amoureuse *de lui.* Ma pom-pom girl intérieure roule des yeux, si fort qu'ils seraient certainement tombés au sol si nous avions été dans un dessin animé et pas au cœur de ma conscience.

— Mason…

— Arrête de m'appeler Mason !

Le scotch qui tenait les petits morceaux de mon cœur commence à se décoller, et de la poussière tombe. Il veut que je l'appelle *Mase*. J'en suis incapable. Il *faut* que je pense à lui en tant que Mason. J'ai besoin de la distance que cela crée entre le play-boy du campus qu'il était et l'homme qui possède mon cœur.

Parce que même si j'aimerais que cela soit faux, c'est pourtant une réalité : mon cœur est toujours à lui. Si ces deux derniers jours n'avaient jamais existé, je me serais déjà jetée dans ses bras forts et musclés.

Mais le fait est que ces deux jours ont bel et bien existé.

— Tu devrais t'en aller.

S'il te plaît, je t'en prie, pars avant que je ne devienne complètement dingue.

— Je te l'ai dit, dit-il en s'écartant de la voiture. Je n'irai nulle part tant que nous n'aurons pas réglé ça.

— Si c'est mon pardon que tu veux, tu l'as. Je ne vais pas mentir et dire que cela ne me fait pas mal, parce que ça fait vraiment mal, mais je comprends maintenant pourquoi tu as sauté à cette conclusion.

Je le regarde avec méfiance alors qu'il commence à bouger.

— Et j'en suis désolé. *Mon Dieu*, bébé, je suis tellement désolé de t'avoir blessée.

Il continue à avancer vers moi, et pour chaque pas qu'il fait en avant, j'en fais deux en arrière.

— Je te crois, mais quand tu as rompu avec moi… tu n'as pas brisé que mon cœur, soufflé-je, un sanglot dangereusement proche dans ma gorge. Tu as brisé une partie de moi qui était à peine assez forte pour parvenir à être avec toi au départ.

— Putain ! Ne dis pas ça.

Il élimine tout l'espace qui nous sépare de quelques pas. Un gémissement qui n'a rien d'humain mais tout d'un animal blessé m'échappe lorsqu'il prend mon visage entre ses grandes mains, ses doigts s'emmêlant dans les cheveux à la base de mon crâne.

Putain. Le perdre a été si difficile. J'ai cru que je n'y survivrais pas. Mais maintenant ? Après avoir passé presque trois jours à essayer de trouver comment gérer ce que je considère comme mon pire cauchemar depuis la perte de mon père, je dois le repousser parce que je me rends compte que je ne suis pas assez forte pour supporter d'être avec un tel personnage public. Niveau douleur, c'est comme si on m'avait écorchée vive, et plongée dans une cuve d'acide.

— Nous avons tous nos démons, Mason. La seule différence est que les miens ne font pas que gagner du terrain… ils ont *déjà* atteint le but. Ils ont *déjà* gagné.

Je lève les mains, et mes doigts survolent sa poitrine pendant une seconde avant que je ne trouve la force de le toucher. Le feu se répand dans mes veines à son contact, et j'en viens presque à renoncer à faire ce qui doit être fait. L'inspiration profonde que je prends me fait presque plus de mal que de bien lorsqu'elle apporte avec elle l'odeur enivrante de son savon.

— Peut-être que si tu me parlais de ces secrets, et qu'il n'y en avait plus, je pourrais t'aider à les combattre.

Il me rapproche légèrement de lui, en ignorant mes tentatives de le repousser.

Je ne sais pas ce qui est le plus effrayant : de révéler mes secrets ou de le laisser m'aider.

Mes yeux me piquent, et je perds la bataille contre les larmes que j'essayais de retenir.

Mes genoux cèdent quand Mason utilise ses pouces pour essuyer mes larmes.

Mes doigts perdent toute couleur dans la force que je mets à tenir mes positions.

— La raison pour laquelle j'ai tant résisté à tes charmes est que je ne pensais pas être capable de gérer tout ce qu'impliquait le fait d'être avec quelqu'un comme toi.

L'attention constante.

L'exploration de mon présent et aussi de mon passé.

Le jugement et le ridicule.

— Tu peux le faire, bébé.

Je secoue la tête. Avec un effort surhumain, je parviens à me libérer de son emprise et je m'éloigne d'un bond, pour éviter qu'il ne puisse m'atteindre à nouveau.

Il a tort.

Il a besoin de quelqu'un qui puisse être fièrement debout à ses côtés dans toutes les bonnes choses qui l'attendent.

L'un des plus grands regrets de ma vie est d'être restée terrée dans une chambre d'hôtel, le jour où la NFL a annoncé les sélectionnés officiels, dont faisait partie E. Je n'ai pas pu le serrer dans mes bras ou le féliciter lorsque son nom est sorti en cinquième position de la sélection générale. Il avait Bette, mais à la façon dont il m'a serrée un peu plus fort, un peu plus longtemps, lorsqu'il est revenu dans notre suite, je sais qu'il était déçu que je ne sois pas là.

Mason mérite d'avoir à ses côtés la personne avec qui il pourra afficher sa joie le moment venu. Et je ne suis *pas* cette personne.

J'ai bien trop peur de m'effondrer sous la pression.

— Je ne peux pas. Je suis trop faible pour ça. Tu aurais fini par le comprendre par toi-même.

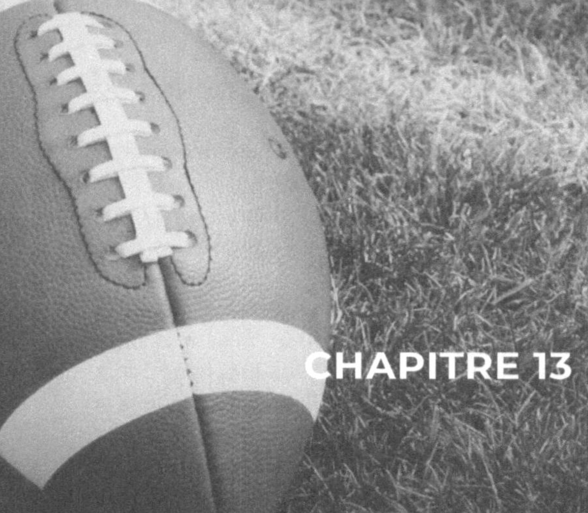

CHAPITRE 13

MASON

Non.

Non, non, non, non, non.

Je ne peux pas accepter ça.

Kay qui pense que ses démons ont gagné ? Qui pense qu'ils sont une raison pour me tenir à distance ?

J'ai beau ne pas être très branché religion, je peux être un putain de prêtre exterminateur et exorciser ces bâtards.

C'est moi qui ai merdé, en premier lieu, en rompant avec elle ; mais si Trav n'a eu besoin de me mettre qu'un léger coup de pied aux fesses pour me remettre dans le droit chemin, c'est qu'au fond de moi, je savais que nous n'aurions jamais dû rompre.

Alors maintenant, pas question que je laisse *quoi que ce soit* nous séparer plus longtemps.

Lorsque je fais un geste pour la toucher à nouveau, elle m'évite et prend littéralement la fuite en se précipitant vers la porte, laquelle se referme derrière elle dans un bruit aussi assourdissant qu'un coup de feu. Je reste figé sur place.

Elle pense que sortir avec moi est risqué ? Évidemment : toutes les relations ont leurs risques. Mais qu'elle imagine qu'elle est trop faible pour supporter d'être avec moi ?

Elle a *foutrement* perdu la tête.

Il n'y a pas une seule personne au monde qui soit plus parfaite pour moi que Kayla « PF » Dennings, et je vais le lui prouver. Il est temps pour mon coach intérieur et moi d'élaborer le plan de match le plus important de notre vie : reconquérir le cœur de Kay.

La mi-temps est finie, c'est une nouvelle donne. Et moi, je joue toujours pour gagner.

L'air frais de la nuit effleure ma peau, mais mon sang bouillonne trop pour que je le remarque. Je scrute les lieux dans l'espoir de retrouver Kay, mais je suis intercepté par JT avant que j'aie la chance de la voir. JT n'a plus rien du mec heureux de vivre et insouciant que j'ai vu partout sur les réseaux sociaux. Non, le JT qui se tient devant moi a l'air sérieusement contrarié.

Il est habillé de la même façon que les autres ici, avec un jean noir et une veste en cuir, et je me demande à nouveau avec quel genre d'énergumènes Kay traîne.

Il a croisé ses bras sur sa poitrine, et il me fixe du regard, les sourcils froncés. Si je suis un peu plus grand que lui et probablement aussi un peu plus lourd, Trav avait raison : il est bâti comme un footballeur.

— J'en ai vraiment assez de la voir pleurer, lance JT, direct.

— Tu peux arrêter d'être aussi gentil ? grogne une fille aux cheveux blond-roux que je reconnais comme étant sa sœur, Tessa, alors qu'elle vient se placer à côté de lui.

— Tess, la réprimande JT.

— Ne joue pas à ça avec moi, Jim, rétorque-t-elle en croisant les bras.

— Je pense qu'elle veut que tu agisses un peu plus comme mon frère, ajoute une autre blonde, qui se place de l'autre côté de JT.

— Aucune chance, Savvy, répond JT en même temps que Tessa réplique :

— Au diable, Sa Majesté. Je veux qu'il la joue à la E.

Je m'efforce de ne pas grimacer à l'idée de ce que E aimerait me faire subir pour avoir brisé le cœur de sa sœur.

JT lève les yeux au ciel . Rien de surprenant là-dedans : après tout, Kay est sa meilleure amie.

— Wes ! crie-t-il par-dessus son épaule. Tu peux aider un frère et contrôler la mini Majesté, s'il te plaît ?

Un autre type portant un blouson en cuir, version blouson de moto cette fois, comme ceux que portent ceux qui font des courses, renforcé et orné de divers écussons, nous rejoint.

— J'adore que tu croies qu'elle m'écoute.

JT rit, comme tout frère aîné d'une fille rit quand il est avec un autre homme qui sait ce que ça fait d'avoir une petite sœur.

— Tu pourrais peut-être au moins la distraire en l'emmenant à la course ?

Le type, Wes quelque chose, tape sur l'épaule de JT mais secoue la tête.

— Je ne peux pas, frangin. King court ce soir. C'est moi qui m'occupe du registre.

Manifestement intrigué à ce commentaire, JT détourne son attention de moi pour la porter sur Wes.

— Carter ne court *jamais* dans ces petites courses. Pourquoi le ferait-il ce soir ?

— Eh bien, quand ta nana...

Que Kay soit qualifiée de *nana* de quelqu'un d'autre que moi m'arrache un grognement sonore. Tessa et Savvy gloussent, très amusées, et je vois JT afficher un rictus satisfait alors qu'il me regarde du coin de l'œil.

— ...a commencé à courir après la tequila et à avoir son air de l'époque du lycée, King s'est dit que l'emmener dans une petite course de rue pourrait lui permettre de cesser de penser à ce mec pendant un moment.

Wes fait un signe de la main dans ma direction, mais je réagis à peine, mes tripes trop occupées à se nouer à l'idée que Kay soit passagère d'une voiture avec laquelle un mec joue à *Fast & Furious*.

— Est-ce que Kay est en sécurité avec ce King ? demande Trav en se plaçant à ma gauche, soutien tacite.

— Ouais, souffle JT en se passant une main dans les cheveux. Il n'y a pas meilleur pilote dans tout l'État que Carter. Mais putain, Dieu merci, seule Bette est là ce week-end.

La remarque me prend au dépourvu. Quand nous étions chez eux, Bette n'a pas parlé de venir pendant que JT était là. Est-ce que ça veut dire que E aussi est là ?

— Bette est là ? demandé-je, histoire de savoir si je dois me préparer à recevoir un autre coup de pied aux fesses ce week-end.

— Attends, répond JT en levant un doigt pour me faire taire, tout en se tournant vers Wes. Qu'est-ce que tu veux dire par *son air de l'époque du lycée* ?

— Eh bien, tu sais… lâche Wes en faisant un mouvement de rotation avec sa main. Cette façon qu'elle avait de se replier sur elle-même, de se réfugier dans sa coquille jusqu'à parfois passer plusieurs jours sans parler, et quand elle était là sans être là, à te regarder sans te voir pour autant.

« *As-tu seulement été harcelée ?* »

Je ferme les yeux de honte au souvenir de la condescendance dont j'ai fait preuve à son égard. Des jours ? Kay passait *des jours* sans parler ? Qu'est-ce qui lui est arrivé d'assez grave pour qu'elle en arrive là ?

— Je sais qu'elle n'a quasiment pas parlé jusqu'à ce que *lui* arrive, ajoute Wes en me désignant à nouveau de la main. Mais là, c'était différent.

— Putain.

L'atmosphère s'alourdit lorsque JT commence à se masser l'arrête du sourcil.

— Quel est le problème ? demande Trav avant que j'aie eu le temps de le faire, et je le sens se déplacer, prêt à se battre contre tout ce qui pourrait menacer Kay, peu importe ce que c'est.

JT jette un coup d'œil autour de lui. Il y a nettement moins de monde que plus tôt, du fait qu'apparemment une course est en cours, mais nous ne sommes pas seuls pour autant.

— Je ne vais pas me lancer là-dedans ici, et la seule raison pour laquelle je ne vais pas te casser la figure pour avoir remis en doute le fait qu'elle a été harcelée au lycée, c'est parce que je sais qu'elle ne t'a pas tout dit de ce qui s'est passé.

Putain de merde. Il *faut* que je sache ce qui s'est passé.

— Et je n'ai pas l'intention de t'en parler. Ce n'est pas à moi de le faire. Par contre, je vais te dire quelque chose, et je ne vais te le dire qu'une seule fois, alors tu as plutôt intérêt à bien m'écouter.

D'instinct, j'ai envie de lui demander pour qui *il* se prend à me parler comme ça, mais j'ai donné à ce type suffisamment de raisons de ne pas m'aimer ; il est probablement contre-productif de lui manquer ouvertement de respect en plus.

— Kay…

— Elle déteste que tu l'appelles Kay, l'interrompt Tessa.

— Ferme-la, Tess.

Tessa obéit et fait mime le geste de verrouiller ses lèvres à clé.

— Alors, je vais être clair, reprend JT en se détournant et en faisant quelques pas pour s'éloigner, avant de se tourner à nouveau vers moi. Kay fait partie de *ma famille*. Tu peux grogner et râler tant que tu veux quand quelqu'un dit devant toi que c'est *ma nana*, mais ne t'y trompe pas : elle est *à moi*.

Alors ça, c'est ce qu'on va voir ! Cette fois, je suis sûr d'avoir l'air prêt à mordre, et seul le bras puissant de Trav qui se presse contre ma poitrine me retient de mettre mon poing dans la figure de ce mec.

JT lève les deux mains en signe d'apaisement et fait un pas en arrière.

— Détends-toi, Néandertal.

L'entendre utiliser ce surnom qui n'est qu'à Kay me fait mal, mais j'attends qu'il continue.

— Je ne veux pas dire *à moi* dans le sens où elle est *à toi*, et le fait est qu'elle est *bel et bien* à toi. Je veux dire qu'elle est à moi de la même façon qu'elle est à E. J'en ai *rien à foutre* des liens de sang. Cette fille est ma sœur et le sera *toujours*.

Je dois bien admettre que chaque mot qu'il prononce me fait gagner en respect à son égard. Enfin, peut-être pas *chaque* mot, mais vous voyez ce que je veux dire. Et il a raison, les seules vibrations que j'ai ressenties entre Kay et lui sont les mêmes qu'avec E ou Grayson.

« *JT est juste un ami. Il est autant un frère pour moi qu'E.* »

C'est exactement ce que Kay a essayé de me dire, mais j'ai réagi comme un con et j'ai répondu : « *Ouais, et dans la chanson de Biz Markie, c'est exactement ce que dit la salope alors qu'elle couche avec l'autre mec.* »

JT et moi nous fixons l'un l'autre, la respiration lourde. C'est une confrontation entre deux hommes pour la même femme, l'un étant le frère et l'autre, si Dieu le veut, le petit ami. À l'instant où il voit dans mon regard que je comprends, il relâche ses muscles, et baisse sa garde.

— Maintenant… elle a beau le nier et se battre bec et ongles contre ça, Kay t'aime.

Ce n'est peut-être pas ma Skittles qui prononce ces mots, mais ça fait quand même du bien de les entendre. Le nœud qui avait élu domicile dans mon estomac se desserre un peu.

— Tu as une chance, même si elle est minime, d'arranger ça et de la reconquérir.

— Elle... commencé-je, avant de me racler la gorge, serrée par l'émotion. Elle a dit qu'elle était trop faible pour supporter de sortir avec moi.

— Et tu crois ça ?

Si les regards pouvaient tuer, je serais mort sur place.

— Putain, non.

Il hoche la tête en signe d'approbation.

— Elle n'est pas faible. C'est juste... certaines de ses plaies ne sont pas complètement cicatrisées.

Il va falloir que je trouve Kay, et que je lui fasse raconter tout ce qui s'est passé après la mort de son père. Je ne peux pas élaborer une bonne stratégie de jeu si je ne connais pas mes adversaires.

— Tu vas devoir y mettre *beaucoup* d'énergie, et elle ne va pas te faciliter la partie. Ne te voile pas la face, ça va être difficile. Tu ne vas pas seulement devoir lutter contre tout ce que les gens cherchent à déterrer sur elle en ligne, tu vas aussi devoir composer avec toute la merde venue de son passé.

— Je me battrai contre le monde entier s'il le faut. Je refuse de renoncer à Kay, elle est *à moi*, et personne ne m'empêchera de l'avoir à mes côtés, à sa place.

Chapitre 14

UofJ411 : Davantage que des amis ? #JeuDesLitsMusicaux
#CopineDeCasanova
***Photo de G qui quitte l'appartement de Kay avec un sac sur
l'épaule***
@AshWonderWoman : @TheGreatestGrayson37, est-ce que
@CasaNova87 sait que tu as passé la nuit chez sa copine ?
#JeSaisOuTuAsDormiLaNuitDerniere #CopineDeCasanova

UofJ411 : Pourquoi tant de chagrin ? #UnKleenex
#CopineDeCasanova
***Photo d'une Kay qui sort manifestement d'une crise de larmes
à la bibliothèque***
@Beccalynn1010 : Ils ont dû rompre. Regardez ça ^^ elle était
manifestement en train de pleurer. #TuVeuxUnMouchoir
#CopineDeCasanova

UofJ411 : Il manque quelqu'un… #OuEstCharlie #CasanovaWatch
#CopineDeCasanova

Photo de la table du déjeuner habituelle, avec tout le monde mais sans Kay
@Behawks87 : Pourquoi elle ne mange plus avec eux ?
#IlsOntRompu? #CasanovaWatch #CopineDeCasanova

UofJ411 : Est-ce un adieu ? #DuRififiAuParadis #CasanovaWatch #CopineDeCasanova
boomerang de Kay qui s'éloigne de Mason
@Ladyjanegray75 : Moi, je te jure que je ne quitterais pas @CasaNova87 #CopineDeCasanova

KAYLA

Elvis Duran et le *Morning Show* retentissent dans les haut-parleurs de Rosie alors que je reste terrée dans ma voiture sur le parking, mais même les pitreries de Greg T. ne parviennent pas à apaiser la nervosité qui me ronge. Il me reste quinze minutes avant d'aller en cours, ce qui fait quinze minutes de trop avant de devoir affronter Mason.

Je sais parfaitement que cette stratégie consistant à arriver en retard et à partir quelques instants avant la fin du cours ne fonctionnera probablement pas aujourd'hui comme elle a fonctionné l'autre jour. Mason est trop têtu pour me laisser faire.

Il appelle, et je le renvoie vers la messagerie.

Il envoie des textos, et je ne les lis pas.

Il vient chez moi, et je dors chez les Taylor les nuits où Pops ne travaille pas.

Pourquoi ne peut-il tout simplement pas laisser tomber ?

Et puis je pense *à l'autre problème*, et mon regard glisse vers le paquet posé sur le siège passager.

Je n'arrive pas à savoir ce qui m'a pris d'emporter *ça* avec moi. J'imagine que j'ai eu peur, si je le laissais chez les Taylor, que Pops le trouve d'une manière ou d'une autre et qu'il se mette *très* en colère.

C'est déjà assez difficile comme ça d'être devenu le sujet principal des publications de UofJ411 sur Instagram, entre spéculations, rumeurs et joie totale à l'idée que Mason soit de nouveau célibataire.

Et je n'ai pas encore parlé de la façon dont les choses ont tourné suite à la révélation de mon identité, et à laquelle je ne m'attendais pas. Parce qu'il existe une authentique rivalité entre les deux universités, le fait que je suis sortie avec le *tight-end* des Hawks de l'Université de Jersey est parvenue jusqu'aux oreilles du dernier des Nittany Lions que j'aurais voulu mettre au courant.

Je jette un autre coup d'œil à l'horloge sur le tableau de bord : si je veux aller en cours, il faut que je quitte le sanctuaire de ma Jeep *maintenant*.

Allez, ma fille, bouge tes fesses et sors de cette voiture, me gronde ma pom-pom girl intérieure.

J'ajuste mon foulard à chevrons noir et blanc plusieurs fois autour de mon cou, en faisant glisser le coton fin entre mes doigts.

Puis je replace ma casquette noire des Yankees plusieurs fois sur ma tête avant de finalement me décider à pousser la portière et à sortir de ma voiture.

Bien sûr, Mason m'attend à l'extérieur de l'amphithéâtre. *Maudit soit-il.* Je suis incapable d'ignorer combien il est sexy, adossé au mur, avec sa casquette à l'envers, les pieds plantés devant lui et croisés aux chevilles, les mains enfoncées dans la poche de son sweat à capuche aux couleurs de l'université. Et je déteste ça.

J'hésite entre fuir et l'affronter, mais avant d'avoir pu choisir, Mason lève ses magnifiques yeux vert d'eau et les fixe sur moi. Des frissons me courent dans le dos.

— Coucou, bébé.

Sa voix profonde gronde dans sa gorge jusqu'à faire vibrer ma poitrine.

Je ne vais pas y arriver. C'est trop dur.

Je me détourne pour fuir, mais la main de la taille d'une patte d'ours de Mason se pose sur mon bras, entourant complètement mon biceps et m'empêchant de battre en retraite.

— Non, pas cette fois.

Il me tire vers lui avec douceur, toujours conscient de notre différence de taille.

À moins de vouloir me battre littéralement contre lui, je n'ai pas d'autre choix que de le suivre dans la salle de cours, sauf que lorsque nous entrons, ce n'est pas notre salle de cours, mais une salle vide.

— Même si j'aime te voir dans mon sweat, je dois admettre que le blouson en cuir te va bien, dit-il en attrapant le revers de la veste pour que je reste face à lui.

— Mason.

Je pose mes mains sur sa poitrine, et tends mes coudes pour l'empêcher de me rapprocher de lui.

— Que dois-je faire pour que tu m'appelles à nouveau Mase ?

Pourquoi une demande aussi simple me fait-elle aussi mal au cœur ?

— Mason.

J'essaie de m'écarter, mais sa prise sur ma veste est résolue.

— Skittles.

Je couine lorsqu'il prononce ce surnom qu'il m'a donné : il m'est plus familier que je ne le pensais.

Le cuir de ma veste grince lorsqu'il resserre sa prise sur moi. Je ne parviens pas à garder l'espace entre nous, et mes orteils touchent les siens lorsqu'il élimine les derniers centimètres qui nous séparaient encore.

Je baisse la tête, pour me protéger sous la visière de ma casquette, et essayer d'éviter son regard clair qui me transperce comme s'il pouvait voir à travers moi.

Ma casquette tombe sur le sol dans un bruit sourd : on pourrait presque croire qu'il a lu dans mes pensées. Le souffle chaud de Mason danse sur mon front, et il y dépose le plus doux, tendre et déchirant des baisers.

Je ne parviens plus à retenir mes larmes, et un sanglot s'échappe de ma gorge. Comme si ce n'était pas déjà assez difficile, Mason ne cède pas, il se penche seulement pour poser son front contre le mien.

— Tu me manques, bébé.

Il chuchote, mais cela n'enlève rien à la souffrance que ces mots m'infligent.

Il me manque aussi. Tellement ! Je dors à peine, la nourriture n'a plus de goût, c'est le café qui me soutient plus ou moins, et le seul moment où je ressens un micron de paix, c'est quand je suis aux Barracks. Mais même ça, c'est très aléatoire, parce que voir les jumeaux ne fait que me faire penser à lui.

— Il faut que tu m'oublies, Mason.

— Non.

Maudit bâtard têtu.

— S'il te plaît... *s'il te plaît.*

Je ne sais pas combien de temps je peux endurer tout ça avant de m'effondrer complètement. Chaque cellule de mon corps veut fusionner avec la sienne, chaque inspiration que je prends est emplie de l'arôme enivrant de son gel douche.

C'est trop.

Il est trop.

— Je suis le mal pour toi.

Je n'arrive pas à me sortir les mots écrits au marqueur noir de la tête.

J'espère avoir pris la bonne taille, parce que j'ai dû deviner. Je me suis dit qu'il fallait qu'il sache que tu es une ruine-carrière. À moins que... les rumeurs soient vraies, et qu'il ait déjà compris qu'être avec quelqu'un comme TOI ne peut être qu'un suicide professionnel. Tu ES la fille de ta mère, après tout.

C'est cette dernière phrase de la note accompagnant le paquet envoyé par Liam qui m'a fait *vraiment* mal.

— *Putain*, sûrement pas ! grogne Mason.

Il ignore tout du combat que je me livre à moi-même, au plus profond de moi.

Il s'éloigne si vite que j'en ressens le souffle d'air. Quand je me décide à regarder vers lui, à travers les boucles lâches qui sont tombées devant mon visage, le seul adjectif qui me vient en tête pour décrire l'expression de son visage est *furieux*.

Il se dirige vers la porte, et j'hésite entre soupirer de soulagement ou le supplier de ne pas partir. Je suis dans un état abominable : je veux qu'il reste, mais j'ai *besoin* qu'il parte.

Les larmes continuent de rouler sur mes joues, et honnêtement, je suis surprise de ne pas m'être déshydratée avec les litres de larmes que j'ai versées cette dernière semaine.

J'arrête de respirer quand il prend le sac à dos que je n'avais même pas réalisé qu'il avait apporté avec lui. Je m'attendais à ce qu'il le prenne et s'en aille, mais non : j'entends résonner le bruit de la fermeture éclair et il en sort un objet.

— Je sais que tout est de ma faute. J'aurais dû te parler de Chrissy plus tôt, et j'en assume l'entière responsabilité. Bon sang…

Il agrippe sa nuque de sa main libre, et s'interrompt, avant de reprendre :

— Si je l'avais fait, toutes ces histoires avec Adam et Insta n'auraient peut-être jamais existé.

Moi, je pense que cela n'aurait rien changé. Le problème, dans tout ça, ce n'était pas son passé, mais le mien.

Et c'est toujours vrai.

Tu es la fille de ta mère après tout.

— Mason.

— S'il te plaît, Kay, supplie-t-il tout en froissant le tissu noir entre ses doigts et en le pressant contre son ventre. Je ferai tout ce qu'il faut pour que tu me fasses à nouveau confiance, mais *s'il te plaît*, donne-nous une autre chance.

Putain !

Je déteste ça.

Je. Déteste. Ça.

Je sanglote de plus en plus fort, et je peux imaginer les mèmes que cela pourrait inspirer si quelqu'un me voyait en ce moment même.

— Je te l'ai déjà dit, Mason, je te pardonne, dis-je d'une voix étranglée par les larmes avant de faire aller mon doigt entre lui et moi. Le problème, c'est moi, pas toi.

Il mérite que je lui dise la vérité, mais je ne parviens toujours pas à me résoudre à lui expliquer tout en détail. Peut-être que je devrais juste lui dire quoi chercher sur Google pour qu'il puisse voir les articles par lui-même. Certes, Jordan et son équipe se sont débrouillés pour que tout se retrouve enterré dans les dernières pages des résultats de recherche, mais rien n'a disparu. Ce qui est posté sur le Net y reste pour toujours.

— Je t'aime, Kay.

Tu vois ? La pom-pom girl qui est en moi resserre sa queue de cheval et me regarde fixement. *Il t'aime, tu l'aimes. Arrête d'être une putain de martyre et dis-lui. Dis-lui tout. Peut-être qu'avec lui à tes côtés, tu pourras enfin passer à autre chose.*

— Nous avons cours.

C'est une excuse bidon, mais c'est la seule que je parviens à trouver.

— On s'en fout des cours. Il est hors de question de quitter cette pièce tant que tu ne seras pas de nouveau à moi.

Puis, sans rien ajouter, il déplie ce qu'il a dans les mains et me le tend.

Bordel de merde ! Il ne va pas s'y mettre aussi ?

Je me retrouve face à un simple t-shirt noir ras de cou en coton. Au dos, vous l'aurez deviné, NOVA et #87 sont inscrits en lettres majuscules rouges et blanches. C'est lorsqu'il le fait tourner pour me montrer le devant où il est écrit *Mon petit ami est le roi du terrain, mais c'est moi la reine de son cœur,* avec un cœur rouge orné de lacets de ballon de football à la place du mot cœur ; que mes genoux cèdent et que je m'effondre sur le sol.

MASON

Kay s'écroule littéralement sur le sol et je n'aurais jamais cru possible qu'une personne encore consciente puisse s'effondrer de cette manière. C'est comme si tous ses os et tous ses muscles avaient cédé.

La voir pleurer me fait aussi mal au ventre que si on m'avait piétiné avec des crampons à gazon, mais ça… cela me démolit le moral.

Je me jette à côté d'elle, tout en ignorant le froid et la dureté du carrelage contre mes genoux, et je la tire contre moi pour serrer dans mes bras et la bercer.

Son corps vibre contre le mien, tellement elle tremble à force de sangloter. Je m'attendais à tout sauf à ça, et je ne sais pas quoi faire pour l'aider.

Je caresse son dos de ma main, et passe mes doigts dans ses cheveux, dans l'espoir de l'apaiser, mais rien n'y fait : elle redouble de larmes.

Tout ça, c'est ma faute. Cette idée tourne en boucle dans ma tête.

Je fais la seule chose que je peux faire à ce moment-là : la serrer plus fort, poser mon visage sur sa tête, respirer son parfum de menthe poivrée. Comme cela m'a manqué !

— Ça me tue de te voir comme ça, bébé.

Elle ne me répond pas. Silence radio complet.

L'ancien moi, le Casanova du campus, n'aurait jamais pu être retrouvé comme ça, assis par terre, une femme en larmes dans les bras, à essayer de lui faire comprendre tout ce qu'il ressent. Mais le nouveau moi, celui qui sait qu'il a besoin de Kay, s'en contrefiche. Elle est tout pour moi. Comme elle adore les t-shirts humoristiques, j'ai pensé qu'en faire imprimer un sur notre histoire était le meilleur moyen de le lui prouver, mais…

Je déteste ça. J'ai détesté voir ses épaules s'affaisser, et la voir cacher son visage en baissant la tête à chaque fois que des gens parlaient sur notre passage. Mais la voir comme ça et ne pas savoir comment l'aider… Je ne me suis jamais senti aussi impuissant de toute ma vie. Même mon coach intérieur ne sait plus quoi dire.

— Tu veux que j'appelle E ?

Je ne pense pas que son frère m'apprécie beaucoup en ce moment, mais peu importe, je ferais n'importe quoi pour l'aider.

— J'éviterais, à ta place, dit-elle simplement, et les nœuds qui se sont formés entre mes omoplates se détendent un peu lorsque j'entends à nouveau le son de sa voix. Je crois qu'il a passé sa semaine à chercher comment te botter les fesses par téléphone.

— Putain, bébé.

Je laisse échapper un rire étranglé qui ressemble à un aboiement.

Elle ne s'est toujours pas éloignée de moi, et je vais profiter de l'avoir dans mes bras aussi longtemps qu'elle le permettra. Mais elle se replie presque immédiatement sur elle-même, comme si elle m'avait entendu, et se glisse hors de mes genoux.

— Skittles.

J'essaie de la toucher, mais elle contourne l'estrade et se réfugie derrière le bureau pour éviter que je l'atteigne.

— Putains de salopards, lâche-t-elle brutalement, la voix rauque d'avoir pleuré. Pour qui est-ce que vous vous prenez, tous, à imaginer que vous pouvez utiliser des t-shirts pour m'atteindre ?

Quoi ?

— Sérieux, allez vous faire foutre tous les deux.

Elle frappe des mains sur ses cuisses.

Tous les deux ? Mais de quoi est-ce qu'elle parle ?

Bien sûr, mes relations avec Grayson se sont considérablement refroidies maintenant que j'ai rompu avec sa meilleure amie, mais je sais malgré tout que jamais il n'essaierais de la séduire. Je ne peux pas croire à de telles bêtises, et ils peuvent disserter sur le sujet sur Insta autant qu'il veulent, cela ne changera pas.

Je n'ai jamais réalisé à quel point j'étais épié, jusqu'au moindre de mes faits et gestes. Pourquoi les gens se soucient-ils autant de ce que j'ai mangé au déjeuner ? Ils n'ont vraiment rien de mieux à faire de leur temps que d'essayer de bousiller la vie des autres ? Certes, avant, je vivais pour mon image de star de mon équipe de football et pour la notoriété que j'en tirais. Mais ce n'est plus vrai aujourd'hui.

Je suis si déterminé à arranger les choses avec Kay que Grayson est plutôt à mettre dans le panier de ceux qui ne me détestent pas complètement. Il me tient au courant de ce que fait Kay, ou plus exactement, de ce qu'elle ne fait pas. Du coup, je ne vois pas de qui il peut être question.

— Tu sais quoi ? demande-t-elle en fouillant rageusement dans le sac qu'elle porte en bandoulière. Tiens.

Elle frappe du poing dans mon estomac et mes muscles se contractent sous le choc. Je baisse les yeux, pour voir qu'elle tient un t-shirt roulé en boule dans la main.

— Je n'aurais jamais cru qu'il existait encore de ces machins, mais *a priori*, j'avais tort, ajoute-t-elle, en appuyant plus fort contre mon ventre jusqu'à ce que j'attrape le morceau de tissu. Tu doutais que j'avais été harcelée au lycée ? Tu as cru que c'était quelque chose que j'avais inventé pour m'amuser ?

Ses yeux gris sont durs, son regard est résolu. Son ton tranchant me fait monter la bile dans la gorge.

— Essaie d'aller en cours, un jour, pour te retrouver face à des centaines de personnes qui portent ça.

Ses yeux s'étrécissent et se posent sur le t-shirt que je tiens mollement entre nous, comme pour me mettre au défi de le regarder.

J'avale péniblement, comme si j'avais une grosse poignée de gazon coincé au fond de la gorge, puis j'attrape le tissu aux épaules pour le déplier.

Qu'est-ce que c'est que ça ?

Est-ce que c'est…

Putain ! Les yeux gonflés et fermés, les joues rouges et humides, la bouche ouverte à la recherche d'air : c'est une photo en gros plan du visage de Kay en train de pleurer avec les mots *Pleurnicheuse Ruine-Carrière* imprimés au-dessus.

Quel putain d'enfoiré irait faire imprimer un t-shirt pareil ?

Tu es vraiment un imbécile d'un genre particulier, n'est-ce pas, Nova ?

Je lève les yeux, tout prêt à m'excuser à nouveau, du fond de mon âme cette fois, mais Kay m'a fait le même coup qu'à chaque fois que je lui ai parlé cette semaine : elle est partie sans rien dire, sans un bruit.

CHAPITRE 17

Hier, j'ai fait quelque chose qui va totalement à l'encontre de tous mes principes : j'ai séché mes cours.

Pour ma défense, vu comme je me suis littéralement écroulée, si j'avais été en cours, je n'aurais probablement rien retenu.

Ce qui n'enlève rien au fait que j'ai littéralement pris la fuite devant Mason et les sentiments particulièrement fort que j'ai encore pour lui. Je l'aime. Je l'aime comme Bette aime E, mais contrairement à mon incroyable belle-sœur, je ne me sens pas la force de traverser les turbulences qui nous attendent.

Alors, j'ai fait ce que je sais faire de mieux : j'ai pris la fuite, et je me suis cachée.

J'ai commencé par aller aux Barracks. C'est mon refuge, ma deuxième maison, et je m'y sens en sécurité. En plus, je peux y faire plein de choses pour me distraire, pour me faire oublier tout ce à quoi je ne veux pas penser.

Mason.

Mon cœur brisé.

Instagram.

Des colis que je n'ai pas demandé à recevoir, avec des rappels d'un passé que j'aimerais pourtant pouvoir oublier.

Des appels et des questions de Jordan concernant ce que je veux faire pour... tout ça.

E qui flippe.

JT qui me soutient virtuellement.

Mason.

Mason.

Mason.

*Pourquoi tu luttes autant contre lui ? Il veut que tu reviennes. Il s'est excusé, il t'a dit qu'il t'aimait. Putain de merde ! *tire sur le dos du t-shirt* Tu as vu ça ? Tu as* vraiment *vu ? *souligne le texte du doigt* Ce garçon ne pourrait pas faire* davantage *pour toi, même si on était dans l'un des romans d'amour préférés de Tessa.*

Je baisse les yeux, et je maudis à la fois ma pom-pom girl intérieure et moi-même à la vue du coton noir qui recouvre ma poitrine. Oui, je porte *le* t-shirt, celui-là même qui a provoqué mon effondrement, parce qu'il agit comme un antidote au poison que Liam a déposé sur le pas de ma porte.

Après avoir enchaîné des figures acrobatiques au sol jusqu'à ce que mes muscles crient grâce, j'ai rejoint le groupe des Marshals pour les entraîner. Puis je suis retournée chez les Taylor. Comme je ne voulais pas être seule dans un endroit où Mason pourrait me trouver, j'ai passé *des heures* à discuter avec JT et Tessa.

Lorsque je me suis endormie, toujours vêtue *du t-shirt*, j'avais réussi à recoller suffisamment de morceaux de l'ancienne Kay pour arriver à croire que je pouvais être la petite amie de Mason.

Et puis je me suis réveillée et je me suis rappelée avec précision des raisons pour lesquelles je ne peux pas être avec lui.

#Chapitre 18

TightestEndParker85 : Attendez, temps mort. *émoji panneau stop*
Est-ce que c'est vraiment vrai ? @CasaNova87 Tu sors vraiment
avec ma pute d'ex-copine ? #JEtaisLePremier
*montage photo d'une image de Liam et Kay souriant à l'époque
où ils sortaient ensemble et d'une image de Mason en tenue de
footballeur pendant un match, l'air contrarié.*

UofJ411 : *émoji étonné* *émoji choqué* #JAiPleinDeQuestions
#CasanovaWatch #CopineDeCasanova
***REPOSTÉ – montage photo d'une image de Liam et Kay
souriant à l'époque où ils sortaient ensemble et d'une image de
Mason en tenue de footballeur pendant un match, l'air contrarié.
– TightestEndParker85 : Attendez, temps mort. *émoji panneau
stop* Est-ce que c'est vraiment vrai ? @CasaNova87 Tu sors
vraiment avec ma pute d'ex-copine ? #JEtaisLePremier***
@Lagerlefsebookblog : Le mystère s'épaissit
#PassezMoiLePopcorn #CasanovaWatch #CopineDeCasanova
@Lala_powergirl : L'université de Jersey, c'était parce qu'elle
n'avait pas le choix, ou bien ? On dirait que la copine de

@CasaNova87 a un faible pour les Nittany Lions. #OuVaTaLoyaute #CasanovaWatch #CopineDeCasanova

@Lonniegallahan : Je sais que le match va être retransmis par ESPN, mais est-ce que ça ne serait pas mieux sur une chaîne de divertissement !? #CaSentCroustillant #MarquerPlusQue-DesTouchdowns #CasanovaWatch #CopineDeCasanova

TightestEndParker85 : Hé, @UofJ411 J'ai plein d'histoires à raconter #JAiDeQuoiEcrireUnRoman

boomerang de Liam qui agite ses sourcils avec un sourire narquois.

@TheQueenB : Oooh, ça va être BON ! #JeSuisToutOuie

@UofJ411 : Raconte ! #NousEcoutons

Alex et moi venons de rentrer de l'entraînement, et nous sommes en train de nous installer dans le salon, quand la voix de Trav me parvient.

— Toujours aucun progrès avec Kay ?

Des images d'hier surgissent dans ma tête et se mettent à défiler.

Kay qui cherche à m'éviter et à me fuir.

Kay qui me demande de la laisser partir. *Mais bien sûr !* Comme s'il y avait la *moindre* chance que cela se produise.

Kay qui pleure, chacun de ses sanglots agissant comme une giclée d'acide sur mon âme.

Et cette image qui m'a hantée toute la journée hier, jusque dans mes rêves : Kay qui s'écroule en un tas informe sur le sol.

— Je lui ai parlé hier.

Le résultat que j'ai obtenu n'a pas été à la hauteur de mes espérances, voire même, loin s'en faut ; mais vu que cela faisait des jours qu'elle m'évitait soigneusement, c'est tout de même un pas en avant. Avant que ne se produise ce qui me semble être *plusieurs pas* en arrière.

— Qu'est-ce qu'elle a dit du t-shirt ? demande Trav, et la seule chose qui me vient en tête, c'est *lequel ?*

Je n'ai montré le t-shirt que Kay m'a mis dans les mains qu'à Grayson. Je ne sais pas vraiment pourquoi je n'ai parlé de ça avec personne d'autre, mais je sais qu'une partie de moi aurait l'impression de la trahir si je le faisais sans lui demander la permission avant.

Au grand sourire que m'adresse Trav, je sais qu'il est très fier d'être celui qui a trouvé la boutique Etsy où j'ai commandé les t-shirts personnalisés. Mais une fois que j'aurai récupéré Kay, je n'oublierai *pas* de me moquer de lui, juste parce qu'il connaissait Etsy.

— Elle l'a pris.

Ce n'est pas un mensonge : elle a bel et bien pris le t-shirt. La façon dont elle a réagi, par contre ? Je préfère éviter d'en parler.

Mon téléphone vibre dans ma poche. Brantley, encore. Je renvoie l'appel sur la messagerie vocale. Je n'ai pas besoin qu'on m'assène un nouveau discours d'encouragement pour le match de demain. Ce qui s'est passé la semaine dernière était une exception, pas la norme. Je n'ai peut-être pas encore officiellement récupéré Kay, mais j'ai bon espoir. Et en attendant, il est hors de question que mes performances soient affectées par mon cœur fracassé.

— Je sais que ta copine adore les t-shirts et ce genre de trucs, lâche Kevin en se penchant le billard pour aligner ses billes, mais j'espère vraiment que tu as mieux que ça.

— Je suis d'accord, approuve Noah, qui gémit lorsque la bille huit, propulsée par Kev, atterrit dans la poche de l'angle.

Et c'est plus vrai que jamais, pensé-je alors que les mots prononcés par Kay résonnent à nouveau dans ma tête : « *Putain de salopards. Pour qui est ce que vous vous prenez, tous, à imaginer que vous pouvez utiliser des t-shirts pour m'atteindre ?* »

— Moi, ce que je veux savoir, lance Kevin, m'arrachant de mes pensées, c'est si tu as vraiment fait ce qu'il fallait pour arranger ça. Quand je l'ai vue sur le campus l'autre jour, elle a détalé si vite pour se réfugier dans la bibliothèque qu'elle en a limite laissé un nuage de poussière derrière elle.

— Je suis d'accord, ajoute Alex tout en faisant défiler le menu de Madden avec sa manette. On comprend bien pourquoi ta copine t'évite, mais pourquoi est-ce qu'elle nous évite, nous ? C'est pas cool.

Les voir plaisanter de quelque chose qui est aussi important pour moi devrait m'agacer, mais ce n'est pas le cas. Ils m'ont tous apporté un soutien sans faille dans ma campagne pour la reconquête de Kay.

Par moments, j'aimerais pouvoir discuter avec elle assez longtemps pour lui parler des gars et de ce qu'ils ressentent. Je sais bien qu'elle a peur que les gens essaient de l'utiliser s'ils découvrent qui est son frère, mais pourtant, en dehors d'une poignée de questions quand cela s'est su, les gars n'en ont vraiment pas fait grand cas. Ils s'inquiètent bien davantage du fait que Kay ne leur parle plus.

— J'ai quand même un doute sur le fait qu'un troupeau de célibataires endurcis soient bien placés pour me conseiller sur comment courtiser ma nana, dis-je tout en expédiant un nouvel appel vers la messagerie vocale.

Bon sang, Brantley est pénible ce soir.

— Mec, grogne Alex avec un léger rictus aux lèvres, je n'arrive pas à croire que tu viens d'employer le mot courtiser.

— Peu importe, dis-je en haussant les épaules. Je suis amoureux d'elle, mec.

Alex laisse tomber son sourire narquois et reprend son sérieux.

— Respect, mec.

Il me tend son poing pour que je le choque, et je m'exécute.

— Oh, mon frère, c'est *trop* bon, lâche Adam dans un gloussement alors qu'il entre dans le salon avec deux autres Alpha.

Mes poils se hérissent devant le sourire grimaçant qui s'épanouit sur son visage quand il découvre que je suis là. J'aimerais pouvoir le mettre dehors, mais en tant qu'Alpha, il a autant que nous autres le droit d'être ici.

— Je pense qu'on devrait ouvrir un mur entier de paris pour le match contre Penn State. J'ai comme l'impression que nous allons pouvoir exploiter un tout nouveau marché avec ça.

Il agite un bras vers le mur du fond, recouvert de peinture à tableau noir, où les AK notent les cotes pour les matchs de chaque semaine. Puis il cherche à me montrer quelque chose sur son téléphone, mais je me force à l'ignorer.

Je viens juste de prendre la manette que me tendait Alex pour faire une partie de *Madden* quand Adam renchérit :

— Qu'est-ce que tu en penses, Casanova ? Tu pourrais nous donner des informations exclusives.

— Mais de quoi tu parles, bordel ?

Je ne détourne pas les yeux de mon écran de sélection d'équipe : il ne mérite pas que je le gratifie d'un contact visuel.

Adam rit à nouveau comme un genre de hyène sénile, et quand je me décide à regarder enfin vers lui, il en train de se frotter les mains de joie. Il ne lui reste plus qu'à porter son petit doigt à sa bouche, et son imitation du Dr Denfer sera parfaite.

Avant qu'il ne puisse répondre, la porte qui mène du couloir au salon s'ouvre avec un *BANG !* et laisse passer un Grayson très énervé.

Mon instinct me met instantanément sur le qui-vive, et je bondis de mon siège.

— Je sais que vous devez bientôt aller pointer au Huntington, mais est-ce je peux t'emprunter la Shelby ?

— Pourquoi ? demandé-je, surpris par sa question.

— Em n'a pas eu la patience d'attendre que je sorte de l'entraînement, donc maintenant il faut que je trouve le moyen de me rendre à Blackwell par mes propres moyens.

Pourquoi ? Pourquoi aurait-il besoin d'aller à Blackwell ?

— Kay a un problème ?

Je ne vois aucune autre raison valable pour qu'il veuille m'emprunter ma voiture.

Je n'ai jamais confié mon bébé à quelqu'un d'autre qu'à Trav, mais ce n'est pas ça qui me fait me précipiter vers Grayson, tout prêt à agir.

— Oh, c'est vraiment génial, intervient Adam, en applaudissant.

Oui, vous avez bien lu. Ce putain d'enfoiré *applaudit*.

— Ferme ta putain de grande gueule, Adam, gronde Grayson.

Je ne sais pas si ce sont ses grossièretés ou sa colère, inhabituelles de sa part, qui incitent Adam à se taire ; mais peu importe : ça fonctionne.

— Elle va bien, reprend-il. Il faut juste que j'aille la voir.

Elle va bien ? *Mon cul, oui !* Je vais me faire sonner les cloches par le coach Knight, mais tant pis : Grayson ne part pas sans moi.

— Quel est. Le. *Problème* ? lâché-je, les dents serrées, les clés de ma voiture déjà à la main.

Il réagit à peine, mais sa mâchoire se contracte et se main se resserre autour de son téléphone, au point que je crains qu'il ne le broie dans son poing et que l'écran explose.

— G ?

Le surnom imaginé pour lui par Kay m'échappe. Je n'ai pas l'habitude de l'appeler ainsi, mais je ne l'ai jamais vu aussi… prêt à exploser.

— Il semblerait que… commence-t-il en grinçant des dents, tout en cherchant manifestement comment formuler son propos. Que toutes les publications sur Kay et toi soient arrivées jusqu'à Penn State, et avec elles, sont apparus de nouveaux hashtags de merde genre « tu sors avec l'ennemi ».

Putain d'Instagram. Je commence à comprendre l'aversion de ma petite amie pour les réseaux sociaux.

— Quoi ? Ils ont déterré d'autres photos d'elle aux matches de E ?

— Oh, bon sang, tu n'es même pas au courant ? rigole Adam, avec un rire de plus en plus hystérique, et je suis à deux doigts de lui balancer mon poing dans la figure. C'est vraiment classique !

— Y a rien à faire, tu n'arrives toujours pas à savoir quand il faut vraiment que tu la fermes, hein ?

La colère flambe dans les yeux de Grayson, et l'atmosphère de la pièce se charge d'électricité tandis que je cherche à savoir ce que j'ai bien pu rater. Il faut dire que je n'ai pas évité que Brantley : à part pour vérifier, en pure perte, bien sûr, si Kay m'avait fait des messages, je n'ai pas regardé mes notifications.

— Grayson, qu'est-ce qui se passe ?

Trav vient d'apparaître à côté de moi.

Le silence s'éternise, et cette fois, j'ai vraiment l'impression d'entendre un craquement en provenance de la main de G qui tient le téléphone, mais l'écran est intact lorsqu'il me le tend pour que je voie la photo qui s'y trouve.

Comme la dernière fois que j'ai vu le visage souriant de Kay me fixer sur un flux Instagram, je vois rouge et des étoiles se mettent à danser devant mes yeux.

Liam Parker. Liam *le salopard* Parker est celui qui a mis le feu aux poudres, et histoire de rajouter de l'huile sur le feu, il ose ensuite la traiter de *pute* ? Il est mort. M-O-R-T.

— Oh, merde, jure Trav.

— Quoi ? *Oooh*… lâche Alex en se levant du canapé.

Kevin et Noah réagissent de manière similaire, et resserrent les rangs autour de moi. Le match contre Penn State, qui doit avoir lieu dans quatre semaines, paraît soudain bien trop loin.

— Trav, je vais avoir besoin que tu dises au coach Knight que j'ai eu une urgence familiale, mais que je serai à l'hôtel avant le couvre-feu.

Je pointe du menton vers la porte en regardant Grayson, dans un silencieux *On y va.*

— Tu es vraiment naïf si tu crois que tu vas y aller sans moi.

Trav me tape dans le dos, et m'emboîte le pas.

— Sérieusement, Nova, tu as oublié que nous sommes une équipe ?

La question posée par Kev est suivie d'un murmure d'approbation.

Je m'immobilise, et je vais chercher le regard de chacun de tous ceux qui sont autant mes coéquipiers sur le terrain que dans la vie. Je ne prête pas attention aux délires qu'Adam continue à cracher. Je m'occuperai de son cas plus tard.

_Je suis en pleine crise. Tu es censé me laisser boire, gémis-je tout en jetant un regard noir à Carter quand il échange ma bouteille de tequila contre une bouteille d'eau minérale. C'est bien à ça que servent les amis, non ?

C'est la deuxième fois en une semaine que King m'empêche de boire pour oublier mes problèmes. Et franchement, je déteste ça.

— Tu peux me fusiller du regard autant que tu veux, Dennings, mais quand tu fais à peine la taille requise pour monter sur les manèges des parcs d'attractions, le facteur d'intimidation est nul.

Je lève les yeux au ciel et repousse le comptoir des deux mains. Il refuse de me laisser boire ? Tant pis, je vais me venger sur de la glace.

— C'est tellement rafraîchissant de voir qu'il y a des gens à qui tu ne fais *pas* peur, lance Wes tout en essayant de cacher un sourire amusé derrière sa main, sans succès.

C'est l'hôpital qui se moque de la charité : King est peut-être, pour ainsi dire, le roi de sa cour, mais Wes est tout aussi, sinon plus, craint que le leader.

Les voir apparaître m'a touchée. Je sais qu'ils sont venus

parce que JT le leur a demandé, mais cela n'enlève rien au fait que c'est agréable de se savoir soutenue.

— Tu n'es pas un très bon souverain si tu ne sais pas qu'il ne faut *jamais* remplacer son poison par de l'eau.

Em met un coup de hanche à Carter pour le pousser sur le côté, et tend son bras au-dessus du comptoir pour me mettre sous le nez un gobelet en carton imprimé d'un logo familier sur le thème Harry Potter. Je dois aller vraiment plus mal que je ne le pensais pour qu'ils aient pris la peine de s'arrêter à l'Espresso Patronum en venant. Dommage que mon café préféré ne parvienne qu'à me faire penser à Mason.

King croise ses bras sur sa poitrine, et les manches de son t-shirt noir se resserrent sur le haut de ses biceps. Il incline sa tête pour regarder Em, les yeux étrécis par un regard qui a mis plus d'un homme dans ses petits souliers. Mais cela ne fait ni chaud ni froid à ma meilleure amie : Em, bénie soit-elle, ne fait qu'arquer un de ses sourcils parfaits, véritable mise au défi silencieuse.

On peut compter le nombre de fois où ces deux-là se sont côtoyés sur les doigts d'une seule main, mais cela n'empêche pas que la tension qui crépite entre eux dès qu'ils sont à moins de trois mètres l'un de l'autre est si *sexuelle* qu'on a l'impression que toutes les femmes autour pourraient tomber enceintes rien qu'en les regardant.

— Attends, Dennings, ordonne Carter quand je m'éloigne.

Je m'arrête, mais ne me retourne pas. J'incline seulement mon menton pour le regarder par-dessus mon épaule.

— Je n'ai pas la moindre envie d'en parler, King.

Je laisse échapper un lourd soupir. Je sais de quoi il veut parler, mais je ne suis pas d'humeur. Ce n'est même pas l'heure du dîner et j'ai déjà l'impression que cette journée est la plus longue que j'aie jamais vécue.

J'ai paniqué.

J'ai pleuré quelques seaux de larmes de plus.

J'ai convaincu Bette de ne pas venir, *encore*.

J'ai été voir Jordan Donovan pour empêcher E de péter un câble.

Et puis, je me suis mise en colère.

Pourquoi Liam ne peut-il pas s'occuper de ses propres affaires ?

Je pensais avoir grandi. Je pensais que j'avais réussi à remettre ma vie en ordre, pour qu'elle soit gérable pour moi. Ces deux derniers mois, j'ai essayé, un peu en pure perte, d'accepter l'attention que l'on m'a portée sur les réseaux sociaux et dont je ne voulais pas. Malheureusement, cela a aussi conduit au retour de Liam dans ma vie, et j'ai l'impression que tout est sur le point de s'écrouler autour de moi comme un château de cartes.

— Dennings...

— Non, King, l'interromps-je tout en me retournant et en levant la main. Je te suis reconnaissante pour ce que tu as fait pour moi à l'époque du lycée, au-delà des mots, vraiment. Je sais que tu as l'habitude de ne jamais être remis en question en tant que chef suprême...

Oups, c'était peut-être un peu trop sarcastique, ça, non ?

— ... et je sais que ton influence va bien au-delà de Blackwell, maintenant. Mais *ça*, ajouté-je en agitant mon téléphone dans les airs, c'est quelque chose que je dois gérer par moi-même.

Sur ce, je tourne sur mes talons pour laisser Em et Carter se chamailler. Je me dirige vers le salon pour boire mon café, et je m'installe juste à côté de CK. Il ne me demande pas si je vais bien ou si je tiens le coup ; il passe simplement un bras autour de mes épaules et me laisse me blottir contre lui, un moyen de me dire silencieusement qu'il est là pour moi.

Je pose les yeux sur mes mains. Les anneaux agrémentés de pierres précieuses et semi-précieuses de toutes les couleurs ornent cinq de mes doigts, véritables rappels visuels de toutes ces personnes qui sont toujours là pour me soutenir. Il faut vraiment que je trouve une émeraude pour ajouter CK à ma collection.

Il y en a d'autres qui ne demandent qu'à te soutenir.

Ma pom-pom girl intérieure parle de Mason, bien sûr, mais je refuse de l'évoquer dans un moment pareil. Plus je pense à lui, plus il y a de chances que je me remette à pleurer. Pour ne pas être tentée de remettre en question ma décision de m'éloigner de lui, j'ouvre du pouce le texto que j'ai reçu cet après-midi.

INCONNU : Hum ! Ce UofJ411 semble vraiment vouloir TOUT savoir de toi. Je me demande ce que je devrais leur dire en premier ? À moins que je ne puisse faire un échange de bons procédés. Tu te souviens quand E a essayé de me faire retirer ma bourse et qu'à cause de ça, je n'ai quasiment pas pu jouer, en première année ? Je suis sûr que je dois pouvoir déterrer assez de choses croustillantes sur ton précieux Casanova et créer un scandale assez gros pour l'empêcher d'accéder à la présélection. *émoji pensif* Il y a tellement de possibilités...

Sûr, que je vais laisser ça arriver. Je *refuse* que Liam puisse avoir l'occasion de salir Mason sur les réseaux sociaux avant même que sa carrière ne commence. Il faut vraiment qu'il se soit passé beaucoup de choses dans la vie d'un joueur pour qu'il puisse être considéré comme non-sélectionnable, mais... cela n'empêche pas que, sans aller jusque là, avoir mauvaise réputation peut coûter cher à un joueur ; si les équipes ont des raisons légitimes de penser qu'il peut constituer un problème en termes d'image et de marketing. Cela peut repousser sa sélection et lui faire perdre des millions de dollars.

Et je refuse que cela arrive à Mason. Son futur est trop prometteur pour que je laisse quelque chose, ou *quelqu'un*, venu de mon passé l'entacher.

Quelle importance pourrait bien avoir mon cœur brisé, si cela signifie que Mason peut réaliser tous ses rêves ?

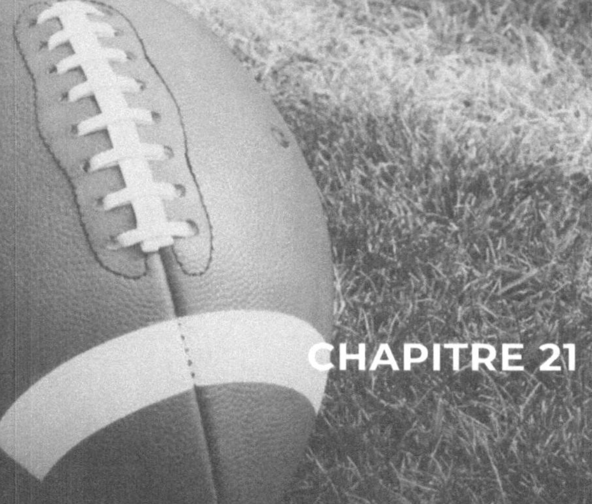

CHAPITRE 21

MASON

Je n'ai pas cherché à pousser la Shelby au maximum de ses possibilités, et ça, c'est un exploit en soi. Dieu merci, Trav n'a rien contre le fait de rouler au-delà des limitations pour me suivre, et nous gagnons dix minutes sur le trajet jusqu'à Blackwell.

— Elle va être furieuse que je t'aie amené ici, lâche Grayson alors que je me gare sur une place deux maisons plus bas que celle où la Jeep de Kay est garée dans l'allée.

Je ne prends pas le temps de répondre : je préfère sortir de ma voiture et rejoindre directement les gars devant la maison dont Grayson nous explique que c'est celle des Taylor.

— Alors, écoutez… commence Grayson avant de s'interrompre, la main sur la poignée de la porte tout en se tournant vers nous. Il ne s'agit pas aujourd'hui d'une soirée comme celles qu'on passait chez Kay, ou d'un déjeuner à la cafétéria. Aujourd'hui, il s'agit de limiter la casse et d'empêcher Kay de perdre complètement les pédales. Tout le monde ici est *ami* avec Kay. On ne déclenche *pas* d'hostilités.

Il laisse ses yeux errer sur l'allée, et c'est alors que je remarque la Corvette noire et la Kawasaki Ninja garées à côté de Rosie. *De mieux en mieux.*

Il attend que nous acquiescions, puis, sans frapper, ouvre la porte et entre.

Je suis le premier à entrer derrière lui, et je scrute tous les visages aussi vite que je peux. Em est la première à saluer Grayson, et je vois le reste de notre groupe dispersé derrière elle.

Tessa Taylor et sa blonde amie font chacune cette grimace mimoue, mi-rictus alors qu'elles nous observent depuis la cuisine, et je vois les deux types dont j'ai vaguement fait la connaissance le week-end précédent nous regarder avec circonspection.

Je me retourne, mais toujours pas de Kay.

— Où est-elle ?

Em est la plus proche, alors c'est à elle que je pose la question.

— Vous n'êtes pas censés être bientôt à l'hôtel ?

— Emma.

J'agite mes mains, frustré, ma voix perd une octave et mon ton se durcit.

Elle soupire : elle me trouve ridicule. Peut-être que c'est vrai, mais le fait est que j'en ai par-dessus la tête que l'on m'empêche d'atteindre *ma* nana.

— Elle est au téléphone avec E. Détends ton string.

— Où ?

Mon ton est furieux, et cela s'entend.

— Il faut que tu te calmes, mec.

Le dénommé Carter bouge pour se placer entre Em et moi. C'est un mouvement de défense, et même dans mon état d'esprit moins que rationnel, je suis blessé qu'il puisse seulement imaginer que j'aurais pu m'en prendre à elle.

Je nage en eaux troubles, ici. Sans Kay, j'ai l'impression de patauger, et je ne vois pas comment la récupérer avant d'avoir rassemblé toutes les pièces manquantes du puzzle.

Il n'y a pas un bruit, exception faite du son d'une télévision, sur laquelle passe une publicité pour le dernier film de Kevin Hart.

Au-dessus de nous, les escaliers grincent alors que quelqu'un entreprend de les descendre.

— Miniature.

Je me retourne lorsque j'entends Trav saluer Kay, juste à temps pour la voir s'immobiliser sur la dernière marche de l'escalier.

Ses yeux sont rouges et gonflés, et ce n'est qu'accentué par la façon dont elle les écarquille. Je commence à en avoir plus qu'assez de la voir comme ça.

Ses cheveux attachés à la diable en un chignon lâche tombent sur le côté lorsqu'elle relève la tête pour regarder Trav. Il se précipite vers elle, et la prend dans se bras pour la serrer contre lui. Kay reste un instant les bras ballants, puis elle les enroule autour de lui. Ils restent ainsi quelques secondes de plus que d'habitude, et quand ils se séparent enfin, Kay lui caresse la joue. Au regard qu'elle lui lance, je sais qu'elle essaie de lui dire qu'elle est désolée pour la débâcle de l'affaire Chrissy/Tina.

Je suis jaloux, même si j'essaie de me forcer à ne pas l'être. J'arrive même à m'empêcher de me jeter sur eux pour les mettre en pièces, alors que mon côté néandertalien en meurt d'envie.

— Qu'est-ce que vous faites ici, les gars ? Vous allez être interdits de match si vous n'êtes pas à l'hôtel à temps.

— Mais non.

Kevin fait un geste de la main pour dire qu'il ne va rien se passer de grave, puis va la serrer dans ses bras.

— Le coach ne va pas exclure tous ses capitaines, ajoute Alex en l'embrassant à son tour.

— On a encore quelques heures devant nous avant le couvre-feu, de toute façon.

Noah est le dernier à l'étreindre avant que ses yeux gris ne se posent sur moi.

— Mason.

Je ne sais pas ce que je déteste le plus, le fait qu'elle *persiste* à m'appeler Mason ou le ton défait qu'elle emploie pour prononcer mon nom

— Tu ne devrais pas être ici.

Je passe une main sur le tissu de ma casquette. Et voilà, ça recommence. Je la rejoins en trois longues enjambées.

— Bordel, un peu, que je dois être là. Peu importe où tu es, j'y serai.

Elle se frotte les mains, puis les fourre dans la poche du sweat à capuche aux couleurs de la NJA qu'elle porte. *Elle ne devrait pas porter ce sweat-là, elle devrait porter le mien.*

— Non. Je te l'ai déjà dit, je suis le mal pour toi.

Elle recule, et remonte d'une marche.

Je tends la main pour l'empêcher de reculer. Avec la hauteur des marches de l'escalier, elle ne mesure plus que quelques centimètres de moins que moi au lieu des presque cinquante habituels. Je prends son visage à deux mains, je pose mes pouces sur ses pommettes, et je plonge dans ses yeux humides de larmes.

— Il n'y a personne de mieux que toi au monde pour moi, Skittles. Arrête d'essayer de me repousser.

— Je ne te repousse pas. C'est fini entre nous. Nous ne sommes plus un couple. C'est aussi simple que ça, dit-elle tout en recommençant à pleurer.

Ses larmes coulent, brûlantes, le long de mes doigts.

Peut-être, sauf que je ne suis pas d'accord avec ça.

— Rompre avec toi est la plus grosse erreur que j'aie jamais faite.

J'entends plus d'une personne derrière moi approuver, mais je les ignore. Kay est la seule dont l'opinion sur le sujet compte.

— Ton raisonnement était peut-être erroné, mais c'était la bonne décision, répond-elle en agitant comme elle peut sa tête entre mes mains.

Je fais glisser mes doigts dans ses cheveux, pour les y accrocher.

— Pourquoi ça ? Et… comment peux-tu dire ça ?

Une ombre passe dans ses yeux alors que son expression se fait épouvantée.

— Parce que toutes les histoires sordides qui me poursuivent vont avoir de graves répercussions sur toi si nous sommes ensemble. Il n'y a qu'une seule chose que les gens doivent voir de toi, c'est que tu es un fabuleux footballeur, et que *n'importe quelle équipe* aurait une chance incroyable de t'avoir. Être avec moi fait de toi une cible pour beaucoup d'autres choses qui n'ont pas leur place dans ta vie.

— Tu crois *vraiment*, *réellement*, que je m'inquiète de ce que ce connard de Liam Parker raconte ?

Elle tressaille à son nom et je me rapproche, jusqu'à ce que la pointe de mes baskets touche la première contremarche de l'escalier. Ses épaules s'affaissent si bas qu'elle semble comme rapetisser de quelques centimètres.

— Honnêtement, ce que tu penses n'a pas d'importance, Mason.

— Voilà de quoi achever un homme déjà à terre, Miniature.

— Pas maintenant, Trav, murmuré-je entre mes dents.

Elle lève les yeux au ciel, et essaye de prendre une grande inspiration malgré son nez bouché.

— Ce que j'essaie de te dire, c'est que même si tu te moques de ce qu'il raconte, cela n'empêche pas qu'il y a des gens qui se délectent à se rouler dans la boue qu'il cherche à remuer. Je ne veux pas être celle qui t'aura fait tomber dans la boue.

Je la tire vers moi, jusqu'au bord de la marche, et la rapproche assez pour appuyer mon front contre le sien.

— Encore une fois, bébé... Je. Me. Contrefiche. De. Liam. Parker.

Elle tressaille à nouveau.

— J'ai bien compris, Néandertal.

Une bouffée d'espoir m'envahit quand elle m'appelle par mon surnom.

— Mais pas *moi*, reprend-elle, réduisant tous mes espoirs à néant. *Je* sais de quoi il est capable pour nous salir, je sais que les autres vont *prendre* ce qu'il dit et *déformer les choses* pour les *exploiter*, et je *refuse* de vivre ça une deuxième fois.

— Raconte-moi ce qui s'est passé.

Elle fait non de la tête.

— Je ne peux pas.

Je l'oblige à me regarder dans les yeux.

— Kayla. Raconte. Moi.

Comme la veille, son corps s'effondre et je la sens glisser entre mes mains. Elle se recroqueville sur les marches, les bras serrés autour de ses genoux remontés contre sa poitrine.

Je ne sais pas pour toi, Nova, mais moi, j'en ai assez de me sentir impuissant face à Skittles. Il faut que ça cesse, il faut qu'on trouve un moyen de changer la donne. Pour une fois, je ne peux qu'être d'accord avec mon coach intérieur.

Derrière moi, j'entends Grayson qui fait sortir les autres, et je m'assieds à côté d'elle. Je passe un bras dans son dos pour la serrer contre moi.

Elle est peut-être physiquement à côté de moi, mais à chaque seconde de silence qui passe, j'ai l'impression qu'elle s'éloigne davantage de moi.

Quelque part à l'intérieur de son sweat-shirt, je sens son téléphone qui vibre. Mais elle ne semble pas s'en rendre compte, pas plus que de quoi que ce soit d'autre.

Je lève les yeux lorsque j'entends des pas résonner, et je vois

Tessa qui s'immobilise devant nous tout en tripotant son téléphone portable. Ses yeux vont et viennent entre Kay et moi, et la peau autour de ses lèvres blanchit lorsqu'elle les pince dans un rictus tordu.

— Kay ?

Kay a toujours le visage enfoui dans ses genoux, et sa voix nous parvient étouffée :

— Ça me fout vraiment la frousse quand vous m'appelez Kay, les Taylor.

Cette petite étincelle de son humour me ferait presque sursauter, et je retiens un rire. C'est suffisant pour que Kay relève la tête, et son chignon se balance sur son crâne dans le mouvement.

Tessa croise ses bras sur sa poitrine, et regarde Kay avec une expression qui n'est pas celle d'une adolescente de seize ans.

— Ah oui ? Et qu'est-ce que tu crois que ça me fait, à moi, de te voir comme ça ? Je sais que j'aime bien faire râler Jimmy en disant que je suis ta Taylor préférée, mais il n'empêche qu'il était le seul à être capable de t'atteindre quand tu étais tellement mal qu'on aurait cru que tu étais tombée dans le coma.

Pardon ? Quoi ?!

— Tu exagères, T, marmonne Kay.

— Vraiment ?

Tessa pose ses mains sur ses hanches, et toise Kay comme pour la mettre au défi d'argumenter.

Je les observe alors qu'elles échangent, comme si je suivais un match de tennis, allant de l'une à l'autre.

— Franchement, peu m'importe laquelle de vous deux s'en charge, mais l'une de vous deux a intérêt à m'expliquer ce qui s'est passé.

Tessa tourne à nouveau son regard vers Kay. Comme elle ne dit rien, Tessa se retourne vers moi.

— Bon. Elle pourra toujours s'en prendre à moi plus tard.

Je suppose que le « elle » dans cette histoire, c'est Kay, mais elle ne fait rien pour arrêter sa petite sœur.

— Quand oncle Mike est mort, Kay n'a pas été *juste* triste, ou déprimée. Non, elle... s'est tellement renfermée sur elle-même qu'on a eu l'impression qu'elle s'était transformée en zombie ambulant.

— Toi et Savvy, vous devriez vous en tenir aux comédies romantiques, marmonne Kay.

Encore cette fois, Tessa ignore superbement Kay.

— Elle ne parlait plus. Elle mangeait à peine, et uniquement quand on la forçait. Elle ne dormait qu'une fois trop épuisée pour résister.

Elle reporte son regard bleu sur Kay, et marque une pause, avant de continuer :

— Le pire, c'est qu'après des jours passés au lit, on a fini par réussir à la convaincre de prendre une douche. Tout le monde était en train de préparer les funérailles, alors personne n'a pensé à aller voir si elle allait bien.

Elle lève les yeux vers le plafond, comme si elle revivait la scène.

Une boule de la taille d'un ballon de football se forme dans ma gorge, et une sensation de peur inexplicable envahit tous mes muscles.

— Elle n'a pas essayé de se suicider, s'empresse de dire Tessa, qui a manifestement lu dans mes pensées.

— Contrairement à ce que la presse a cherché à faire croire aux gens, lâche Kay d'un ton inexpressif.

Je me retourne vers elle, attendant qu'elle continue.

— J'ai perdu le compte du nombre d'*histoires*, ajoute-t-elle en insistant sur ce dernier mot, qui ont été publiées à propos de l'aspirant footballeur professionnel Eric Dennings, lequel se sacrifie pour s'occuper de sa sœur devenue suicidaire après la mort de leur père.

Mes yeux s'étrécissent. Comment cela a-t-il été possible ? Les tabloïds aiment enjoliver ou trafiquer les histoires, mais le fond doit avoir un minimum de vérité s'ils veulent éviter d'être poursuivis pour diffamation.

— Pourquoi les paparazzi s'intéresseraient-ils à la famille d'un futur joueur de NFL ?

Kay agite la tête de droite à gauche.

— On ne parle pas que des barjots à l'affût de la photo compromettante. Tous les médias s'y sont mis, parce que cette histoire, la façon dont E s'est occupé de moi, c'était de l'or en barre.

— Pourquoi n'avez-vous pas intenté un procès pour qu'ils se rétractent ?

— Parce qu'ils ont obtenu leurs informations d'*une source proche de la famille*, lâche Kay d'un ton dégoutté, la bouche tordue.

— Une source ?

J'arque un sourcil.

Kay enfouit son visage dans ses mains, les coudes calés sur ses genoux, et fait glisser ses doigts dans ses cheveux.

— Liam. On n'a pas pu le prouver, mais c'était évident : nous avions rompu, et la façon dont il me trompait avait été révélée au grand jour.

Cet enfoiré ne cesse de s'enfoncer. Il a littéralement creusé sa tombe, à force. Je fais craquer mes articulations, tout en imaginant à quel point le bruit de mon poing qui heurte ses os serait satisfaisant si je pouvais lui en mettre une, fort opportunément, lors du match qui va opposer les Hawks et les Nittany Lions, dans quelques semaines. Évidemment, cela présente un risque pour ma potentielle future carrière alors même qu'elle n'a pas encore commencée, mais je suis très déterminé à trouver un moyen d'atteindre mon objectif sans me faire prendre.

— Pourquoi ?

— Tu veux dire, à part le fait que ce bâtard aime créer des histoires ?

Je souris malgré moi devant l'insulte choisie par Tessa. J'acquiesce.

— Le jour où on a convaincu PF de prendre une douche, il s'est montré peu après qu'on l'a sortie de là. Elle venait de passer des heures sous la douche, sous un jet devenu glacé, assise sur le sol, et je te jure qu'elle était pratiquement en hypothermie...

— Je n'étais pas en hypothermie, la coupe Kay, mais Tessa continue comme si de rien n'était, sa queue de cheval de cheveux blond-roux tressautant à chacun de ses mouvements de tête.

— ...quand nous l'avons sortie de là. Mais manifestement, il s'en fichait : tout ce qu'il a vu, c'est que c'est JT qui l'a sortie de là, que mon frère l'a vue nue avant qu'elle ne soit enroulée dans une serviette. Même s'il baisait la plupart des pom-pom girls du lycée, nous avons toujours pensé qu'il avait voulu punir PF parce qu'il croyait qu'elle couchait avec Jim.

— Baiser la plupart des pom-pom girls du lycée ? Vraiment ? demande Kay.

— J'appelle un chat un chat, lâche Tessa en haussant les épaules avant de se détourner.

J'ai toutes les pièces du puzzle, maintenant, certes un peu en vrac, mais j'espère malgré tout que tout cela va me permettre de remettre ma relation avec Kay sur les rails.

Chaque information qu'on me donne ne fait qu'augmenter la rage meurtrière qui vibre dans mes veines, mais je suis sûr d'une chose : j'aime vraiment beaucoup Tessa Taylor.

J'enlève ma casquette, et passe une main dans mes cheveux avant de la remettre en place.

— OK. J'ai l'impression que l'on tourne en rond, là. Qu'est-ce que tout ça a à voir avec nous ?

Je pose un doigt sous le menton de Kay et tourne son visage vers le mien.

— Mason...

Sa voix se brise sur mon prénom, et ses larmes recommencent à couler.

Elle se blottit contre moi quand j'essuie sa joue, et cela me remonte sensiblement le moral.

— Bébé. *Rien* de ce que tu pourras me dire ne me fera changer d'avis sur nous.

— Dans la mesure où tu es meilleur que lui au même poste, Liam va utiliser ton lien avec moi pour essayer de nuire à ton potentiel de sélection.

— Je doute fortement que...

— C'est parce que tu ne comprends pas.

Si sa voix n'était qu'un murmure jusque-là, elle prend en force et passe par-dessus la mienne.

J'aime cette femme, mais elle me frustre au plus haut point. J'essaie de comprendre, mais j'ai l'impression que même après qu'on a tout mis au clair, il y a encore énormément de choses qu'elle ne me dit pas.

— Alors, explique-moi ce que je ne comprends pas.

Elle relève son menton, mais au lieu de me regarder, elle fixe un point juste au-dessus de mon épaule ; et j'ai à nouveau cette impression qu'il y a des choses que l'on ne m'a pas dites.

— Tu as vu le t-shirt, et je suis sûre que tu as vu sa publication sur Instagram. Il adore remuer la boue. J'ai cru, à l'époque, que je ne survivrais pas. Et survivre effectivement n'a été possible qu'au prix de crises de panique épuisantes, et en m'isolant de tout ce qui n'était pas la NJA. Toi, tu...

Mes pectoraux sursautent lorsqu'elle pose sa paume à plat sur mon cœur.

— …tu as le potentiel pour avoir une brillante carrière. Être lié à moi, quelqu'un qui peut en arriver à vomir à l'idée d'être le centre d'attention des médias, ne fera que te gêner.

Pourquoi ai-je encore *l'impression qu'elle ne me dit pas tout ?*

— Comme je te l'ai dit… je suis le mal pour toi, Mason.

Elle se lève brutalement, et brosse son adorable fessier pour en faire tomber de la poussière imaginaire. Dommage qu'il soit couvert par le bas de son sweat à capuche.

— Alors, s'il te plaît, fonce. Allez botter les fesses du Nebraska demain, et oublie-moi.

Elle se retourne, et sans me laisser le temps de réagir pour l'arrêter, elle remonte les escaliers et disparaît à l'étage, hors de vue.

Elle veut que je m'en aille ? Très bien.

Battre le Nebraska ? C'est comme si la victoire était déjà acquise aux Hawks.

L'oublier ? Ça, par contre… même pas en rêve.

C'était ma troisième tentative pour lui faire entendre raison. C'est une bonne chose que je joue au football au lieu du baseball, parce que j'ai bien l'intention de tenter d'autres essais.

#Chapitre 22

UofJ411 : Pourquoi avoir changé de places ? #ChaisesMusicales #CasanovaWatch #CopineDeCasanova
photo de Mason et Kay installés dans des rangées différentes en cours
@Bellebookblog : Je les ai vus parler avant le cours, alors je ne comprends plus rien. #Confus #CasanovaWatch #CopineDeCasanova
@Bestiesandbooks : Est-ce que quelqu'un sait ce qui s'est passé entre eux ? #PourquoiSiLoin #CasanovaWatch #CopineDeCasanova

TightestEndParker85 : Bravo @CasaNova87, j'ai vu que tu avais réussi à garder le ballon ce week-end, contrairement à vos petits camarades qui ont joué contre l'Iowa. Dommage que tu n'aies pas réussi à garder ta nana. #ElleNestPasSiSpeciale
***REPOSTÉ** – photo de Mason et Kay installés à des rangées différentes en cours – **UofJ411 :** Pourquoi avoir changé de places ? #ChaisesMusicales #CasanovaWatch #CopineDeCasanova*
@UofJ411 : Oh, merde ! #SortezLePopcorn

— **H**é, T !

Je contourne le pied de l'escalier de la maison des Taylor tout en interpellant Tessa. Elle se détourne du frigo ouvert, et sa queue de cheval de cheveux blond-roux se balance dans son dos.

— Est-ce que ça te va si on part un peu plus tôt que prévu pour aller aux Barracks ?

— Ouaip. On peut partir quand tu veux.

Je prends la bouteille d'eau qu'elle me tend et j'attrape les clés de Rosie dans la boîte à clés accrochée au mur.

— C'est parti, alors.

T ne cesse de gigoter pendant le trajet jusqu'aux Barracks : elle est toujours aussi ravie qu'au premier jour de ces deux dernières semaines où j'ai davantage aidé à l'entraînement des Marshalls.

J'ai décidé de travailler davantage, ces derniers temps, dans un effort de me changer les idées. Et pouvoir passer plus de temps avec elle n'est que la cerise sur le gâteau. D'autant que mon chagrin est moins lourd à porter quand je suis avec elle : sa joie de vivre est contagieuse.

J'ai trouvé que la première semaine après la rupture avait été difficile, mais *bordel*, la suivante a été encore pire.

Pourquoi Mason refuse-t-il de me laisser tranquille ? J'ai l'impression qu'il n'a rien écouté de ce que je lui ai dit la semaine passée.

Ce crétin est têtu comme une mule, et continue d'essayer de me parler. Em dit aussi qu'il est venu à plusieurs reprises essayer de me trouver chez nous.

Quasiment tout le campus spécule encore sur Instagram concernant notre relation, et quand je lui ai demandé s'il pouvait faire une mise au point sur son compte, il a répondu en postant une photo d'un t-shirt rouge, style maillot de foot, sur lequel on pouvait lire *Je n'ai pas de vie. Mon petit ami joue au football.* Entre les deux phrases, il y avait un gros nœud de pom-pom girl avec un grand 87 au milieu.

Mason m'a ri au nez quand je lui ai demandé à quoi il jouait.

« *Quoi ?* » *Il hausse les épaules.* « *Je n'ai pas posté ta photo ni dit ton nom. Bon sang, je n'ai même pas mis de légende. C'était tellement vague que c'en était de l'art.* »

La gifle que je lui ai balancé a fait assez de bruit pour s'entendre par-dessus le vacarme des étudiants qui vont et viennent entre leurs cours, et mes lèvres frémissent à ce souvenir. Puis cet abruti a tout gâché en se mettant à glousser au moment où je suis partie comme une furie. Il a même eu le culot de me faire un clin d'œil lorsque j'ai choisi de m'asseoir dans une rangée différente de notre place habituelle et entre deux autres étudiants pour qu'il ne puisse pas s'asseoir avec moi.

— Dois-je avoir peur de me faire botter les fesses d'un bout à l'autre des tapis ce soir ? demande T en montrant mon t-shirt qui dit *Répétez après moi : OUI, COACH.*

Je vérifie que mon casier est bien fermé en lui mettant un petit coup d'épaule, puis je m'assieds sur le banc pour lacer mes chaussures.

— Tu te souviens, quand tu parlais avec excitation de Mason, et que tu disais qu'il était *le petit ami parfait*, du genre ceux qui peuplent ces romans d'amour que tu dévores ?

T avale sa salive, et je ne peux m'empêcher de sourire, ce qui ne fait que lui faire écarquiller ses yeux bleus.

*On peut l'embêter ? Juste un peu ? *écarte ses doigts d'un petit rien* Elle nous a bombardés de tous ses trucs romantico-désespérés à* *nous rendre malade. J'ai toujours pensé que tu aurais dû l'écouter, cela dit, mais bon, je ne vais pas revenir là-dessus. On pourrait peut-être s'amuser un peu avec la petite sœur, en représailles, non ?*

J'ignore la remarque concernant mon histoire avec Mason, et je n'insiste pas. Pour cette fois, je laisse T s'en tirer facilement, et je dirige vers la porte du vestiaire. T est une part très importante de vie, elle m'a empêchée de sombrer dans la dépression et la panique, et je suis incapable de lui tenir rigueur de quoi que ce soit.

T passe un bras autour de mes épaules alors que nous traversons les tapis pour trouver un espace pour nous étirer.

— Bon. Mais pendant que je soignerai les nouveaux bleus que j'aurai ce soir avec de la glace, toi et moi allons regarder *Comme Cendrillon.*

Je gémis. Bien sûr, elle choisit un film dont le héros est un joueur de football.

— Kay.

Coach Kris sort de son bureau pour m'interpeller. Elle n'a pas utilisé mon surnom, et cela me met instantanément en alerte. Puis elle se retourne et rentre dans son bureau, et tous les poils de ma nuque se hérissent.

Je m'empresse de la rejoindre.

— Un coursier a livré ça il y a quelques minutes. Il y a ton nom dessus.

Elle pointe du doigt un sac-cadeau noir, blanc et vert décoré d'une magnifique reproduction de mon tatouage Peter Pan.

J'en cesse presque de respirer. Je n'ai pas besoin de lire la carte pour savoir exactement d'où vient le paquet, mais le sourire de coach Kris me donne à penser qu'elle l'a lue.

C'est encore un coup de Mason.

Pourquoi ne peut-il pas laisser tomber, tout simplement ? Est-ce que j'aurais dû le frapper plus fort ?

*Tu aurais dû lui donner un coup de genou dans les couilles. *démontre le mouvement* Les hommes ont tendance à mieux comprendre les messages quand on s'en prend à leurs parties intimes.*

— OH MON DIEU ! couine T, derrière moi. Est-ce que c'est ce que je pense que c'est ?

Elle sait pour les t-shirts, mais c'est la première fois qu'elle est là pour me voir en recevoir un.

Je me masse le front des doigts : c'est exactement le genre de chose qui va faire ressortir le côté *adolescente trop exubérante accro aux romans d'amour* de Tessa. Je fais oui de la tête : je suis incapable de parler.

T trace le contour des silhouettes, de Peter jusqu'à Wendy, captivée par l'illustration.

— C'est magnifique, PF, dit-elle dans un souffle. Tu devrais peut-être penser à ajouter des ombres vertes autour de ton tatouage.

—Ah, ah, très drôle, T. On peut passer à autre chose, s'il te plaît ?

Merde, Mason.

Je porte une main à mon oreille pour frotter la peau où se trouve mon tatouage. Je ne lui ai jamais dit ce que signifiait exactement ce tatouage, et pourtant il a su l'utiliser… comment ? Contre moi ?

Est-ce qu'il n'aurait pas conspiré avec Tessa sans que je le sache ? Ses gestes romantiques ne font que devenir plus spectaculaires.

— Sûrement pas, sœurette. Il *faut* que tu l'ouvres !

Grrrr. Je *déteste* quand elle me sert du *sœurette*, parce que cela lui permet presque toujours d'obtenir ce qu'elle veut.

— Non.

— Allez !

Elle pleurniche à demi en regardant dans le papier de soie qui dépasse du sac.

— Pas question.

Il faut absolument que je reste ferme.

Malheureusement, elle me connaît trop bien, et elle continue de tripoter le cadeau.

— OH, MON DIEU ! crie T en se mettant à sautiller sur place.

Lui demander ce qui la fait réagir avec un tel enthousiasme me fait peur, mais… nous savons tous que je *dois* le faire.

— Qu'est-ce... que... c'est ? balbutié-je.

T se tourne vers moi, les mains sur le cœur, des étoiles dans les yeux.

— Il y a une boîte pour une *bague* là-dedans, murmure-t-elle comme si elle craignait que l'objet disparaisse si elle parle trop fort.

Mon cerveau stoppe net, le monde même s'arrête de tourner. C'est comme si nous étions en plein match et que quelqu'un avait demandé un temps mort.

Non.

Impossible.

Juste *inenvisageable*.

Il n'y a pas de bague dans ce sachet. Et quand bien même ce serait le cas, cela ne peut *absolument pas* signifier ce que Tessa pense que ça signifie. Il faut arrêter ce délire. Maintenant.

— C'est juste une boîte, T. Pas besoin d'en faire tout un plat.

— Mais si c'est…

— Non, me dépêché-je de l'interrompre, avant qu'elle ne finisse de formuler sa pensée.

— Comment peux-tu *savoir* que ce n'est pas *ça* ?

— Je le sais, c'est tout.

— Comment ?

— Tessa, lâché-je, d'un ton d'avertissement.

— Kayla, rétorque-t-elle en croisant les bras.

Merde, pourquoi est-ce quand les Taylor m'appellent par mon prénom entier, cela me fait craquer à chaque fois ? Je n'en peux plus, je perds patience. Je lève les bras au ciel.

— Tu veux dire à part le fait que c'est fou ?

Elle soulève l'un de ses sourcils roux parfaitement sculptés, comme pour dire *Ça ne me suffit pas*. Je décide d'exploiter un autre angle d'attaque.

— On n'est pas dans un de tes romans, T. Les histoires ne se terminent pas toujours bien.

—Pourquoi pas ? L'art n'est qu'une reproduction, une imitation de la vie réelle.

Un grognement m'échappe sans que je parvienne à le retenir. Ces foutus Taylor sont trop têtus, c'est un danger pour ma santé mentale. Je croise les bras.

— Très bien. Dans ce cas, et si nous parlions du fait que nous ne sommes sortis ensemble que deux mois ?

— Et alors ? Il me semble qu'E a dit qu'il avait su qu'il voulait épouser Bette le jour où il l'a rencontrée ?

Bordel de merde. Le problème, quand on a des amis qu'on connaît depuis toujours, c'est qu'ils savent *tout* de nous.

— D'accord. Et si je te dis qu'on est encore à l'université ?

— Encore une fois, tout comme Bette et E.

Je grogne à nouveau.

— C'est différent, T, et tu le sais.

— Très bien. Si tu es si sûre que ce n'est pas une bague de fiançailles, alors de *quoi* as-tu peur ? Ouvre ce sachet.

Je ne veux pas, *vraiment pas*, mais quand je regarde Tessa, puis coach Kris, je vois dans les yeux de la première combien elle a envie de savoir ; et dans ceux de la seconde, combien elle est inquiète. Si je ne l'ouvre pas *maintenant*, cela ne fera que prendre en intensité.

J'inspire profondément avant de retenir mon souffle, et, les yeux fermés, je plonge la main dans le sachet. Mes doigts agrippent la boîte, et j'expire. Je la sors et la pose à côté du sac, pas encore prête à savoir ce qu'il y a dedans exactement, et je remets la main dans le sac pour en sortir le t-shirt que je sais être dedans aussi.

Il y a un morceau de papier plié dans le coton : je le récupère et le pose de côté. Je veux regarder le t-shirt en premier.

Je le déplie, pour constater que ce n'est pas celui de sa publication Instagram. C'est un t-shirt blanc à manches longues avec des lettres noir et rouge et des empiècements aux coudes. *Mon petit ami MARQUE plus que le tien*. Deux cœurs encadrent le mot « Mon », et le « Q » de « MARQUE » a la forme d'un ballon de football. Le lettrage est noir, et les cœurs et le ballon de football sont rouges. Et, bien sûr, le dos porte une inscription NOVA en gras et #87.

— Oh mon Dieu, couine T en m'arrachant le t-shirt des mains.

On commence *vraiment* à atteindre un niveau critique dans le nombre de *Oh mon Dieu* qu'elle lâche.

— Dis donc, on dirait le t-shirt que tu avais fait faire pour G, ajoute-t-elle en touchant les empiècements.

— Je suis presque sûre que c'est de là que lui est venue l'idée.

Je n'ai jamais eu l'occasion de porter le t-shirt que j'avais fait faire pour G, puisque le match entre l'équipe de basket de l'Université de Jersey et celle de l'Université du Kentucky a eu lieu le jour où ma vie a littéralement implosé.

— Tu as assez tergiversé. Il est temps d'ouvrir la boîte, lance T, l'objet dans la paume de sa main.

Je secoue la tête.

— Je ne veux pas.

— Allez, Kay. Qu'est-ce qu'il y a dans la boîte ? *Qu'est-ce qu'il y a dans la boîte ?*

Elle crie presque, dans une parfaite imitation de Brad Pitt dans *Seven*.

Je prends la boîte, juste pour la faire taire.

Mon regard passe de la boîte à T, puis revient à la boîte.

Je respire profondément, je ferme les yeux et j'ouvre le couvercle.

Puis j'entrouvre une paupière d'un millimètre, et je vois quelque chose d'étincelant niché dans du velours noir.

Oh, merci, mon Dieu.

J'avais raison. Ce n'est pas une bague de fiançailles, mais deux nouvelles bagues d'éternité.

L'une porte des émeraudes vert profond : la pierre de naissance de CK. *Comment a-t-il su ça ?*

L'autre est ornée de magnifiques péridots. Le vert clair des gemmes est de l'exacte couleur des yeux de Mason.

Choquée par ce que cela signifie, je laisse tomber la boîte comme si elle m'avait brûlé les doigts. *Merde ! Merde ! Merde et merde !* Je ne suis pas sûre de pouvoir supporter ça, c'est trop. Il me faut JT. Et il me faut JT *maintenant.*

Je sors mon téléphone de ma poche, je tapote sur son nom dans mes favoris, et d'une main tremblante, je le porte à mon oreille. Tout mon corps est secoué de tremblements alors que j'attends qu'il réponde ; mais je tombe sur sa boîte vocale. Je marmonne un juron et je raccroche.

T récupère la boîte tombée au sol, et se met à sautiller d'excitation devant moi, tout en me tendant la note pliée en deux.

— Tiens, tu as oublié ça.

Je la fixe comme si c'était un cobra prêt à frapper. Ce n'est que lorsque Tessa place de force la carte dans mes mains que je la prends.

Après les bagues, *ça.* Je ne suis pas sûre d'y survivre.

Skittles,

Je me suis un peu inspiré du t-shirt que tu m'as montré et que tu avais fait pour Grayson, et j'ai ajouté une petite dose de fantaisie pour celui-ci. Ne le dis surtout pas à Grayson, mais à mon avis, ça rend mieux avec un ballon de foot qu'avec un ballon de basket.

Au départ, j'étais parti pour seulement t'offrir une bague pour moi, mais je me suis souvenu comme CK avait râlé, quand tu étais venue à la fraternité, et je me suis dit que ce serait un geste sympa d'en profiter pour l'ajouter. Après tout, je sais que je vais avoir besoin de tous les alliés que je peux trouver pour te convaincre que nous sommes faits l'un pour l'autre.

Je me suis arrangé pour que la mienne se distingue des autres, mais j'imagine que cela ne te surprend pas. Et si tu décides de m'ajouter à cette représentation des gens qui comptent le plus à tes yeux, sache que l'anneau est fait pour être porté à l'annulaire de la main gauche.

Pourquoi ?

Parce que les bagues portées à ce doigt ont généralement une plus forte signification que les autres. Et j'espère que celle-ci pourra occuper la place jusqu'à ce que je la remplace par quelque chose de plus officiel.

Je t'aime, bébé, tellement.

<3 Mase

Oh mon Dieu ! Oh mon Dieu ! Oh mon Dieu !

Merde ! Ça y est, ma pom-pom girl intérieure s'est transformée en T.

Je n'en peux plus, je vais devenir dingue.

Il y a *absolument beaucoup* trop de choses à assimiler pour moi.

Je sors à nouveau mon téléphone et j'envoie un message à JT.

> MOI : 112 !!!!!!!!!!!!!!!!!!!!!!!!!!!!!!!!!!!!!!

Respirer. Il faut que je me rappelle de *respirer*, consciemment, parce que là, tout de suite, je n'y arrive plus.

Inspirer.

Expirer.

Inspirer.

Expirer.

Ah. Ça va mieux. C'est un fait que le cerveau a besoin d'oxygène pour fonctionner, et j'ai désespérément besoin de faire fonctionner mon cerveau pour analyser tout ça.

Je parcours la pièce des yeux, avec frénésie, à la recherche de réponses.

Le son d'une sonnerie FaceTime freine ma panique, et je ressors mon téléphone pour répondre à JT.

— Hé, désolé, on est à l'échauffement d'avant match, me dit-il en guise de salut.

Merde. J'avais oublié qu'il avait un match ce soir.

— Kayla, qu'est-ce qui ne va pas ?

À la tête que je fais, et à mon absence de réponse, JT comprend que je suis au bord de la panique, et toute la joie qui exsudait de lui disparaît.

Comme toujours, entendre mon prénom entier dans la bouche d'un Taylor me fait sortir de ma sidération. Toujours incapable de trouver mes mots, je déplace la caméra pour lui montrer la boîte ouverte dans les mains de T.

JT émet un sifflement entre ses dents.

— Oh, putain. Je suppose que l'une de ces deux bagues porte la pierre de naissance de Mase ?

Caméra de retour sur moi, je hoche la tête, trop sous le choc pour qu'entendre le surnom de Mason me fasse mal.

— Vache. C'est couillu.

Je hoche à nouveau la tête.

— De quoi as-tu besoin, Kay ? demande mon meilleur ami, focalisé sur ce qui est le plus important en premier lieu, comme à son habitude.

— Toi.

Voilà encore une des raisons pour lesquelles je ne peux pas sortir avec Mason. Je suis incapable de gérer les drames sans l'aide de mon meilleur ami. J'aime tous mes amis de la même manière, mais c'est sur JT que je me repose toujours en cas de besoin.

— Tu m'as. Tu peux peut-être prendre un avion pour venir jusqu'à moi ?

— Il faut que je regarde.

— Je t'ai réservé une place sur le vol de vingt heures, ce soir, au départ de Newark, lance coach Kris depuis son bureau.

— Quoi ? lâché-je, abasourdie, en levant les yeux vers elle.

— Rentre chez toi, prépare tes affaires, et va voir ta moitié.

Ah, vous voyez ? Tout le monde sait que JT est ma *moitié*. Mon âme sœur. Est-ce que cela ne devrait pas plutôt être mon petit ami, que l'on qualifie ainsi ? Voilà encore une preuve que je ne peux pas sortir avec Mason. Il ne me reste plus qu'à convaincre mon cœur.

— Mais… et l'entraînement ? demandé-je, pour essayer de gagner du temps, ce temps dont mon cerveau a besoin pour traiter toutes les informations.

Elle fait un mouvement de la main vers la porte, pour me dire de partir.

— Tu ne me sers à rien dans cet état-là. Offre-toi un week-end, prends le temps de réfléchir à tout ça. Nous reprendrons l'entraînement lundi.

— Je ne comprends pas, dis-je, avec la désagréable impression de passer à côté de quelque chose.

J'ai l'impression que j'essaie d'additionner deux plus deux mais que je ne parviens à obtenir que cinq.

Coach Kris contourne son bureau, et vient se placer à côté de moi pour que JT puisse la voir.

— Je lui ai acheté un billet. Elle sera là dans quelques heures.

T me fait pivoter et commence à me pousser vers la porte.

— Je vais demander à Carter de venir me chercher après l'entraînement.

Je m'immobilise, et prends T et coach Kris dans mes bras.

— Merci, chuchoté-je.

— De rien.

#Chapitre 24

UofJ411 : Il manque une explication. @CasaNova87
#ExplicationsMerci #CasanovaWatch #CopineDeCasanova
*REPOSTÉ – photo d'un t-shirt avec inscrit dessus : « Je n'ai pas
de vie, mon petit ami joue au football. » – CasaNova87:*
@Cheril2412 : Qu'est-ce que ça veut dire @CasaNova87 ?
#PourraitOnEtrePlusPrecis
@Christyhearsbooks : Est-ce c'est toi le petit ami dont parle ce t-
shirt ? #CelibataireOuPas?
@Cmd427 : Est-ce que c'est un ruban de cheerleader qui porte ton
numéro ? #KaylaDenningsEstCheerleader

TightestEndParker85 : Oh ça c'est mignon @CasaNova87, mais j'ai
un t-shirt encore plus sympa à te montrer si tu veux @UofJ411
*REPOSTÉ – photo d'un t-shirt avec inscrit dessus : « Je n'ai pas
de vie, mon petit ami joue au football. » – CasaNova87:*
@TheQueenB : Il FAUT que l'on voie ça, pas vrai @UofJ411 ?
@UofJ411 : Je suis d'accord avec @TheQueenB cette fois.

KAYLA

Quelques heures après m'être précipitée pour faire mon sac et arriver à l'aéroport à temps pour mon vol, je me tiens debout devant l'appartement de JT, prête à frapper à la porte.

Pendant tout le voyage, j'ai essayé de me concentrer sur le fait que j'allais passer trois jours ininterrompus avec mon meilleur ami ; alors qu'en fait, ce n'est pas réellement pour ça que je suis là. Je suis là parce que je fuis mes problèmes, les histoires rocambolesques, les drames à n'en plus finir ; en bref, toutes les choses qui sont susceptibles de me faire craquer totalement. Si seulement j'avais pu laisser aussi mon cœur brisé derrière moi !

Toc-toc.

La porte s'ouvre et je me retrouve face à un torse très nu et très musclé. Mes yeux remontent le long du torse en question et s'arrêtent sur un visage tout aussi séduisant, lequel s'épanouit dans un sourire.

— Ça alors, bonsoir, chérie, lâche Harry, le colocataire britannique joueur de soccer de JT.

— Salut, Harry.

Il ouvre la porte en grand pour que je puisse entrer, et jette par-dessus son épaule :

— JT, mon pote, t'as de la visite.

JT m'a fait visiter virtuellement l'appartement lors de nos échanges vidéo, mais j'en apprécie mieux la taille en vrai : les lieux sont spacieux et agréables.

Contrairement à mon propre appartement, le leur s'ouvre directement sur une grande pièce rectangulaire qui comprend une cuisine équipée et un grand salon. La pièce est centrale dans l'appartement, et à droite se trouvent les chambres et la salle de bains de JT et Ian, un autre membre de la Blue Squad ; tandis qu'à gauche se situent les chambres et la salle de bains de Harry et de Spencer, leur quatrième colocataire.

Au mur se trouve un immense écran plat, et juste en dessous, plusieurs consoles. Ce n'est pas une surprise : ce sont des hommes, après tout. Mais il n'empêche que ces quatre hommes, justement, ont su rendre les lieux agréables et accueillants, avec le canapé trois places, les tables basses, le grand fauteuil sans accoudoirs et le tapis bleu, blanc et noir.

Une porte s'ouvre sur la droite, pour laisser apparaître mon meilleur ami, lequel est encore en train de se sécher les cheveux avec une serviette. L'instant d'après, je me retrouve dans les bras de JT, serrée contre son torse humide dans un câlin version ours à la G.

La serviette me tombe sur ma tête, et le temps que je me libère, JT est en train d'enfiler un t-shirt.

— Je vois que tu as officiellement rencontré le prince Harry.

— Et je suis sûr qu'elle est charmée, rétorque Harry tout en me faisant une révérence démodée digne de ses origines britanniques.

J'ignore le florilège d'insultes amicales qu'ils se lancent, et je fouille dans mon sac jusqu'à ce que je trouve le mot de Mason. Puis je plaque le papier sans ménagement dans l'estomac de JT.

— Je jure devant Dieu que si tu ne me laisses pas boire ce soir, je révoque ta carte de meilleur ami.

Il laisse échapper un rire profond qui remplit toute la pièce.

— Carter et moi ne t'avons empêchée de boire que les jours où tu travaillais le lendemain. Alors poursuis-nous en justice pour avoir voulu t'empêcher d'être malade si quelqu'un avait voulu te projeter dans les airs.

Je lève les yeux au ciel, agacée par son sens de la logique. Tout ce que je veux, moi, c'est une bonne dose d'oubli liquide.

— Qu'est-ce que c'est ? demande JT, tout en se penchant pour récupérer le papier tombé sur le sol.

— La paille, réponds-je tout en posant mon sac dans sa chambre.

— La paille ?

Il lève un sourcil interrogatif.

— Celle qui a fait déborder le verre.

Je me désigne du doigt. Le verre, alias *moi*.

Pourquoi est-ce que la première fois que j'ai eu ce sac cadeau et son contenu dans les mains, j'ai eu envie de courir partout comme Macaulay Culkin dans *Maman, j'ai raté l'avion !* lorsqu'il découvre que tout le monde est parti ; alors qu'en présence de JT, je peux instantanément en plaisanter ?

Il déplie le papier, et je le regarde lire ce qui y est écrit. Une fois arrivé au bout, il se passe une main sur le visage, et prend une grande aspiration.

— Putain, respect.

Je croise les bras, agacée.

— De quel côté es-tu donc ?

— Du tien. Toujours.

Il me contourne et se dirige vers le frigo, pour récupérer deux bouteilles de Patrón Silver et un filet de citrons. Puis il prend des verres à shot et une salière, et pose le tout sur le comptoir.

— Bon.

Je lui prends la bouteille fraîche des mains, et la serre contre moi avec amour. *Le salut*, enfin !

— Ian ! crie JT, et il tire l'une des chaises qui entourent la petite table pour quatre qui se trouve entre la cuisine et le salon.

— Qu'est-ce qui se passe ?

Ian a la tête baissée, concentré qu'il est sur son téléphone et il ne me voit pas quand il sort de sa chambre. Quand il lève enfin les yeux et me voit, il sourit.

— PF.

Il vient vers moi à grands pas, et me soulève du sol pour me serrer dans ses bras. Une manière de me saluer qui m'est familière, compte tenu de ma taille.

— Salut, Ian.

Il me lâche et je m'assieds à table.

— Tu savais qu'elle venait ? demande-t-il à JT en prenant la chaise à ma droite.

— Oui, mais je ne voulais rien dire avant de pouvoir parler à toute l'équipe. Personne ne doit savoir que PF est ici.

Son regard douloureux couleur whisky croise le mien. Je sais qu'il s'en veut de la façon dont mon identité s'est trouvée dévoilée, et je déteste ça.

— Compris, répond Ian en se frottant joyeusement les mains joyeusement. Alors... tequila ?

Je hoche la tête, et il se tourne vers Harry.

— Super. Tu en es, *Ton Altesse* ?

— La ferme, branleur, rétorque Harry en prenant le dernier siège de la table. Pourquoi a-t-il fallu que je porte le même nom qu'un prince, on se demande ? grommelle-t-il.

— Ça aurait pu être pire, tu aurais pu t'appeler William, dis-je pour tenter de le réconforter.

— Exact. C'est plus dur pour mon frère que pour moi.

— Attends, une seconde, lâché-je, médusée, en faisant *temps mort* avec mes mains. Ton frère s'appelle vraiment William ?

— Ouaip.

— Oh, bon sang !

J'éclate de rire.

— Tu comprends pourquoi mes parents ont été obligés de venir vivre en Amérique ? Dit-il avec un clin d'œil. Au moins, j'ai échappé à la tignasse rousse, contrairement à ton pote, là.

*Je ne sais pas toi *me met un petit coup dans les côtes*, mais moi, je le trouve encore plus charmant en vrai qu'en virtuel, et je pourrais l'écouter parler toute la journée.*

JT lui adresse une grimace, mais je tends la main et ébouriffe ses épaisses mèches rousses.

— Franchement, il n'est pas aussi roux orange que le prince. Son roux est un peu plus foncé.

La façon dont je défends sa couleur de cheveux me vaut le premier vrai sourire de mon meilleur ami aujourd'hui, et la tension qui tendait ses épaules s'allège légèrement. Il est sur le qui-vive, dans l'expectative, à se demander à quel moment je vais perdre les pédales, et je déteste ça. Je déteste qu'il soit obligé d'assurer mes arrières comme ça.

Mais c'est aussi l'une des nombreuses raisons qui font de lui un ami hors du commun, et c'est aussi grâce à ça que je peux être la vraie PF avec lui.

— Très bien, il nous faut de la musique, déclare Ian, et la voix de Jason Aldean retentit dans la sono.

Né et élevé dans le Kentucky, c'est un garçon de la campagne à tous les niveaux. Avec ses cheveux et ses yeux noirs, il est l'archétype même du mec grand, beau et ténébreux. Avec Rei, la flyer de JT, c'est probablement le membre de leur équipe que je connais le mieux.

— Allez, les filles, dis-je en tapant dans mes mains. Assez bavardé. Il est l'heure de boire.

— Elle a de l'audace, lâche Harry. Elle me plaît.

Je verse quatre shots et distribue les verres, chacun surmonté d'une tranche de citron vert. Je me lèche la main entre le pouce et l'index de la main gauche, et je verse du sel. Puis je lève mon verre pour porter un toast, lèche le sel et vide le verre cul sec. Ma gorge me brûle, et je mords dans la tranche de citron, avant de grimacer un demi-sourire, les dents plantées dans le fruit.

Il va me falloir plus d'un verre pour atteindre le niveau d'abrutissement que je recherche, mais c'est un bon début.

Je me verse un deuxième verre et l'avale de la même manière alors qu'aucun des gars n'a encore fini son premier.

— Bon sang, Spence va être dégoûté d'avoir raté ça, commente Harry en attrapant la bouteille de Patrón pour remplir son verre.

Les gars discutent des occupations de leur colocataire absent, pendant que je fais glisser la bouteille vers moi et que je m'envoie un nouveau verre de la même manière que les deux premiers. Je mords dans le citron, et au moment où j'avale le jus acidulé, la tranche toujours entre les dents, j'avoue :

— Je l'ai giflé.

Trois paires d'yeux confus et surpris se tournent vers moi et cillent. Puis Ian demande :

— Qui ça ? Spencer ?

Je laisse échapper un rire, le fruit toujours entre les dents, puis je le retire et agite la tête.

— Non. Mason.

— C'était une gifle pour rire, genre « *oh, mais que tu es bête, espèce de grand footballeur super sexy* », ou bien ? demande JT, avec une voix de fausset.

— Cette voix que tu viens de prendre, dis-je en dessinant un cercle dans les airs devant son visage ; j'espère *pour toi* que ce n'était pas censé être une imitation de moi-même.

Il agite ses sourcils de haut en bas, comme un personnage de dessin animé fou. Je lui réponds par un mouvement d'yeux exagéré.

— Continue à faire le malin, *James*, et je serai plus que ravie de te faire une démonstration.

La grimace qu'il fait quand j'utilise son prénom entier me fait presque rire alors que j'agite les doigts de ma main droite pour illustrer mon propos.

JT pose son coude sur la table et appuie son menton sur ses doigts.

— Et alors, dis-moi, pourquoi donc as-tu été gifler ton cher Roméo, je peux savoir ?

— C'est Casanova, grommelé-je, mais l'ébauche de sourire qui se dessine sur les lèvres de mon meilleur ami me laisse à croire que je l'ai dit trop fort. Et je l'ai giflé pour avoir posté un truc évasif à notre sujet.

— Oh, *ça.* Je crois que Tess a réussi à aller plus vite que la lumière pour m'envoyer une capture d'écran de ce coup de maître.

Il aboie un rire.

— Ce *coup de maître* ? lâché-je d'une voix perçante.

Il verse une nouvelle série de shots et me tend mon verre pour que je le prenne.

— Moui, c'est le mot. Quiconque sait lire a su que ton amoureux transi avait compris qu'il avait fait une connerie.

— Donc, je suis supposée lui pardonner parce qu'il m'offre des cadeaux ?

Je mords dans le citron vert avec beaucoup plus d'agressivité qu'il ne le mérite.

JT en renifle de dédain, puis gémit quand la tequila lui sort par le nez.

— Non. D'ailleurs, tu ne te laisserais jamais influencer par ce genre de trucs. Ce que je veux dire, c'est qu'il faut que tu réfléchisses à tout ce qu'il a fait depuis qu'il a sorti sa tête de ses propres fesses.

Je reporte toute mon attention sur mon verre à shot, vide, et je le fais tourner en cercles lents. Les longs doigts de JT entrent dans mon champ de vision et il se met à compter dessus, énumérant chacun des gestes romantiques de Mason.

— Il a risqué sa vie en se montrant chez King…

— C'est excessif. Il ne connaissait pas la réputation de Sa Majesté et de sa cour.

— Admettons, s'agace-t-il devant ma réplique sarcastique. Alors, disons qu'il a risqué sa vie en demandant à Em de l'aider.

Il hausse un sourcil et incline la tête comme pour dire *Ose me dire que ce n'est pas vrai.*

Cette fois, j'acquiesce d'un signe de tête, car Em peut avoir un côté protecteur assez féroce.

— Et puis il y a ce t-shirt, le premier qu'il a fait faire et qui était si parfait que tu dors dedans.

Bon sang ! Pourquoi est-ce que je lui dis tout le temps tout ?

— Et ce fameux t-shirt auquel personne n'a rien compris ? continue-t-il. À mon avis, c'était de l'art. Combien on parie qu'il y a aussi son nom et son numéro au dos ?

Ça, c'est évident. Néandertal…

Je tousse dans mon verre à ce surnom que je lui ai donné, quand il se glisse dans mes réflexions.

Il glisse une main sous ma main gauche, et caresse du pouce l'aigue-marine que je porte pour lui à mon index, avant de le faire glisser sur l'anneau d'améthyste du milieu puis de s'arrêter sur mon annulaire nu.

— Ce que j'ai préféré, cependant… c'est qu'il ne s'est pas contenté d'acheter une bague pour lui. Non, il s'est souvenu d'une conversation que tu as eue avec CK en sa présence, et il a pensé à l'inclure aussi.

Je regarde d'un air renfrogné le doigt qui tapote maintenant le pouce nu de ma main droite. Du liquide froid goutte sur mes doigts, et je relève les yeux pour voir les deux verres pleins à ras bord que Ian agite devant nous, pour détendre l'atmosphère. J'en prends un et je le vide d'une traite juste pour faire taire ma pompom girl intérieure, laquelle est d'accord avec JT sur le fait que je devrais me remettre avec Mason.

Les heures passent, et nous continuons à boire. Moi, largement plus que les garçons, simplement parce que d'un, c'est pour ça que je suis là, et de deux, contrairement à eux qui ont tous un entraînement demain, ce n'est pas mon cas.

Après nous être plus ou moins préparés pour la nuit, nous nous lançons dans la partie la plus divertissante de *Préférerais-tu* que j'aie jamais jouée dans ma vie. Avant même que je m'en rende compte, il est presque deux heures du matin.

Je vacille légèrement quand je me lève, mon cerveau étant embrumé juste ce qu'il faut, et je ris comme seule une ivrogne heureuse en est capable.

— PF.

C'est moi, ou JT a fait durer le *Pffff* de mon nom jusqu'à huit cents syllabes ?

— Succès déverrouillé ! crié-je en levant les bras en l'air et en dansant joyeusement pour exprimer ma joie.

La porte de l'appartement s'ouvre pendant ma démonstration d'exubérance, mais nous sommes trop occupés pour nous en préoccuper.

— Impressionnante démonstration, ma chère, me complimente Harry sur la façon dont je tiens l'alcool.

— Sérieusement, PF, tu tiens l'alcool comme une championne, surtout pour quelqu'un de moins d'un mètre cinquante.

Ian passe un bras autour de mon cou et me serre contre lui.

— Je fais plus d'un mètre cinquante.

Je le repousse et trébuche sur JT, qui m'attrape et me colle contre lui, par sécurité.

— Oh, je t'en prie ! grogne JT.

Il a raison. Foutu un mètre quarante-neuf. *Tu n'aurais pas pu m'accorder un centimètre de plus, hein, Dieu ?*

Je penche ma tête en arrière et fais semblant d'être fâchée.

— Eh ! Tu es censé être de mon côté.

Il dépose un baiser sur mon crane.

— Et je le suis. C'est l'heure d'aller au lit, dit-il en me poussant vers sa chambre.

— Rabat-joie.

—Mais oui, c'est ça. Tu me remercieras demain.

—Mince. Si j'avais su que vous faisiez une fête, je serais resté là, ça m'aurait coûté moins cher, nous interrompt une voix grave et profonde.

Je jette un regard sous le bras de JT pour découvrir un autre spécimen de mâle grand, musclé et sexy.

Bon sang, c'est obligatoire d'être beau mec, pour vivre ici ? Parce que, voilà, quoi. C'est peut-être la tequila qui parle, mais je suis d'humeur à donner raison à ma pom-pom girl intérieure.

— Oh, saluuuuuuuuuut ! Tu dois être le joueur de baseball, lancé-je, avec un signe de la main qui ne fait que montrer que je suis bourrée.

Le beau brun m'adresse un sourire charmeur, et si je n'étais pas aussi obsédée par Mason, je pourrais lui rendre la pareille avec intérêt. Mais tout ce que j'arrive à lui offrir à cet instant est un sourire d'ivrogne.

— Ouaip, je suis Spencer. Et toi, qui es-tu donc, ma jolie ?

JT recommence à me pousser vers sa chambre.

— Oublie ça. C'est l'heure d'aller au lit, PF. Dis bonne nuit.

— Bonne nuit, les garçons, chantonné-je.

J'entre dans la chambre de JT, et il me laisse seule pour que j'enfile mon pyjama. J'enlève mon débardeur et je prends le t-shirt que je porte d'habitude pour dormir, sauf que c'est au moment où je le sors de mon sac que je réalise que c'est un maillot de Mason. Il m'en échappe presque des mains.

Bordel de merde.

J'ai emporté ça de manière automatique, je ne vois pas d'autre explication. Pas question que je porte ça pour dormir.

Je tortille le tissu entre mes mains, puis j'ouvre la porte.

— J !

Il se retourne en m'entendant l'appeler avec une seule lettre, toutes ses craintes revenues.

— PF ?

Je prends le t-shirt entre deux doigts et je le brandis devant moi comme si c'était une vieille chaussette de sport puante.

— J'ai besoin d'un t-shirt pour dormir.

Il regarde le t-shirt en coton gris, manifestement rassuré sur la menace, et détend ses épaules qui s'étaient contractées.

— Parce que ? C'est un pantalon que tu tiens ?

Un des inconvénients à partager une telle proximité, c'est qu'aucun de nous deux n'a de problème à mettre le nez de l'autre dans ses incohérences.

Je secoue le morceau de tissu que j'ai entre les mains.

— Ah, ah, ah, très drôle, lâché-je avec un rire sarcastique. Je sais très bien que *ceci* est un t-shirt, mais une fois que je l'aurai brûlé, je n'aurai plus de haut de pyjama.

Oooh, comme je déteste quand il imite mes mouvements d'yeux pour se moquer de moi.

— En tant que fils du chef des pompiers de Blackwell, je pense qu'il est de mon devoir de te détourner de tes pulsions pyromanes.

J'essaye de lui lancer le t-shirt à la tête, mais dans mon état d'ébriété, je ne parviens qu'à le faire tomber à plus de deux mètres sur sa droite.

— Ne ruine pas mon plaisir en étant aussi responsable, je te prie. Tu es déjà mal barré, parce que tu as pris le parti de l'*ennemi*, tout à l'heure.

— Si tu le dis, sœurette.

Il pose ses mains sur mes épaules et me ramène dans la chambre, avant de me tendre un de ses t-shirts de l'équipe de cheerleading de l'Université du Kentucky.

Trop occupé à rire à *mes* dépens, il en oublie de refermer la porte de la chambre, et je perçois des bribes de ce qu'ils se disent au salon.

— Bon sang, JT, tu nous as caché des choses. Ta copine est canon, lance la voix grave de Spencer.

— Attention. PF est pratiquement ma sœur, Spence.

— Attends... c'est l'amie que tu viens d'aider à traverser une rupture ?

— Ouais.

— Elle est célibataire, alors ?

— Mec, t'es pas sérieux ?

La voix de JT contient une note d'avertissement.

— Pourquoi ? Elle est super canon.

— Écoute, mec, elle est peut-être *techniquement* célibataire en ce moment, mais c'est seulement le temps qu'elle arrive à remettre ses pensées en ordre et qu'elle retourne vers lui.

C'est vraiment ce que pense JT ? Que je devrais retourner avec Mason ? C'est pour ça qu'il s'est fait son avocat tout à l'heure ? Il va falloir qu'il ramène ses fesses de traître ici pour que je puisse les lui botter.

Enfin... peut-être que c'est la tequila qui parle plus qu'autre chose.

— De plus, crois-moi sur parole, tu n'as aucune envie d'avoir affaire à son mec. C'est vraiment le genre de type avec qui tu n'as pas envie de t'embrouiller.

Je ne veux rien entendre de plus. Je ne veux plus qu'aucun des avocats de Mason ne pénètre dans mon cerveau.

Forte de cette conviction, j'ouvre le lit de JT, et m'installe à ma place. Puis je me laisse aller avec bonheur aux effets lénifiants de la tequila, jusqu'à m'endormir.

KAYLA

Avec précaution, j'ouvre une paupière pour laisser à mes yeux le temps de s'habituer à la lumière. Pour être honnête, je me sens probablement mieux que je n'aurais osé l'espérer, compte tenu de la quantité de tequila que j'ai bue hier soir : je n'ai que modérément mal au crâne, et je me sens juste un peu vaseuse.

Les événements des dix-huit dernières heures ressurgissent dans ma mémoire comme des diables sortant de leurs boîtes, et je tire un oreiller sur ma tête dans une vaine tentative de les empêcher de m'assaillir.

L'alcool n'est-il pas censé aider à oublier ?

Ma pom-pom girl intérieure relève la tête de son oreiller et joue avec ses cheveux du bout des doigts tout en s'inclinant vers moi. *Cocotte, tu n'as pas encore compris qu'oublier Mason Nova est impossible ? *Montre sa main gauche pour admirer la bague qu'elle porte* Tu parles d'un geste romantique.* Elle retourne sa main et remue des doigts vers moi.

Il va me falloir de la caféine si je dois faire face aux complots de mon propre subconscient, en plus du reste, de si bon matin.

Je ne suis pas la seule à comploter. Tu as déjà oublié ce qu'a dit JT la nuit dernière ?

Je rejette mon oreiller, puis j'attrape mon téléphone avant de remarquer la bouteille d'eau et l'Advil posé à côté.

> JT : Envoie-moi un texto quand tu seras levée. Il y a aussi du lait au chocolat dans le frigo et un sandwich bacon-œufs-fromage qui t'attend.

Et voilà pourquoi cet homme est mon meilleur ami. On a tous besoin de quelqu'un qui sait quoi faire quand on a la gueule de bois. J'avale l'Advil et je récupère mon téléphone pour lui envoyer un message.

> MOI : Tu es le MEILLEUR ami au MONDE !!! *émoji trophée* *émoji médaille* *émoji applaudissement* *émoji cœur bleu* *émoji fou*.

> MOI : Peut-être même que je vais te pardonner ta tendance à jouer les Judas.

> JT : Je sais *émoji baiser*

> JT : Et crois-moi, bientôt, tu me remercieras.

Je grogne pour moi-même tout en tapant un nouveau message.

> MOI : Tu reviens quand ?

> JT : Un peu plus tard, je vais à l'entraînement.

> MOI : OK. Je crois que je vais me rendormir un peu. *émoji zzz*

> JT : Nope. Sors tes fesses de feignasse de mon lit et prépare-toi à venir à l'entraînement. Le coach sait que tu es là et m'a dit qu'il aimerait bien que tu viennes l'aider à chorégraphier ma routine de stunt avec Rei.

Je ne devrais pas être surprise par cette demande : je l'ai déjà fait l'an passé. C'est Coach Ramos qui aura le dernier mot sur l'enchaînement de la routine, mais comme j'ai fait toute ma carrière de flyer avec JT, je suis la mieux placée pour savoir quelles figures il maîtrise le mieux.

> MOI : Tu crois vraiment que c'est une bonne idée que je vienne m'entraîner avec toute l'équipe ? C'est un peu ça qui a tout fait partir en vrille, la dernière fois.

> JT : Tout va bien se passer. J'ai déjà dit, pas de vidéo, et pas un mot sur le fait que tu es là. Alors arrête d'essayer de gagner du temps, et presse-toi, poupée.

> MOI : *GIF d'Anna Kendrick qui fait un salut militaire*

J'aurais dû me douter qu'il ne faudrait pas longtemps à JT pour trouver un moyen de me faire participer à leurs entraînements, d'une manière ou d'une autre, pendant que je suis là.

Ironiquement, c'est quand je m'envoie en l'air, métaphoriquement parlant, bien sûr, que je me sens le mieux. Qui sait ? Peut-être que ça m'aidera à trouver comment réagir aux menaces de Liam.

Je me glisse hors des draps bien chauds, et je frissonne. Il fait frais dans la pièce : nous sommes en novembre. Je fouille dans mon sac pour prendre un sweat, avant de me rendre compte que comme pour le t-shirt, c'est celui de Mason que j'ai emporté, inconsciemment.

Inconsciemment, vraiment ? Pourquoi tu n'admets pas que tu as envie d'être avec lui ?

Bordel de merde.

Je jette le vêtement comme si c'était lui qui avait parlé, et non pas ma propre conscience, pour me diriger vers le placard de JT. J'attrape l'un de ses sweats à capuche aux couleurs du Kentucky, avec assez de force pour que le cintre s'éjecte et rebondisse avant de tomber sur le sol.

J'ai besoin d'un lait au chocolat et d'un café *immédiatement*.

— Crétin de footballeur. Pourquoi tu ne peux pas me foutre la paix ? marmonné-je en essayant de passer le sweat par-dessus ma tête. Je devrais demander à E de t'attacher à une ligne de mannequins et laisser la ligne d'attaque s'occuper de toi.

— Tu es plutôt violente pour une si petite chose.

Le hurlement qui m'échappe est digne d'un film d'horreur. Comme j'ai encore la tête coincée dans le sweat, je n'ai pas vu qu'il y avait quelqu'un dans la cuisine.

— Désolé. Je ne voulais pas te faire peur.

Lorsque je parviens à sortir ma tête par l'encolure du sweat-shirt, Spencer m'adresse un sourire penaud par-dessus le bord de sa tasse à café.

Mes souvenirs sont un peu flous, à cause de la tequila, mais je me souviens de l'avoir rencontré, même brièvement, avant sa conversation avec JT hier soir.

— C'est bon. Je ne m'attendais juste pas à ce qu'il y ait quelqu'un dans l'appartement.

— Ma saison n'a pas encore commencé. J'en profite pour ne pas mettre de réveil.

— Tu prêches une convaincue.

Je me traîne jusqu'au frigo et j'en sors le lait au chocolat, que je bois directement à la bouteille.

— Je suppose que c'est plutôt une bonne chose que je ne joue pas au football, hein ?

Je hausse les épaules, et déballe mon sandwich pour le mettre au micro-ondes.

— J'imagine que tu en as davantage après un joueur en particulier qu'après le sport en général ?

Quelqu'un est trop intuitif pour que je sois capable de faire face alors qu'il n'est pas encore midi. Je mords dans mon sandwich avec un hochement de tête, directement accoudée au comptoir.

— Tu restes tout le week-end ? demande-t-il, et je hoche la tête à nouveau. Super.

En venant ici, je sais que je suis retombée dans mes vieilles habitudes de fuite, mais je m'en fiche. De plus, j'ai l'impression que JT va continuer à jouer les grands frères avec moi et me forcer à affronter tout ce qui m'a incitée, justement, à fuir.

Spencer et moi discutons de tout et de rien pendant que je mange et qu'il finit son café. Il est toujours à flirter plus au moins, mais sa façon de faire me fait davantage penser à D qu'à Adam, par exemple, lequel m'évoque quelque chose de très gluant et de très répugnant.

Oooh, tu sais qui se la jouerait Néandertal avec Spencer s'il était là ?

La ferme ! crié-je à ma pom-pom girl intérieure. Ce week-end est une zone sans Mason.

**renifle d'un air dédaigneux* Bonne chance.*

— Excuse-moi, dit poliment Spencer quand on frappe à la porte.

Les deux tiers de mon remède contre la gueule de bois étant consommés, je me retourne pour atteindre ce liquide sans lequel je ne pourrais pas vivre : le café.

— Dante.

— Spence.

D'après les bruits que j'entends, ils se saluent de ces accolades viriles et compliquées propres aux mecs.

— JT n'est pas là, dit Spencer.

— Oh, je sais, glousse D. La personne que je suis venu voir est *beaucoup* plus jolie.

Le sourire que j'entends dans sa voix me dit qu'en l'absence de son grand frère pour le contrôler, ses techniques de drague risquent de tourner à l'épique.

— KayKay.

J'ai à peine le temps de poser ma tasse sur le comptoir que je me retrouve soulevée du sol pour une embrassade version Grayson, sauf que cette fois je me retrouve à tournoyer dans les airs comme une poupée de chiffon.

— Tu peux me reposer, s'il te plaît ? demandé-je en lui mettant un petit coup sur l'épaule.

— Laisse-moi profiter un peu. Contrairement à mon frère, je ne t'ai jamais à moi tout seul.

Tout occupée à profiter de la personnalité grégaire de D, il me faut quelques instants avant qu'une pensée ne me vienne en tête.

— Tu ne *dois pas* lui dire que je suis là, D, l'imploré-je en le regardant avec mes meilleurs yeux de chien battu.

— T'inquiète, ton chien de garde m'a déjà fait la leçon.

La description qu'il fait de JT me fait glousser.

Je fais un geste vers la salle de bain avec ma tasse.

— Tu peux attendre, le temps que je prenne une douche ? Il faut que je me débarrasse des derniers effets de la tequila.

— Tu veux que je vienne te frotter le dos ?

D agite ses sourcils d'un air suggestif.

Je lève les yeux au ciel. Je ne sais pas si c'est parce que D me fait rire avec ses attitudes ridicules, ou parce que j'ai mis plus de mille kilomètres entre moi et mes problèmes, mais je me sens un peu plus légère quand je prends mon sac et disparais dans la salle de bains.

CHAPITRE 27

MASON

Je jette des coups d'œil nerveux à mon téléphone tellement souvent, maintenant, que c'en est embarrassant. J'ai toujours espoir que Kay m'envoie un texto, mais je n'ai que des notifications Instagram.

Ma publication trop évasive correspond exactement à tout ce que Kay cherche à éviter. Mais je l'ai fait dans l'espoir qu'en disant relativement clairement comment moi, je considérais notre relation, cela ferait taire les spéculations qui ont été bon train ces derniers temps.

Est-ce que cela a fonctionné ? En quelque sorte.

*En quelque sorte ? *frappe sa cuisse de sa casquette* Tu plaisantes ? Tu as vu tous les commentaires sous ta publication ? Ne me lance pas sur cette merde, et tu as de la chance que ce soit ta semaine de repos sans entraînement de foot, parce que tu vas avoir besoin de ton temps libre pour t'entraîner à d'autres choses si tu veux espérer gagner ta saison avec Kay.*

Mon coach intérieur s'exprime beaucoup en ce moment, mais il n'a pas de stratégie de jeu à me proposer pour autant.

— Tu as une stratégie pour ce week-end ?demande Trav alors que nous sortons du centre sportif après notre entraînement du matin.

— Aller à Blackwell, aller aux Barracks, aller partout où j'ai une chance de trouver Kay et rester jusqu'à ce que nous soyons à nouveau un couple officiel.

Je fourre mes mains dans la poche de mon sweat à capuche : le vent est froid ce matin.

— Je suppose que par officiel, tu veux dire *vraiment officiel*, pas un truc à la con comme ce que tu as publié sur Insta l'autre jour ?

Cette publication, c'était un coup de pied dans la fourmilière. C'est ce qui m'a valu la gifle de Kay, et les moqueries de mes potes, mais je volais juste faire cesser les commentaires les plus insistants liés au hashtag #CopineDeCasanova.

Si cela ne stressait pas autant Kay, ou si ces fichus réseaux sociaux n'étaient pas l'obstacle qui m'empêche de récupérer ma nana, je m'en ficherais comme d'une guigne.

— Dis donc, ce ne serait pas ce King, avec Grayson ?

Trav montre du doigt Grant, appuyé contre un Yukon noir mat. Il parle effectivement à Carter King.

— On dirait bien. Ses potes et lui semblent tous avoir des voitures de cette couleur.

Nous changeons de direction. Je ne sais pas encore vraiment quoi penser de ce type, mais autant essayer de rester en bons termes avec lui en attendant que le jury statue, on ne sait jamais.

Grayson est le premier à nous repérer, il salue Trav avec enthousiasme tandis que Carter me regarde avec circonspection.

— Je n'arrive pas à déterminer si ce que tu as fait était con à mort, ou foutrement couillu.

Il retourne son téléphone vers moi, mon compte Instagram affiché.

Trav se met à glousser comme une sorcière démente à côté de moi tandis que je choque le poing tendu de Carter.

— Je ne savais pas que le campus de l'université faisait partie de ton royaume.

Je passe mes doigts autour de la sangle de mon sac de sport passé en bandoulière autour de mon torse, et me campe solidement sur mes deux jambes.

Les coins de la bouche de Carter frémissent.

— Tu rigoles, mais Jackie O. adore disserter sur la portée de ma monarchie.

Grayson appuie ses mains l'une contre l'autre comme pour faire une prière et affiche un sourire extatique.

— *Ooh*, s'il te plaît, fais-moi plaisir, appelle Em comme ça à un moment où je suis là.

— Si ça t'amuse. Cela dit, tu crois vraiment que c'est une bonne idée de lui chercher des poux quand Kay n'est pas là ?

Grayson hausse les épaules, l'air de dire qu'on s'en fiche.

— Mini-Taylor sera là, elle pourra jouer la garde royale en l'absence du P'tit bout.

— Pourquoi appelles-tu Em Jackie O ? demande Trav.

Je claque des doigts pour détourner les trois comiques de leur délire.

— Qu'est-ce que tu veux dire par *quand Kay n'est pas là* ?

— Tessa m'a appelé pour que j'aille la chercher aux Barracks hier soir, et avec ma sœur, elles ont passé tout le trajet à chercher comment elles allaient faire ce week-end parce que Dennings n'était pas là pour les trimballer avec elle.

— Pourquoi pas ?

Je sais que Kay se débrouille toujours pour être là pour Tessa quand elle en a besoin. Qu'est-ce qui pourrait bien l'en empêcher cette fois ?

Il glisse ses mains dans les poches de sa veste en cuir et hausse les épaules.

— Je ne sais pas. Tout ce que je sais, c'est que je n'ai pas vu sa Jeep en ville, et maintenant c'est moi qui suis de corvée pour aller récupérer le duo infernal au lycée.

Mon cerveau se met à tourner à toute allure pour essayer de comprendre ce que tout cela peut signifier. J'avais prévu de passer les trois prochains jours à traquer Kay pour la trouver, où qu'elle soit, mais il semblerait que la tâche va être un peu plus complexe que prévu.

— Au fait, qu'est-ce que tu as à voir avec ma nana ?

Je sais que, techniquement, Kay n'est plus vraiment *ma nana*, mais je n'ai pas l'intention de céder un pouce de terrain, surtout face à un type dont j'ignore tout.

Trav se cale sur ses talons à côté de moi dans une attitude décontractée.

— Tiens, bonne question. On a souvent entendu la Miniature parler de ta sœur, mais jamais de toi.

— Et pourtant, embrayé-je sur l'idée de Trav, on dirait que

vous vous voyez régulièrement et tu me sembles bien la connaître.

— Tu essaies de te rapprocher de la copine de mon pote ? Genre, profiter de l'aubaine pour prendre la place ?

Trav a beau afficher son plus beau sourire de charmeur, la menace sous-jacente dans la question est parfaitement perceptible.

Grayson se retourne vers le SUV géant derrière lui pour nous tourner le dos, mais la façon dont ses épaules tressautent le trahit : il rit en silence. Carter lui jette un regard glacial quand il marmonne quelque chose qui ressemble étrangement à *Pas la bonne cheerleader*, mais comme il nous tourne le dos, je n'en jurerais pas.

Carte lève une main, pour empêcher toute interruption.

— Pour clarifier la situation, Dennings et moi sommes amis. *Notre* amitié ne ressemble pas à celle qu'elle entretient avec ses *autres* amis, mais c'est pourtant la meilleure façon de décrire ce qui nous lie.

Je ne suis pas sûr de comprendre ce qu'il veut dire. Après tout, Kay a plein d'amis et je ne vois pas de différences dans la façon dont elle agit : Em, Quinn, Grayson, CK, Tessa, JT, moi, et tous mes potes. Je commence à lui faire part de mes objections, mais il intervient avant que j'ai eu le temps de finir.

— Ce que je veux dire, c'est qu'avec Dennings, tu appartiens à l'une des trois catégories suivantes : famille, famille NJA, ou simple connaissance. Je me trouve dans cette étrange position intermédiaire entre famille et connaissance parce que je suis davantage l'ami de JT que le sien à elle. Mais, continue-t-il alors que ses traits s'adoucissent, même si je ne l'étais pas, je ferais en sorte de toujours être là pour elle simplement parce qu'elle est toujours là pour Savvy.

— Pourquoi ? demandé-je encore, toujours pas convaincu par ses motivations.

— Je n'ai peut-être pas la garde officielle de ma sœur comme E avec Kay, mais j'ai passé la majeure partie de notre vie à m'occuper d'elle. Kay a toujours été celle qui arrondissait les angles avec Pops quand Sav passait plusieurs nuits par semaine chez les Taylor.

C'est logique. Je ne sais pas si Kay s'en rend compte, mais elle a ce petit quelque chose qui incite à la loyauté chez tous ceux qui l'entourent. Regardez donc comment mes coéquipiers se sont investis pour m'aider à réparer mes conneries !

— D'accord.

Je donne un petit coup de coude à Trav pour qu'il se taise, puis je tends la main à Carter pour sceller l'entente, genre *c'est cool, on s'est compris.* Je n'ai pas de temps à perdre avec des attitudes de machos de toute façon. Kay est tout ce qui m'importe. Maintenant la vraie question est : où est-elle, bon sang ?!

Je n'avais pas compris à quel point le fait d'être une étudiante anonyme perdue parmi les autres me manquait, jusqu'à ce que nous soyons de retour à l'appartement de JT après avoir travaillé sur sa routine de stunt avec Rei.

Oui, il y a un certain nombre d'anciens élèves du lycée public de Blackwell qui vont à l'Université de Jersey, mais avant que Mason ne commence à s'intéresser à moi, ils ne semblaient pas se préoccuper de ma présence plus que les autres.

Si vous voulez mon avis, tout ça est complètement débile, mais je suppose qu'à vingt ans, tous les jeunes adultes n'ont pas la même maturité.

— Vous venez toujours à la soirée du basket ce soir ? demande D après que nous avons tous fini de nous gaver des plats chinois que nous avons commandés.

Dante et Rei sont venus nous rejoindre chez JT et sont restés avec nous depuis.

— Si vous allez tous à une fête, ça veut dire que je peux profiter de la télé ?

Je me rencogne dans le canapé pour essayer de trouver une position confortable pour mon estomac trop rempli et trop serré par la ceinture de mon legging.

— Nope, KayKay. Tu viens aussi.

Je secoue la tête.

— D, tu devrais le savoir mieux que quiconque compte tenu du nombre de fois où je l'ai dit à ton frère, mais je ne vais pas aux soirées dans les fraternités. Je suis très bien à boire ici.

La nuit dernière a été parfaite, si l'on fait exception du détour par la case *regarde-comme-Mason-fait-des-trucs-supers*. Traîner avec des potes, boire, jouer à des jeux stupides. J'aimerais bien refaire pareil les deux prochaines nuits avant de devoir rentrer et affronter la réalité.

— Je trouve que c'est une super idée, ajoute JT.

J'écarquille les yeux et je lui lance un regard *Tu rigoles, là ?*

— Ne me regarde pas comme ça. Ça va te faire du bien de sortir et de travailler ta sociabilité.

Cette fois, j'étrécis mes yeux jusqu'à ce qu'il n'en reste que des fentes.

— Je *suis* sociable.

Je croise mes bras sur ma poitrine, sur la défensive. J'ai été sociable toute la journée. Ai-je ou n'ai-je pas passé du temps avec la Blue Squad ? Que veut-il de plus de moi ?

Il tire sur ma queue de cheval.

— Pas tant que ça. Et puis ce n'est pas dans une fraternité, mais à la maison du basket. Il y aura surtout des gars de l'équipe, des cheerleaders et les proches des uns et des autres. Vois ça plutôt comme un *bal royal*.

Qu'il soit maudit pour toujours essayer de me faire sortir de ma bulle. Et ne pas pouvoir utiliser comme excuse les problèmes que j'ai eus avec les pom-pom girls au lycée m'agace : il sait très bien que j'apprécie les autres membres de son équipe.

— Ce sera un bon entraînement pour toi.

La lueur que je vois scintiller dans ses yeux couleur whisky me fait froid dans le dos.

— Un entraînement pour quoi ? demandé-je du bout des lèvres.

— Gérer les situations sociales inconfortables.

Je n'ai aucune envie de lui demander ce qu'il veut dire par là. *Vraiment* pas. Sauf qu'il *faut* que je sache.

— Et pourquoi j'aurais besoin de m'entraîner à ça ?

— Pour quand tu te remettras avec ton amoureux.

Le sourire dents blanches qu'il m'adresse dit un peu trop *Tu sais que j'ai raison* à mon goût.

— Je te déteste.

Enfin, pas vraiment, mais tant pis.

— Tu sais très bien que c'est faux, tu ne me déteste pas plus que tu ne le déteste, lui.

Merde, et merde.

Le silence est si épais dans la pièce qu'on pourrait entendre une mouche voler, même si, cette fois, nous n'entendons que D murmurer :

— Oh, merde.

J'ignore le commentaire sur ma vie amoureuse, et tente une dernière excuse :

— Je n'ai rien à me mettre pour une soirée.

JT est au courant des… disons, *menaces*, parce que je ne sais pas comment qualifier ça autrement, de Liam. Il va falloir que nous parlions de ça à un moment donné ce week-end.

C'est Rei qui scelle mon destin :

— On fait à peu près la même taille. Je peux te passer quelque chose.

Je fais le tour de la pièce des yeux, pour me retrouver face à six regards qui semblent dire *Échec et mat, ma poule.*

Yahou ! C'est la fête ! C'est la fête ! C'est la fête ! Ma pom-pom girl intérieure commence à courir comme une démente.

Bon. Je suppose donc que je vais à une soirée.

Aujourd'hui, j'ai mis beaucoup de kilomètres au compteur de la Shelby. Je savais, après ce que Carter m'avait dit, que les chances de trouver Kay chez elle étaient minces, mais je suis quand même passé devant chez les Taylor avant de faire un saut jusqu'à la maison de famille de Kay. Il m'a été facile de déterminer que Kay n'était pas chez les Taylor puisqu'il n'y avait pas de Jeep rose dans l'allée, mais chez elle, j'ai passé vingt minutes à sonner à la porte et à jouer les voyeurs aux fenêtres.

Après ça, j'ai roulé en ville pendant une bonne heure, dans l'espoir d'apercevoir un éclair rose. Mais j'ai fait chou blanc, alors je suis remonté vers le nord jusqu'aux Barracks, où elle n'était pas non plus, avant d'aller jusqu'à chez moi, dans l'espoir que les jumeaux aient des entraînements avec elle ce week-end.

C'était improbable, et risqué. Et le fait est qu'elle n'était pas là non plus. Sauf que malheureusement pour moi, Brantley, lui, était là. Ce qui lui a donné l'occasion de me coincer pour me parler de mon *image publique*. Il m'a bassiné pendant un long moment sur le fait qu'avoir une image irréprochable sans histoires douteuses associées me permettrait d'avoir un avantage sur les autres lorsque viendrait le moment d'être présélectionné, et je l'ai ignoré. Jusqu'à ce qu'il dise : « *Je ne suis pas sûr que sortir avec cette fille soit une bonne chose pour toi.* »

Je lui ai instantanément redonné toute mon attention.

« *Pardon ?* »

J'ai étouffé mon instinct, celui qui me pousse à protéger Kay, et j'ai essayé de me rappeler que c'était mon beau-père que j'avais en face de moi. Bon sang, Brantley a été la seule figure paternelle que j'ai connue de toute ma vie depuis que mon père biologique est mort. J'avais deux ans à cette époque. Et il est sûrement celui qui me soutient le plus dans mon désir d'intégrer la NFL, après ma mère. J'ai suivi ses conseils dès l'instant où cela pouvait me donner un avantage, comme de rejoindre les Alpha Kappa ; mais Kay est une zone interdite. Elle est à moi, et à moi uniquement, purement et simplement.

« *Je sais que tu crois aimer cette fille, mais... *»

« *Je ne le crois pas, j'en suis sûr.* » *Je l'ai interrompu avant qu'il ne puisse terminer sa phrase. Il y a des moments comme celui-là où je me demande si décider de faire de lui mon agent était vraiment une bonne idée.*

Quand il a commencé à me dire que les histoires familiales de Kay pouvaient me nuire, c'est là que j'ai compris, au-delà de l'agacement qui commençait à monter.

Famille ! C'est dans sa famille qu'elle irait.

Bette est venue il y a deux semaines pour s'assurer que Kay allait bien après notre rupture. Si je dois en croire tout ce qu'elle m'a raconté à propos de E et Bette, comment ils n'ont pas hésité à révolutionner leurs vies pour se charger d'elle ; je sais qu'elle ne voudrait pas prendre le risque que Bette cherche à remettre sa vie entre parenthèses pour elle.

Avec pour toute compagnie mon coach intérieur, lequel n'hésite pas à me seriner que je risque ma vie en allant là-bas ; je prends la route, direction Baltimore.

Il y a normalement quatre heures de route, mais j'arrive à faire le trajet en trois heures trente. Mais alors que je m'arrête devant les grilles de la maison d'E, je n'arrive pas à déterminer si avoir mis moins de temps que prévu est une bonne chose ou pas.

J'ai un peu l'impression d'être un prince dans un de ces films de Disney que ma sœur Livi adore ; et que E est le dragon que je dois affronter pour atteindre ma princesse. J'aurais dû demander à Grayson si E avait réellement eu des envies de meurtre me concernant, au cours des deux dernières semaines, avant de me jeter dans la gueule du loup.

Je prends une profonde inspiration, je rassemble mon courage et appuie sur le bouton de l'interphone.

— Mason ?

Dans l'interphone, la voix de Bette résonne. Je cherche la caméra qui doit se trouver à proximité et fais un petit signe de la main quand je la repère.

— Salut, Bette.

Le portail bourdonne et s'ouvre. Je prends ça comme un bon présage.

Je remonte l'allée pavée et je me gare près de la porte d'entrée, où elle m'attend, debout appuyée contre le chambranle. Elle porte un maillot de football délavé de Penn State, noué sur le côté. D'après la taille, ça doit être un de ceux de E. Je suis tenté de faire une remarque sarcastique sur le fait qu'elle porte un maillot d'une université dont l'équipe est inférieure à celle des Hawks, parce que je suis fier d'en être un ; mais compte tenu de la situation, je me tais sagement.

Herkie se précipite pour me saluer, et je me penche pour gratter les oreilles du chien adoré de Kay. Je ne peux que remarquer le regard de mère déçue que me lance Bette, parce que c'est le genre de regard que je connais bien : c'est le même que celui de Grace Nova-Roberts.

J'espère que tu es prêt, mon gars, parce qu'à mon avis, ça va être rock'n'roll.

— Eric, ramène tes fesses ici, appelle Bette après m'avoir fait signe de la suivre dans le salon.

— Je peux savoir pourquoi tu m'appelles *Eric*, femme ? plaisante E en descendant les escaliers quatre à quatre.

Le large sourire qui éclairait son visage s'évanouit à l'instant précis où il me repère.

Merde.

— Qu'est-ce qu'*il* fait là ?

Le fait qu'il pose la question à sa femme, et pas à moi directement, ne fait que me faire me sentir un peu plus indésirable.

— Je ne sais pas, nous n'avons pas encore évoqué le sujet.

Bette lui tend la main pour qu'il la rejoigne. Je regarde autour de moi, dans l'espoir d'arriver à déterminer si Kay est là, mais je ne la vois nulle part.

E croise les bras sur sa poitrine.

— Je n'ai rien vu de nouveau sur ton Instagram, alors dis-moi, qu'est-ce que tu as encore fait à Kay ?

Je m'attendais à ce que son ton soit aussi dur qu'il l'est en vrai, mais la question en elle-même me surprend.

La publication à laquelle il fait référence date d'il y a deux jours, mais les anneaux…

Ils lui ont été livrés *hier*.

Kay est partie des Barracks de manière précipitée, hier aussi.

Est-ce qu'elle n'aurait pas dû leur en parler en arrivant ici ?

Dois-je considérer comme une bonne chose qu'il m'ait traqué sur Internet au lieu de faire quatre heures de route pour me mettre son poing dans la figure ? Ou bien, est-ce que Kay se cache quelque part en attendant de voir comment je vais gérer les allusions de son frère ?

— Tu te préoccupes davantage de mes publications évasives sur les réseaux que des bagues que je lui ai offertes ?

Il referme ses poings le long de ses flancs. Bette, qui sait parfaitement lire son mari, lève un bras pour l'arrêter quand E fait un pas dans ma direction.

— Tu as offert des bagues à Kay ? demande-t-elle calmement alors qu'E grince des dents à côté d'elle.

— Oui, *et* ?

C'est une question, plus qu'une affirmation. Ne sont-ils pas censés être déjà au courant ?

— Si tu crois que tu peux faire ta demande, même si c'est censé être un grand geste romantique destiné à réparer ta bêtise colossale, sans me demander la permission avant, tu es fou.

Si je dois en croire ce que vient de lâcher E, c'est probablement une bonne chose que Kay ne leur ait *pas* parlé des bagues, ni du message qui allait avec. Je ne l'ai peut-être pas demandée en mariage, mais j'ai sous-entendu que j'avais l'intention de le faire un jour.

— Pourquoi ne pas nous asseoir ?

Bette fait un geste vers le canapé, et entraîne E avec elle d'un bras passé dans son dos.

Une fois assis, il se penche en avant et pose ses coudes sur ses genoux.

— Bien. Les bagues. Je t'écoute.

Je déglutis avec un peu de difficulté, tout en cherchant Kay des yeux une fois de plus, sans succès. Il y a bien plus que les bagues, mais après tout, il faut bien commencer quelque part. Tout ce que j'ai tenté a échoué, alors… si je peux trouver de l'aide auprès de E et Bette, je suis prêt à tout. J'ai *besoin* de Kay dans ma vie.

Je leur raconte tout, en commençant par les bagues avec les pierres de naissance puis en faisant ensuite une rétrospective à la Tarantino depuis la nuit où je l'ai retrouvée chez Carter King. E et Bette m'écoutent sans rien dire, mais je ne peux que remarquer chacun des regards inquiets qu'ils échangent, à chaque fois que je mentionne que Kay s'est renfermée sur elle-même. Une fois mon récit terminé, je plonge mes yeux dans ceux de E, et soutient son regard, sans ciller.

— Je sais que ni toi ni Bette n'avez de raison de vouloir m'aider… Mais j'aime vraiment beaucoup ta sœur.

E ne dit rien, et ne laisse rien transparaître de ce qu'il pense. Mon cœur s'accélère.

Bette regarde E, puis moi, et encore E, avant de revenir sur moi.

— Elle t'aime aussi.

Une flamme d'espoir flambe dans mon cœur, et monte, monte comme l'une des magnifiques passes en spirale de Trav, et je m'y accroche comme si c'était l'Ave Maria qui allait nous faire gagner le match.

— C'est vraiment ce que tu penses ?

À cet instant, c'est ma vulnérabilité qui parle, et cela s'entend dans ma voix.

— Cela ne fait aucun doute.

J'expire brutalement, je n'avais même pas réalisé que je retenais mon souffle. Je m'affaisse sur le canapé. J'ai toujours eu la conviction que Kay m'aimait, mais c'est quelque chose de se le voir confirmer par sa famille.

— Pourquoi es-tu venu ici ? demande E.

Cela me semblait pourtant évident.

— Pour Kay.

Je lève la main pour caresser la tête d'Herkie quand il monte sur le canapé. Vont-ils me laisser la voir ? Ou faut-il que je me soumette à un test quelconque avant d'en avoir le droit ?

E se déplace, et modifie sa posture, ce qui lui donne moins l'air d'être sur la défensive.

— Je te respecte pour avoir eu le cran de venir parler de tout ça en personne, mais est-ce que venir jusqu'ici ne te prive pas du temps que tu pourrais passer avec ma sœur ?

— J'ai pensé que si j'arrivais à te convaincre de ne pas me mettre ton poing dans la figure à l'instant où l'on allait se retrouver face à face, je pourrais voir Kay plus vite si j'étais là où elle est.

Bette lève une main pour m'interrompre, et fais un geste comme pour désigner la maison.

— Attends. Tu crois que Kay est ici ?

— Elle n'est pas là ?

— Non.

Les lèvres de E se retroussent et cela lui donne un petit air satisfait : manifestement, il prend plaisir à me donner cette information.

Herkie laisse échapper un soupir de plaisir tandis que je caresse distraitement une de ses oreilles et que j'essaie de comprendre les implications de cette découverte. Si Kay n'est pas ici, où est-elle ? Où d'autre aurait-elle pu aller se cacher ?

Une migraine commence à pulser à l'arrière de mon crâne, et je serre ma nuque de mes doigts pour tenter de soulager la douleur. Puis je leur explique comment j'en suis arrivé à faire quatre heures de route dans l'espoir de la trouver.

— C'est King qui a récupéré Tessa à l'entraînement hier ? Demande E.

J'acquiesce d'un mouvement de tête.

— C'était après que tu lui as fait parvenir les bagues ?

Je hoche à nouveau la tête.

— Et il a dit que T et Savvy cherchaient comment s'organiser autrement que prévu parce que Kay ne serait pas là du week-end, ajouté-je.

Je ne vois pas vraiment comment tout cela s'imbrique, mais Bette, elle, semble avoir une idée sur la question. Elle me demande de lui raconter les moindres de mes faits et gestes par rapport à Kay, et comment elle a réagi.

L'impuissance que j'ai ressentie à voir Kay s'effondrer a été si viscérale que même encore maintenant, j'ai l'impression que je pourrais me noyer dedans.

Soudain, Bette se redresse comme si elle était une marionnette et que quelqu'un avait tiré ses ficelles.

— Je sais où elle est.

— Où ?

J'ai déjà repêché mes clés de voiture : je veux absolument la rejoindre le plus vite possible.

— Elle doit être avec JT.

Elle se tourne vers E en parlant, comme si elle voulait qu'il confirme.

Un autre souvenir me revient en tête : Tessa qui m'explique que JT était le seul encore capable d'atteindre Kay dans les profondeurs où elle avait sombré après la mort de son père et ce que lui avait fait subir Liam. Je serre les poings à m'en faire blanchir les jointures. Même penser vaguement à ce salopard de Parker fait monter en moi une vague de rage, dangereuse pour ma santé mentale.

— D'accord.

Je remplace mes clés par mon téléphone.

— Qu'est-ce que tu fais ? demande Bette en me regardant attentivement.

— Je vais chercher un vol entre Newark et Lexington. Le vol lui-même prend environ deux heures, et j'essaie juste de savoir lequel je vais pouvoir prendre étant donné que je dois retourner à Jersey en premier.

Même si la photo de Kay et JT m'a fait péter les plombs quand je l'ai vue pour la première fois, je ne pourrais jamais demander à ma petite amie de renoncer à ses amis. D'autant que j'ai un immense respect pour eux et pour le soutien indéfectible qu'ils lui ont offert au fil des ans. C'est juste qu'aujourd'hui et à partir de maintenant, je veux être... celui sur qui elle se repose.

— *Ooooh.*

Bette-maman-ourse cède la place à Bette-la-romantique.

E se rapproche de moi de quelques centimètres.

— Avant de te précipiter là-bas, pose-toi d'abord la question de savoir si tu es capable de supporter tout le poids des insécurités de Kay.

Pourquoi est-ce que tout le monde pense que je vais fuir en courant parce que c'est compliqué ? Je joue au football américain. Un sport de contact. Je suis plus solide que la plupart des gens.

— N'essaie pas de me dire que tu penses qu'elle a raison de dire qu'elle n'est pas assez bien pour moi, parce que je vais te répondre la même chose qu'à elle quand elle m'a dit la même chose.

La main de Bette appuie doucement sur mon torse, pour m'empêcher d'approcher son mari. Je me suis levé, mais je ne sais pas à quel moment. Je sais juste… qu'il faut que je me défende.

— Elle est la seule et l'unique pour moi. A mes yeux, personne ne lui arrive à la cheville. Elle est celle qu'il me faut, et je *sais* que je ne pourrais pas trouver mieux qu'elle, dussé-je parcourir toute la planète.

— Tu as foutrement raison, Roméo.

Et là, on en revient aux bras croisés et aux regards qui tuent.

— C'était Casanova, rétorqué-je, incapable de m'en empêcher.

— Tu crois vraiment que c'est une bonne idée de me rappeler le surnom que tu as gagné en te comportant comme un enfoiré de première ? me lance E avec un regard perçant.

— J'essayais juste de détendre l'atmosphère.

Je desserre mes bras et secoue mes mains pour détendre mes doigts et évacuer la tension de mon corps. Me battre avec son frère ne me vaudra pas les faveurs de Kay une fois que je l'aurai retrouvée.

Bette adresse un regard qui dit *Tiens-toi bien* à E.

— Ce que mon mari *aux tendances surprotectrices* essaie de te dire, c'est que Kay ne sera peut-être jamais capable de supporter d'être dans la lumière des projecteurs qui sont tout le temps braqués sur toi. Je comprends ce que tu as essayé de faire avec ta publication Instagram, mais est-ce que cela te conviendrait aussi si votre relation ne devait jamais être affichée aux yeux du public ?

Je me fiche de tout ça. Les réseaux sociaux me servaient à valider mon identité, en quelque sorte, et cela ne m'intéresse plus vraiment. J'ai commencé à m'en désintéresser quand j'ai vu comme cela stressait Kay dès qu'une publication nous concernant devenait virale, et ses réactions me sont devenues logiques, une fois qu'elle m'a eu révélé son passé.

— Ma relation avec Kay ne regarde personne d'autre que nous. Si cela pouvait aider, je supprimerais mes comptes immédiatement.

Bette et E partagent un regard que je n'arrive pas à déchiffrer, je sais juste qu'ils communiquent sans parler. Puis Bette place sa main sur la mienne et la serre.

— Tu sais, quand Kay parle de toi, et quand elle est avec toi, elle redevient la *vraie* Kay, celle que nous n'avons vue que très rarement ces dernières *années*.

Elle n'est pas la première personne à dire quelque chose de ce genre, et j'espère, que dis-je, je *prie* pour que ce soit vrai.

— Alors pourquoi met-elle autant d'énergie à essayer de me convaincre qu'elle est le mal pour moi ?

— Parce que, interrompt E, être avec toi la confronte à des choses qui s'attaquent à ses insécurités, lesquelles peuvent la faire s'effondrer. Dans son esprit, en n'étant *pas* avec toi, c'est *toi* qu'elle protège.

— Je n'ai pas besoin qu'elle me protège. J'ai juste besoin qu'elle m'aime.

Je l'ai déjà dit, mais je vais le répéter : Kay est *à moi*, purement et simplement.

E me jauge du regard, tout en inclinant la tête sur le côté. Puis il attrape l'iPad posé sur la table basse et commence à tapoter l'écran.

— D'accord. Il va falloir faire vite, mais il y a un vol qui part de Baltimore dans un peu plus d'une heure. Allons-y.

À partir de ce moment-là, j'ai l'impression de me retrouver dans un toboggan géant, et de prendre de plus en plus de vitesse. Je prends mon sac de voyage dans la Shelby, puis je passe les clés à Bette, nous montons toutes les trois dans sa Range Rover, et je télécharge ma carte d'embarquement sur mon téléphone.

Bette se penche sur la console centrale.

— Tu sais comment trouver Kay une fois que tu seras là-bas ?

— Je vais envoyer un message à Grayson pour qu'il demande à son frère.

— Bon plan, approuve E en prenant la sortie pour l'aéroport et en hochant la tête. JT sera une tombe concernant Kay, mais D est le maillon faible.

Je sors mon téléphone.

MOI : J'ai besoin de ton aide.

GRAYSON : Qu'est-ce que je peux faire pour toi ?

CHAPITRE 30

KAYLA

Je ne suis toujours pas convaincue de cette histoire de soirée, mais je sais quand j'ai perdu un match. J'espère que l'anonymat que j'ai apprécié aujourd'hui perdurera jusqu'à ce soir, parce que JT a refusé de me laisser porter une casquette.

Il croit que je ne m'en rends pas compte, mais je sais ce qu'il fait : quand on connaît une personne aussi bien qu'elle se connaît elle-même, *cela fonctionne dans les deux sens*. JT veut que je voie que je suis capable de supporter que l'on me reconnaisse, mais dans une atmosphère moins tendue que celle de l'Université de Jersey.

— Arrête de t'inquiéter.

JT pose sa main sur la mienne pour m'empêcher de tripoter le haut des bottes hautes que Rei m'a prêtées. Le reste de ma tenue est plutôt décontracté : un simple débardeur blanc et un jean skinny délavé ; mais je n'ai pas pu résister au plaisir d'opter pour ces magnifiques bottes en daim. C'est un peu comme si elles m'avaient appelée.

Nos Uber s'arrêtent devant l'une des grandes maisons à façade bleue de l'Université du Kentucky. Contrairement à la fraternité des AK, la maison du basket-ball, ici, ressemble davantage à une maison familiale de banlieue américaine classique qu'à un manoir : elle possède de larges bordures blanches, des piliers en bois brun et un grand porche.

La pelouse et le jardin paysager sont parfaitement entretenus, et même s'il y a du monde occupé à boire sous le porche, les lieux sont propres.

JT montre la maison de la main alors que le reste de notre groupe sort des différents véhicules.

— On va rentrer là-dedans, boire de la bière, et passer un bon moment.

— Mais...

— Par contre, continue-t-il sans me laisser le temps de formuler mon objection ; ce que nous n'allons *pas* faire, c'est nous inquiéter de savoir si ce qui se passe ici ce soir va se retrouver sur les réseaux sociaux.

D passe devant nous, et lorsque la porte s'ouvre, je suis surprise de constater que cela ressemble effectivement un peu aux bals royaux de Carter.

Il y a de la musique, assez forte pour qu'on l'entende mais pas trop au point qu'il faille crier pour pouvoir discuter. La soixantaine de personnes présentes sont occupées à différentes activités, comme jouer à *NBA 2K*, discuter, danser, ou disputer une partie de bière-pong.

Parmi ceux que je reconnais, il y a surtout les membres de la Blue et de la White Squad, des joueurs de basket, et quelques autres.

La tension qui nouait mes épaules s'allège légèrement. Si j'ai eu de mauvaises expériences avec les cheerleaders hors NJA, il est indéniable que JT a intégré un groupe sympa ici.

— KayKay, fais une partie de bière-pong avec moi.

D tend la main pour me tirer vers la table.

— Aucune chance, dis-je en riant. S'il y a un endroit où je ne jouerai jamais à ça, c'est dans une fraternité de basketteurs !

— Pourquoi pas ?

D fait la moue et papillonne de ses cils injustement longs. Naturellement, je lève les yeux au ciel.

— Lancer des ballons dans un panier est toute votre vie. Tu vois l'injustice pour nous autres ? Vous êtes les meilleurs à ça.

— Voilà une sacrée remarque venant de la femme la plus calée sur le football que je connais. C'est bien pour ça qu'on t'appelle la reine du football, hein ?

D a beau ne chercher qu'à me taquiner, je ne peux pas m'empêcher de vérifier si on nous écoute. Personne ne semble faire attention à nous, mais c'est une habitude qui est difficile à perdre.

D me fait ses yeux de chien battu, dans une vaine tentative de me convaincre. Il n'a aucune chance d'y parvenir.

— Et si on faisait plutôt une partie de flip-cup ?

Je pointe du doigt vers la cuisine. Il regarde par-dessus ma tête et scrute la table vide que l'on aperçoit.

Il passe un bras autour de mes épaules et se retourne pour se diriger vers la table.

— Ça me va. Si quelqu'un veut m'aider à botter les fesses de KayKay à flip-cup, on sera dans la cuisine, crie D.

Ce qui attire suffisamment de personnes pour que l'on puisse faire une partie à huit contre huit.

À chaque gobelet que je retourne, mon appréhension tend à se dissiper davantage, aidée en cela par la bière qui coule à flots. C'est une bonne chose que la bière soit bonne, aussi, parce que j'aurai ainsi moins de difficulté à ravaler ma fierté quand il faudra que j'admette que JT avait raison de vouloir me traîner dehors ce soir.

Nous parlons et rions presque plus que nous ne jouons, et c'est l'un des meilleurs moments que j'ai passés au cours de ces deux dernières semaines.

Nos équipes sont assez égales et doivent batailler pour la victoire. Rei et moi en tombons presque l'une sur l'autre à force de rire devant les tentatives des garçons d'esquisser une danse de la victoire dans un espace aussi confiné. Disons qu'un homme qui toise plus de deux mètres ne devrait *pas* essayer de faire un tour d'honneur sans prévenir son voisin d'abord.

Je roule des yeux quand JT me lance un rictus amusé comme pour dire *Je te l'avais bien dit*, et prends le pichet bleu pour remplir à nouveau mon gobelet pour la partie suivante. Je suis très occupée à vérifier que je remplis bien mon gobelet jusqu'à la ligne, à cinq centimètres du fond, quand les poils de ma nuque se hérissent.

MASON

Le temps que mon vol atterrisse à Lexington, Grayson m'avait envoyé un texto disant que son frère est à une soirée à la maison du basket. Personnellement, j'ai des doutes sur le fait que Kay soit à cette fête, mais Grayson semble sûr de son coup.

Il a dû déduire l'adresse d'une de ses anciennes visites, car la demander à Dante aurait éveillé les soupçons. Si Kay est présente, je ne veux pas qu'elle prenne peur et ne s'enfuie avant que j'aie le temps de l'atteindre.

Il m'est facile de savoir que je suis au bon endroit, grâce à la poignée de personnes occupées à boire sous le porche.

Je serre la bretelle de mon sac à dos d'une main nerveuse tout en m'immobilisant sur le trottoir, les yeux sur la maison alors que mon Uber s'éloigne. Je me suis promis de ne pas repartir d'ici sans Kay. Je baisse les yeux, et j'ai l'impression de porter un gyrophare autour du cou avec mon sweat à capuche en coton gris de l'université de Jersey. Ma tenue ne va certainement pas m'aider à rester incognito, mais je n'avais rien d'autre à me mettre : je n'avais pas prévu de faire ce voyage.

J'espère vraiment que Grayson a raison et que Kay est là,

parce je dois admettre que j'ai un peu peur de comment je vais être accueilli.

— Oh, merde, lâche le gars le plus proche de la porte alors que je m'approche. Tu es Mason Nova.

J'ai l'habitude d'être reconnu par des étrangers ; et cela n'a rien à voir avec un ego surdimensionné et tout à voir avec des faits. Ces dernières années, j'ai été plus souvent mis à l'honneur dans les reels d'ESPN que n'importe quel autre joueur universitaire ; et j'ai aussi fait la couverture de *Sports Illustrated* avec d'autres joueurs susceptibles d'être recrutés en présélection dès cette année.

— Salut, mec.

Nous échangeons une salutation virile à grand renfort d'entrechoquement de poings. J'ai la réputation d'être accessible et sympa quand je rencontre des fans, et j'espère que cette fois je pourrai utiliser ma réputation à mon avantage.

— Qu'est-ce que tu fais là ?

Son propre sweat à capuche m'indique qu'il fait partie de l'équipe de basket, ce qui me confirme à nouveau que je suis bien au bon endroit.

— Ma copine passe le week-end avec des potes. J'ai décidé de venir la rejoindre. Je peux entrer ? expliqué-je en montrant la porte derrière lui.

Il fait un pas de côté, et pointe mon sac à dos du doigt.

— Oh, bien sûr. La porte est ouverte. Tu peux déposer ton sac dans la pièce de gauche, si tu veux. C'est là que tout le monde a mis ses affaires. Ça ne craint rien.

Je le remercie, puis je rentre dans la maison et suis son conseil.

Un peu moins reconnaissable sans mon sweat-shirt, je me dirige tranquillement vers le rez-de-chaussée. Cette fête est beaucoup plus discrète que les fêtes des AK et me rappelle davantage l'atmosphère de la tanière, quand il n'y a que quelques personnes qui dansent et d'autres qui jouent à des jeux vidéo.

Je balaie la pièce des yeux, mais je ne vois pas de blonde aux mèches arc-en-ciel. Je continue mon chemin, jusqu'à la salle à manger. Kay n'est pas non plus parmi ceux qui jouent au bière-pong, et je décide de chercher aussi Dante et JT. Entre la haute stature du premier et les cheveux roux du second, il me sera sûrement plus facile de les repérer que Kay. Elle est si petite qu'elle a tendance à passer inaperçue dans la masse.

Des applaudissements retentissent dans la pièce d'à côté, je jette un coup d'œil, et *bingo !* Dante et JT sont parmi ceux qui jouent à flip-cup. Je ne vois pas encore Kay, mais elle ne doit pas être loin s'ils sont tous les deux là.

Dante se déplace vers la gauche, et effectivement, elle est là.

Et elle est *foutrement* spectaculaire.

Je la bois des yeux comme comme si je ne l'avais pas vue depuis des lustres.

Ses boucles dans lesquelles j'aime tant passer mes mains dansent autour de ses épaules et cascadent le long de son dos jusqu'à sa taille.

Son débardeur blanc moule ses courbes et ses muscles, et le décolleté est suffisamment profond pour mettre en valeur la naissance de sa poitrine généreuse. Elle est particulièrement *appétissante*, ainsi.

Et je n'ai pas encore parlé du bas : on dirait que son jean a été peint sur sa peau, et je meurs d'envie de la voir de dos. Quant à ses bottes sexy… je ne parviens qu'à penser à tout ce que je pourrais faire si elle les serrait autour de mes hanches.

Mais vous savez ce que je préfère, à ce moment précis ? Ce sont ses yeux. Parce que c'est la première fois depuis des jours et des jours qu'ils ne sont pas cerclés de rouge. Qu'elle se soit enfuie me déplaît profondément, mais au moins, être ici semble lui avoir fait du bien.

Je ne parviens pas à empêcher les coins de ma bouche de se relever quand je constate que je ne suis pas le seul à dévorer l'autre des yeux. Kay me caresse littéralement du regard, de mon torse jusqu'à l'endroit où mon t-shirt noir colle aux muscles de mon ventre.

Une expression incrédule se dessine sur son beau visage. Mon regard se pose sur sa bouche alors qu'elle plante ses dents dans sa lèvre inférieure. Je sais exactement quel goût elle a, et j'ai hâte d'y mettre *mes* dents à nouveau.

Sans lui laisser l'occasion de s'opposer à ma présence, je traverse l'espace qui nous sépare en quelques longues enjambées, je me penche pour poser mon épaule sur son ventre et je la soulève.

À moi.

Il est temps de lui montrer que je suis toujours son Néandertal.

KAYLA

Je cligne des yeux à plusieurs reprises, persuadée que j'ai des hallucinations, mais non, il est bien là. Mason Nova dans un jean foncé qui moule ses cuisses musclées, un t-shirt noir plaqué sur son ventre et une casquette noire à l'envers ? Il est bien plus sexy que cela ne devrait être légal de l'être.

Mais bon sang, qu'est-ce qu'il fait ici ?

Comme une fleur s'orienterait à la lumière du soleil, je me tourne pour suivre sa progression alors qu'il contourne les gens et la table pour venir jusqu'à moi. Sans un mot, il me soulève du sol, et me jette sur son épaule, la tête en bas dans son dos. Je laisse échapper un petit cri.

Lorsqu'il se retourne pour nous éloigner du groupe, je plaque mes mains sur ses fesses, des fesses dont je ne peux que constater combien elles sont bien fermes ; pour jeter un regard à mon meilleur ami, celui qui est censé être là pour me protéger mais qui, pourtant, ne fait rien pour me sauver à cet instant précis.

— Tu ne vas pas l'empêcher de faire ça ?

— Non, répond mon supposé meilleur ami.

— Sérieusement ?!

Ma voix monte dans les aigus.

— Va parler avec lui, me conseille calmement JT.

— Pourquoi je ferais ça ? Et pourquoi tu es d'accord avec ça ?

J'essaie de faire un geste pour désigner la façon dont il me tient.

— Ne fais pas comme si je n'avais pas été parfaitement clair sur ce que je pense de la situation, répond-il en levant son gobelet vers moi.

Je souffle bruyamment de frustration.

— Tu n'es vraiment plus mon meilleur ami. Je te considère désormais comme l'indésirable numéro un.

JT fait mine d'ébouriffer ses cheveux roux, et le rire de Mason me fait tressauter sur son épaule.

— Tu dois être *vraiment* fâchée si tu utilises une référence à *Harry Potter*, mais le problème, bébé, c'est que tu viens de faire référence à moi comme à Harry, *tu sais*, le gentil de l'histoire ? Et moi, en plus, je me suis toujours vu plutôt comme un Weasley.

— Ouais, Percy Weasley. Le Percy Weasley *du cinquième tome*, craché-je, super contrariée de toujours avoir la tête en bas.

— Ça, c'est méchant, lâche JT en posant ses yeux sur Mason. Bonne chance, mec. Elle ne va pas être commode.

Il tape sur l'épaule de Mason et se retourne vers la table de flip-cup.

Sachant maintenant qu'à ma plus grande déception, JT ne va pas le suivre pour lui mettre les points sur les *i*, Mason m'emmène jusqu'à la porte arrière, et sort sur le porche.

Une fois dehors, il me descend de son épaule pour me coincer entre le mur de la maison et son corps. Ma peau me picote partout où il passe ses mains, et ses doigts remontent le long de l'arrière de mes cuisses pour enrouler mes jambes autour de ses hanches avant de se verrouiller sur mes fesses.

J'essaie de me raccrocher à ma colère, de me rappeler combien il m'a blessée quand il a rompu avec moi et de toutes les raisons pour lesquelles il ne doit pas graviter autour de moi. Mais cela ne fonctionne pas. Avec nos corps pressés l'un contre l'autre d'une manière si familière, toutes mes objections me sortent de la tête, les unes après les autres.

Que JT ait raison, et m'ait bousculée jusqu'à presque parvenir à me faire céder de donner une chance à l'amour ne m'aide pas non plus.

*Sérieusement, ma poule. *lève les yeux au ciel, de manière épique**

Qui essaies-tu de tromper ? Tu sais très bien que tu avais l'intention de revenir vers M. Jolies-fesses à l'instant où tu aurais été rentrée.

Ouais… mais…

Putain ! Je n'arrive même pas à me disputer correctement avec ma conscience quand Mason est là. C'était vraiment trop demander que de me laisser deux autres jours de répit avant de devoir l'affronter ?

Dans ses magnifiques yeux verts, il y a tout l'amour que je sais qu'il me porte et qui me fait rêver. Comment suis-je censée faire pour garder mes distances avec lui quand il me regarde comme ça ?

Ma peau se recouvre de chair de poule, mais je ne sais pas si c'est à cause de l'air frais de ce mois de novembre ou à cause de la proximité de Mason.

Des réminiscences de tous ces baisers d'avant-match que nous avons échangés affluent dans mon cerveau quand Mason se déplace pour me caler contre le mur avec le bas de son corps.

Je laisse échapper un gémissement involontaire quand son érection entre en contact avec le cœur de mon anatomie. Mes sens sont submergés par ses muscles qui se tendent autour de moi, l'odeur de son savon qui emplit mon nez et la chaleur de son corps qui me protège du froid.

Mes mains tombent sur sa poitrine, le coton de son t-shirt est chaud sous mes doigts.

Oh, comme tout ça m'a manqué ! Comme *il* m'a manqué !

Je ne sais pas combien de temps nous restons là, à nous regarder. Il est si proche de moi que je peux sentir comme son cœur bat la chamade au même rythme que le mien, et les mots de JT résonnent dans ma tête et encourageant mon cœur à tenter sa chance.

— Bon Dieu, Kay.

C'est tout ce qu'il parvient à dire avant que ses lèvres ne soient sur les miennes.

Ce baiser.

Oh, mon Dieu.

Je me consume littéralement.

Il ne fait pas que presser sa bouche contre la mienne, il me dévore.

Il prend mon visage entre ses mains, ses longs doigts se

faufilent dans les boucles à la base de mon crâne, et il tire pour incliner ma tête et mieux m'embrasser.

Je noue mes bras autour de son cou.

Ce baiser est chargé de toute une pléthore d'émotions : la douleur, le désir, la passion, l'amour, l'espoir. Et il est aussi chargé de toutes les excuses possibles, et de *tout* ce que Mason a à m'offrir.

Il y a tellement de choses que je veux lui dire, tellement de choses que je *dois* lui dire, mais je ne suis pas capable de me concentrer alors qu'elle est dans mes bras. Cela fait trop long-temps que je n'ai pas eu son corps collé comme cela contre le mien, et cela me retire tout contrôle de moi-même et de mes émotions. J'ai envie d'elle comme un drogué a envie de sa dope. Elle est ma drogue de choix, et je n'ai envie que d'une seule chose, c'est de me laisser glisser dans l'overdose.

Je prends son visage dans mes mains, l'incline vers le mien, et scelle sa bouche de la mienne. Ses bras minces se glissent autour de mon cou, et il ne faut que quelques secondes avant qu'elle ne me rende mon baiser.

Je sais que nous devons parler. *Techniquement parlant,* nous sommes encore séparés, mais il m'était *impossible* de résister à mon désir de l'embrasser. C'est viscéral, un besoin profond de communiquer mes sentiments de la manière la plus primaire possible.

Mon Dieu, comme cela m'a manqué.

Comme souvent, avant, nous nous perdons dans ce baiser. J'explore sa bouche de ma langue, et même l'amertume de la bière qu'elle a bue ne peut masquer totalement le goût sucré de sa bouche.

J'étouffe son gémissement de mes lèvres, puis me recule, juste assez pour séparer nos bouches et poser mon front contre le sien.

De si près, je peux apprécier le moindre détail de ses traits. Son maquillage couvre les taches de rousseur sur son nez et ses joues, mais il fait paraître ses yeux plus grands, les taches de bleu légèrement plus visibles dans les tourbillons de gris.

Avec chaque inspiration que je prends, je respire les notes de menthe poivrée de son après-shampoing, et la vanille sur sa peau.

— *Mon Dieu*, Kay. Je suis désolé. Tellement *désolé*.

Oui, elle m'a dit qu'elle me pardonnait, mais tout ça a commencé parce que je me suis lamentablement planté.

— Pour m'avoir embrassée ? demande-t-elle d'un voix rauque.

Je secoue la tête.

— Non. Je ne serai *jamais* désolé pour ça.

Je resserre mes doigts autour de sa nuque, et il y a une souffrance dans ses yeux gris que j'aspire désespérément à faire disparaître.

— Je suis un putain d'idiot, lâché-je dans un rire d'autodérision qui m'échappe avant que je puisse l'arrêter.

— Mason... essaie-t-elle de m'interrompre, en vain.

— Non, s'il te plaît. S'il te plaît, laisse-moi te dire tout ce que j'ai *besoin* de te dire.

Je me recule tout en restant plongé dans ses yeux, et je caresse ses joues avec mes pouces. Ce geste m'apaise plus, *moi*, qu'il ne l'apaise, *elle*.

Je place un doigt sur ses lèvres pour l'empêcher de m'interrompre.

— Je sais que je me suis laissé influencer, mais je ne ferai plus jamais cette erreur. Tu es la *meilleure* chose qui me soit jamais arrivée.

Je laisse mon doigt errer sur sa lèvre inférieure, avant de tirer doucement dessus, suffisamment pour entrouvrir sa bouche.

— *Rien* ne pourra jamais me faire changer d'avis à ce sujet.

Le fin collier noir qu'elle porte bouge lorsqu'elle déglutit convulsivement, intégrant à la fois tout ce que je dis et tout ce que je ne dis pas.

— Je t'aime, Skittles. Tellement, *putain*.

— Oh, Mase.

Putain, enfin ! Je résiste à l'envie de faire une danse de la victoire quand elle m'appelle Mase.

Une de ses mains glisse sur ma poitrine, s'enroule autour de mon cou et joue avec mes cheveux qui dépassent de sous la visière de ma casquette. Mon cœur s'accélère, la peur que notre relation soit irréparable palpite dans mes veines.

Finalement, elle pose sa main sur ma mâchoire, et je m'appuie contre sa main.

— Moi aussi, je t'aime, Mase.

Tous mes muscles se détendent quand elle me fait cette déclaration, et je manque de la laisser tomber avant de parvenir à raffermir ma prise pour nous maintenir tous les deux debout.

— Mais…

Mais. Tous mes muscles se contractent à nouveau. Je déteste ce mot.

— J'ai *peur*.

— C'est normal d'avoir peur, bébé, soupiré-je, fort, et sa frange s'envole sous le souffle d'air. Il faut juste que tu saches que je serai toujours là pour te soutenir, quoi qu'il arrive.

Même si sa peau est recouverte de chair de poule, elle est toujours aussi douce que la soie lorsque je passe la pulpe de mes doigts sur son avant-bras. J'attrape le poignet de sa main gauche pour la ramener entre nous, et les pierres de ses bagues griffent la pulpe de mon pouce, ce qui rend encore plus remarquable son annulaire nu.

Si la distance qui nous a séparés ces dernières semaines m'a appris quelque chose, c'est que je suis totalement, complètement et éperdument amoureux de Kay.

— Tu es la seule et l'unique pour moi.

Je pince son doigt nu, et ses boucles effleurent ma mâchoire alors qu'elle secoue la tête.

— Tu ne peux pas savoir ça. Ça ne fait que deux mois.

— Je me fiche que ça fasse deux mois ou *deux cents* mois. Dès que je t'ai vue… J'ai su que tu étais faite pour moi, dis-je en portant sa main à ma bouche et en embrassant son annulaire. Chaque journée écoulée depuis lors n'a fait que renforcer ce sentiment.

Une larme s'échappe de ses yeux, et je l'essuie.

— Mase. Je suis une épave. Je ne sais pas comment faire face à tout ce qu'implique ta future carrière.

— Nous apprendrons ensemble.

J'ai déjà prévu de passer du temps ici avec JT : après tout, c'est lui l'expert pour tout ce qui concerne Kay, c'est lui qui sait comment je peux faire pour l'aider.

— Je ferai tout ce qu'il faut pour que tu te sentes en sécurité dans notre couple. Tout ce que je veux, c'est que tu sois avec moi.

— Tu n'as pas… commence-t-elle, d'une voix fluette, avant de s'interrompre.

Elle baisse son regard pour se concentrer sur nos mains liées, et prend une profonde inspiration avant de continuer.

— Il y a des choses… des choses importantes que tu ne sais pas sur moi. Et si… et si tu changeais d'avis *à cause* de ça ?

Une sensation d'oppression envahit mes muscles. J'ai toujours soupçonné qu'elle me cachait des choses. Mais je suis tellement amoureux d'elle que je n'arrive pas à imaginer ce qui pourrait être si grave que ses craintes deviennent réelles.

Je pose un doigt sous son menton, et j'appuie jusqu'à ce que ses yeux gris maintenant pleins de larmes rencontrent à nouveau les miens. Je fais glisser mon doigt sur sa mâchoire.

— Quand tu seras prête à m'en parler, je serai là, mais sache que rien de ce que tu pourras me dire ne me fera changer d'avis. Tout ce qui s'est passé dans le passé a contribué à faire de la femme qui est devant moi ce qu'elle est maintenant, et je l'aime comme elle est.

Elle prend une grande inspiration, et ses lèvres s'écartent légèrement sous le choc.

Bien. Si j'arrive à quelque chose ce week-end, ce sera qu'elle croie enfin à la profondeur de mes sentiments pour elle sans plus en douter.

— Comment m'as-tu trouvée ?

La question me prend au dépourvu. J'ai du mal à croire que j'ai dû parcourir trois états dans la même journée avant de la trouver.

— Eh bien… après avoir fait le tour de tous les endroits où je pouvais espérer te trouver autour de l'université, j'ai continué ma route jusqu'à Baltimore.

— Tu es allé chez *mon frère* ?

Ses yeux balaient rapidement mon corps comme pour vérifier que je ne suis pas blessé.

— Je suis prêt à aller n'importe où pour toi.

Beurk. Tu t'es transformé en un personnage ringard digne d'une comédie romantique.

Va te faire voir, cher coach intérieur : le sourire qui éclot sur le visage de Kay est le plus grand que j'ai eu depuis des semaines, il est contagieux, et j'adore ça.

— Oh, range donc *ça*.

Elle enfonce un doigt dans une de mes fossettes, ce qui me fait sourire encore plus. Elle dit tout le temps que mes fossettes font tourner la tête des filles, et le lui rappeler me vaut une tape légère sur l'épaule.

— Est-ce que ça veut dire que tu vas te décider à admettre que tu es de nouveau à moi ?

Je mordille le tendon qui saille sur le côté de son cou, et le gémissement qui me répond me donne envie de chercher où se trouve la surface plate la plus proche pour qu'on puisse *se réconcilier* correctement.

— Tu es vraiment le pire Néandertal qui soit.

Je ne peux pas m'empêcher de sourire contre sa peau.

— Rien de nouveau là-dedans, bébé.

Le mouvement d'yeux qu'elle m'adresse quand je me recule est exactement la réponse que j'attendais.

KAYLA

J'ai du mal à croire que j'ai cédé, mais c'est pourtant une réalité.

J'espère juste que cela ne va pas m'exploser à la figure.

— Pourrait-on aller ailleurs qu'ici ? demande Mase.

Mon cuir chevelu me lance légèrement lorsqu'il noue ses doigts dans mes cheveux et tire doucement dessus.

Mes sentiments à son égard n'ont fait que jouer au flipper dans ma tête pendant tout le temps pendant lequel nous avons été séparés, mais aussi contradictoires qu'ils aient pu être, la seule réponse possible à cette question est *oui*.

Qu'il ait osé aller jusque chez E pour me retrouver défie l'entendement. Mon frère est peut-être du genre ours en peluche avec moi, mais il peut être carrément du genre grizzli agressif envers ceux qui sont susceptibles de m'avoir fait du mal.

Que E ait pensé que Mase avait le droit de me retrouver ne devrait pas me surprendre : Mase s'est battu pour moi et pour notre couple, pendant des semaines.

Je dois faire confiance à Mase et le croire sur parole. Au fond de moi, je sais que s'il y a une personne au monde capable de gérer tout ce qui me fait peur, c'est lui.

— Tu as un endroit en tête ?

Aller dans un lieu plus privé est sûrement ce qu'il y a de mieux à faire. C'est déjà étonnant que personne ne nous ait vus.

— Ouaip.

Son sourire carnassier apparaît, et il sait parfaitement que cela me fait défaillir à tous les coups. Sans rien ajouter, il me repose au sol tout en me faisant glisser tout le long du sien. Ses satanées fossettes se creusent, promesse de luxure.

La partie de flip-cup bat toujours son plein lorsque nous retournons à la cuisine. Je me frotte les bras pour chasser la chair de poule, dont j'ignore si elle est due au fait d'être restée dehors, ou au nombre de regards braqués sur nous

Mase s'avance derrière moi, puis passe ses bras autour de ma taille pour m'attirer à lui et coller mon dos contre son corps. Une sensation de calme et de chaleur m'envahit, et un soupir de contentement m'échappe devant cette facilité qu'il a à m'apaiser.

Pourquoi ai-je autant voulu fuir tout ça ?

— Tout va bien ? demande JT en faisant tourner son doigt pour nous designer tous les deux.

Des lèvres se posent sur le point sensible qui se trouve derrière mon oreille et sa voix murmure dans mon oreille :

— *À moi.*

Je devrais lever les yeux au ciel devant cette nouvelle démonstration des instincts néandertaliens de Mason, mais j'en suis incapable : cela m'a bien trop manqué. Ses instincts possessifs font partie des raisons qui font que je l'aime.

Et on peut rajouter à cela la façon dont il a débarqué ici pour me jeter sur son épaule et m'emporter comme un homme des cavernes, illustrant comme il porte bien son surnom.

— Tout va bien, acquiescé-je, tout en plaçant mes mains sur les bras de Mase.

— Ça veut dire que je peux de nouveau être Ginny ?

JT se baisse pour se mettre à genou, dans une attitude suppliante très exagérée. Il y a des jours où je me demande si cet homme est vraiment normal.

— C'est définitivement elle la plus *badass* des Weasley, commente Mason. Les films n'ont pas rendu justice à son personnage aussi bien que les livres.

Les yeux de JT brillent d'approbation devant ce commentaire, et il frappe le sol de la main avant de se relever d'un bond.

— Oh, *putain*. Il est *aussi* fan de Harry Potter ? Il est parfait pour toi, PF.

J'incline la tête en arrière et je ne peux que constater combien Mase a l'air content de lui. J'ai passé des semaines à lui dire que je ne peux rien lui apporter de bon, alors maintenant, je suis sûre qu'il apprécie à sa juste valeur qu'on lui dise le contraire.

Il dépose un baiser sur le sommet de mon crâne, puis inspire profondément comme pour respirer mon odeur.

À l'instant où il s'éloigne de moi, un grand froid m'envahit et mon cœur accélère, mais il se calme lorsque Mase entremêle ses doigts aux miens.

— Notre Uber est là.

À quel moment a-t-il commandé un Uber ? Je sais bien qu'on s'en fiche, au fond, mais c'est étrange que je n'aie rien remarqué. Nous partons sur la promesse de se retrouver le lendemain.

Dès la porte de la chambre d'hôtel refermée derrière nous, Mase me soulève dans ses bras et me plaque contre le mur près de la porte. J'enroule automatiquement mes jambes autour de ses hanches, et les croise aux chevilles. Puis il se jette sur ma bouche comme un affamé lâché à un buffet à volonté se jetterait sur la nourriture.

Il y a une heure, lorsqu'il m'a embrassé, j'ai eu la sensation de me consumer. Mais ce n'était pourtant qu'un petit feu de paille comparé à ce baiser-là : cette fois, j'ai la sensation de m'enflammer, en version brasier infernal.

Il met de petits coups de langue à l'intérieur de ma bouche, et je rends coup pour coup. J'utilise les muscles de mes cuisses, ceux que j'ai durement entraînés pendant des années sur les tapis bleus ; pour me frotter contre son érection comprimée derrière la fermeture éclair de son jean. Et comme mon corps sait parfaitement ce que ladite érection sait faire, mon string se retrouve instantanément trempé.

Je glisse mes mains sous le bord de son sweat et de son t-shirt, et parcours les creux et les bosses de ses abdominaux : tous ses muscles sont tendus et sa peau est toute chaude. D'un seul geste, je lui arrache ses vêtements et les envoie rejoindre sa casquette, déjà tombée sur le sol.

Que quelqu'un fasse signer un contrat publicitaire pour sous-vête-ments masculins à cet homme. Il est S-E-X-Y, sexy, sexy, sexy, chante ma pom-pom girl intérieure.

Il ne me laisse pas longtemps pour apprécier combien son corps est parfait avant que sa bouche ne fonde à nouveau sur la mienne. Il suçote ma lèvre inférieure, et la façon dont il joue des dents sur la chair me fait fondre au point que si j'étais debout, je me retrouverais à coup sûr liquéfiée sur le sol.

Et en parlant de liquide, c'est le moment que choisit ma vessie pour se rappeler à mon bon souvenir avec toute la bière que j'ai bue en jouant à flip-cup.

Tu parles d'un tue-l'amour ! Ma pom-pom girl intérieure n'est pas la seule à faire la moue quand je laisse aller ma tête en arrière de frustration et que je heurte le mur.

— Qu'est-ce qui ne va pas, bébé ? demande Mase tout en faisant apparaître une de ses fossettes.

— Il faut que j'aille aux toilettes, expliqué-je en grimaçant, gênée.

Son autre fossette apparaît : il est visiblement amusé par mon aveu. Le regard glacial que je lui lance ne semble pas l'affecter le moins du monde lorsqu'il me repose sur mes pieds, et il n'hésite pas à me claquer les fesses quand je me retourne pour aller vers la salle de bains. Même à travers le bois épais de la porte, je peux entendre le profond rire rauque qui lui échappe après que je lui ai claqué la porte au nez pour faire ce que j'avais à faire.

Je lève les yeux du lavabo dans lequel je suis en train de me laver les mains, et je me retrouve à plonger dans un regard enflammé par miroir interposé. Je n'arrive pas à déterminer si le fait que mon petit ami m'écoutait manifestement faire pipi derrière la porte devrait me déranger ou non ; et je cesse de m'en soucier alors qu'il s'approche de moi.

Il enveloppe mon corps du sien, et me fait me pencher sur le comptoir alors que son bras tatoué coupe l'eau qui coule encore du robinet.

— Qu'est-ce que tu fais ?

Je regarde sa main se presser contre mon ventre, la chaude teinte olive de sa peau encore plus frappante contre le blanc de mon débardeur.

— C'était trop long.

Il écrase son érection sur la courbe de mes fesses. Je lève les yeux au ciel.

— Ça fait littéralement *une* minute que je suis là.

Il ignore ma remarque et utilise sa main libre pour repousser mes cheveux sur le côté, puis laisse ses lèvres errer sur la peau ainsi exposée. Il commence par le petit point sensible derrière mon oreille, puis descend le long de mon cou pour aller mordre la base de mon épaule. Je laisse échapper un gémissement quand il passe sa langue là où il m'a mordue.

Je reste fascinée par notre reflet tandis qu'il continue à m'embrasser. Il passe ses doigts sous les bretelles de mon débardeur et de mon soutien-gorge et les fait descendre avec douceur, délibérément, lentement, jusqu'à ce qu'elles ne puissent plus aller plus bas, mes coudes étant pliés et calés sur le comptoir.

Sous l'effet de l'excitation, ma respiration devient erratique alors que sa main trace un chemin depuis ma gorge, le long de mon sternum, et disparaît sous le bord du débardeur. Sans les bretelles, le tissu glisse et mes seins se retrouvent exposés, mes tétons perlant au contact de l'air frais.

Un grondement s'échappe du fond de sa gorge alors que Mase mord à nouveau mon cou, plus fort cette fois-ci : je suis sûre d'avoir une marque.

Il croise ses poignets devant moi, et pose ses grandes mains sur les seins opposés, le rose des tétons visible lorsqu'il les pince et les fait rouler entre ses doigts. Si mon string était déjà trempé avant cet instant, il est désormais à tordre. Mes jambes cèdent, et je me raccroche avec l'énergie du désespoir au comptoir.

— *Bon Dieu*, Kay.

Je pousse sur la pointe de mes pieds, oscillant des hanches, chaque mouvement de ses doigts sur mes seins envoyant une décharge directement vers mon clitoris.

— *Mase.*

Je laisse échapper son nom dans un gémissement.

— J'ai besoin de toi, souffle-t-il tout en parsemant de baisers ma peau devenue sensible.

Les poils de mon dos se hérissent, et je tourne la tête vers lui pour chercher sa bouche jusqu'à parvenir à capturer ses lèvres avec les miennes. Je n'ai jamais eu de doutes sur nos relations charnelles : c'est un domaine dans lequel nous excellons. c'est juste lui et moi, et rien ne peut nous arrêter.

— Prends-moi, soufflé-je contre sa bouche, nos lèvres se frôlant à chaque mot désespéré.

La permission accordée, une main se presse entre mes omoplates et me penche complètement sur le comptoir, au point que je parviens tout juste à maintenir le contact avec le sol du bout des orteils.

Il défait le bouton de mon jean d'une main habile et j'entends résonner le bruit de la fermeture éclair. L'air frais frappe mes chairs surchauffées tandis qu'il fait glisser mon jean sur mes fesses et sur mes jambes jusqu'à mi-cuisses, là où le haut de mes bottes l'empêche de descendre.

Dans le miroir, je le vois se troubler, et sa pomme d'Adam monter et descendre alors qu'il déglutit devant le spectacle de mes fesses à l'air, seulement séparées par la ficelle de mon string en dentelle blanche. *Merci la musculation indispensable au cheerleading et ses innombrables squats.*

Il pince une dernière fois mon sein gauche, puis fait descendre sa main le long de mon corps. Mon ventre se contracte sous ses doigts, et une décharge de plaisir irradie dans mon corps quand il trace des doigts les contours de mes petites lèvres à travers le tissu.

— Tu es *trempée*, bébé, gémit Mase alors que ses doigts s'enfoncent entre mes lèvres en emportant mon sous-vêtement.

Décharges et frissons… chaque sensation est presque douloureuse dans son intensité.

Je n'ai plus de mots, mon cerveau est consumé par le plaisir qu'il donne à mon corps.

Il attrape l'une de mes fesses de sa main, la serre et la soulève, puis la relâche pour la regarder rebondir. Il fait glisser son doigt sous la ficelle du string, puis le fait glisser de haut en bas, jusqu'entre mes cuisses. Il fait remonter son doigt sur mon pubis, et tire sur le triangle avant pour le faire frotter contre mon clitoris, et je laisse échapper un gémissement.

— Mase. Ne me. Fais. Pas languir.

Je peine à aligner deux mots.

Ses yeux se posent sur les miens dans le miroir. Des deux mains, il fait lentement rouler mon string sur la courbe de mes fesses, le tissu se détachant de mon entrejambe avec un chuintement, tellement il est mouillé ; puis il le fait descendre le long de mes jambes pour le poser sur le jean.

Il enroule à nouveau son bras tatoué autour de mon corps, sa peau olive noircie par le tatouage contrastant de manière spectaculaire avec ma peau diaphane. Il accroche une fois de plus sa main à mon sein droit, et sans prévenir, il enfonce deux doigts en moi. L'intrusion inattendue me fait pousser un cri, non pas de douleur car je suis bien trop mouillée pour cela ; mais de plaisir. Je suis à deux doigts de jouir, alors qu'il n'a qu'à peine commencé à jouer avec moi.

Il incurve ses doigts pour aller chercher ce point sensible en moi ; et je jouis sur sa main, mes cris de plaisir résonnant en écho sur les murs.

Il continue à jouer des doigts jusqu'à ce que je jouisse une deuxième fois. Mon corps est peut-être déjà prêt pour un coma orgasmique, mais Mase ne fait que commencer si je dois en croire la façon dont il défait son propre jean. Lorsqu'il me lâche pour se débarrasser de son pantalon, mon corps s'affaisse contre le comptoir, et le granit dur s'enfonce dans la peau de mon ventre.

Il niche son érection entre mes fesses, puis glisse dans l'humidité de mes lèvres trempées avant de pousser pour se glisser entre elles.

— Regarde, ordonne-t-il en s'immobilisant.

Son souffle caresse le contour de mon oreille, alors qu'il attend que je relève la tête que j'avais posée sur mes poings serrés.

Une fois que ses flamboyants yeux verts ont accroché mon regard hébété dans le miroir, il s'agrippe à mes hanches et, en une seule poussée puissante, il s'enfonce en moi jusqu'à la garde, ses testicules pressés contre mes cuisses. Que ce soit seulement possible ne fait que démontrer à quel point je suis trempée, et nous gémissons, tous les deux en même temps.

Nous restons immobiles, pendant un instant, tandis qu'il laisse mon corps s'adapter à sa taille. Une fois qu'il est sûr que je suis prête, il commence à aller et venir lentement, et j'envoie une prière silencieuse de remerciement à l'inventeur de la pilule contraceptive pour me permettre de vivre chacun de ses mouvements sans la barrière du latex.

Mase passe son bras gauche entre mes coudes pliés pour s'appuyer à nouveau sur ma poitrine, et son bras droit glisse autour de ma hanche pour venir appuyer sur mon clitoris. Il est au-dessus de moi et il s'attaque à autant de parties de mon corps qu'il peut en atteindre dans cette position. Mon corps en arrive presque à ne plus pouvoir supporter les sensations qu'il lui procure à stimuler toutes ses principales zones érogènes en même temps.

— Regarde, bébé, ordonne-t-il alors que mes yeux commencent à se fermer. Regarde-moi te prendre. Regarde comme nous allons bien, ensemble.

Ses mots me font autant d'effet que son contact, d'autant qu'il gronde plus qu'il ne parle.

— J'adore te baiser comme ça. Tes fesses qui s'appuient sur moi, et ton dos qui se cambre, je n'ai *jamais* rien vu de plus sexy. Mais même si j'aime te prendre comme ça, je ne peux pas voir ton visage quand tu pars.

Il tend ses doigts pour effleurer le dessous de ma mâchoire, un geste affectueux en totale contradiction avec notre étreinte bestiale.

— Pourquoi n'aies-je pas pensé plus tôt à te baiser devant un miroir ? Nous avons le *meilleur* des deux mondes, comme ça, bébé.

Un autre orgasme me submerge tandis qu'il continue à jouer avec moi, tant avec son corps qu'avec ses mots. Je ne sais pas combien de temps je vais encore pouvoir supporter ça avant de m'évanouir de plaisir.

— Et, *bordel* ! Tu es sublime dans ce miroir. Tes seins tout prêts à être dévorés serrés l'un contre l'autre sur le comptoir, comme servis sur un plateau, tes bras coincés par ton débardeur alors que tu es là, les fesses en l'air pour que je te prenne… c'est *sexy*. *À. Crever.*

Il ponctue les trois derniers mots en se retirant presque entiè-rement puis en me pénétrant à nouveau jusqu'à la garde à chaque fois.

— Mase… Je ne peux plus…

J'ai du mal à prononcer une phrase cohérente tant je suis submergée par le plaisir.

Il dépose un baiser sur le côté de mon cou, laissant sa bouche là alors qu'il parle, les mots grondant à travers moi.

— Je sais, bébé. Viens encore une fois. Pour moi. Je suis là, je te tiens.

Il joue avec mon clitoris, presque trop fort, mais le comptoir maintient sa main appuyée contre moi et il continue à me caresser de ses doigts agiles. Il n'y a aucun moyen d'arrêter ce qui arrive, et honnêtement, même si c'était possible, je ne crois pas que je le voudrais.

— Allez, bébé. Viens. Viens sur ma queue. Je te tiens.

Ses mots finissent par me déclencher l'orgasme le plus dévastateur que j'aie jamais vécu dans ma vie. Au même moment, je le sens jouir lui aussi en moi, et nous surfons sur notre vague de plaisir ensemble.

Il s'appuie sur le comptoir alors que nous nous efforçons de reprendre notre souffle, mais il fait tout de même attention à ne pas m'écraser.

Je suis si épuisée que je ne tiens plus debout, et il le sait. Il me prend dans ses bras et me porte jusqu'au grand lit placé au milieu de la chambre.

Totalement hébétée, j'ai à peine conscience qu'il m'enlève mes bottes et le reste de mes vêtements avant de faire de même avec les siens. Il me soulève comme si je ne pesais pas plus lourd qu'une plume et nous installe au centre du matelas, avant de rabattre les couvertures sur nous et de nicher mon corps tout contre le sien.

Le « Je t'aime » qu'il murmure est la dernière chose qui me parvient avant que je sombre dans le sommeil.

Chapitre 35

TheQueenB : Regarde @UofJ411 ce couple de l'@UofJ que j'ai repéré en arrière-plan #JAiUnScoop #CasanovaWatch #CopineDeCasanova
photo d'un joueur de basket de l'université du Kentucky et de sa petite amie avec, encerclés sur l'image, Kay nichée dans les bras de Mason en arrière-plan

UofJ411 : Merci pour l'info @TheQueenB #OnADesYeuxPartout #CasanovaWatch #CopineDeCasanova
REPOSTÉ – photo d'un joueur de basket de l'université du Kentucky et de sa petite amie avec, encerclés sur l'image, Kay nichée dans les bras de Mason en arrière-plan –TheQueenB : Regarde @UofJ411 ce couple de l'@TheUofJ I que j'ai repéré en arrière-plan #JAiUnScoop #CasanovaWatch #CopineDeCasanova

TightestEndParker85 : Ouais, mais ça ne va pas durer @CasaNova87 #PrenonsLesParis #DessusDessous #TuDevraisSauverTesFesses
***REPOSTÉ – photo d'un joueur de basket de l'université du**

Kentucky et de sa petite amie avec, encerclés sur l'image, Kay nichée dans les bras de Mason en arrière-plan – TheQueenB : Regarde @UofJ411 ce couple de l'@TheUofJ que j'ai repéré en arrière-plan #JAiUnScoop #CasanovaWatch #CopineDeCasanova*

UofJ411 : Oh merde, tu ne vas pas laisser passer ça, hein @CasaNova87 ? #DefendSonHonneur #CasanovaWatch #CopineDeCasanova
capture d'écran de la publication de TightestEndParker85 : Ouais, mais ça ne va pas durer @CasaNova87 #PrenonsLesParis #DessusDessous #TuDevraisSauverTesFesses

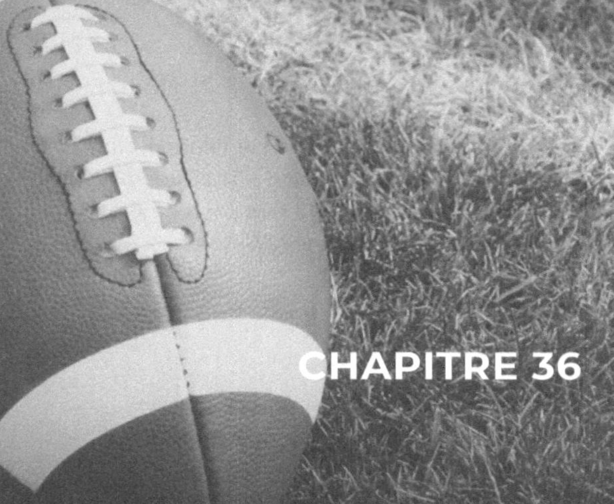

CHAPITRE 36

MASON

Me réveiller avec une Kay nue dans les bras est de loin ma façon préférée de commencer ma journée. Après avoir passé deux semaines à craindre de ne plus jamais vivre ça, je m'accorde quelques minutes de plaisir à apprécier l'instant.

Kay est lovée contre moi, en contact avec mon corps de la nuque aux genoux, ses fesses calées contre mon bas-ventre. C'est amusant de voir comme nous nous imbriquons l'un dans l'autre comme une petite cuillère dans une grande, et comme son mètre quarante-neuf parvient à paraître en totale adéquation avec mon mètre quatre-vingt-dix-huit.

Un parfum de menthe poivrée me monte aux narines depuis ses boucles amassées sur mon bras : elle a la tête posée sur mon épaule et j'ai passé mes bras autour d'elle. Même dans mon sommeil, mon corps refuse de la lâcher.

— *Mase*, lâche-t-elle avec un soupir.

Je ne sais pas ce que je trouve le plus excitant entre sa voix rauque de sommeil et le fait qu'elle m'appelle à nouveau Mase.

— Bonjour, bébé.

Je niche mon nez dans sa nuque, et écarte ses cheveux pour y déposer une pluie de baisers. Je tends mes muscles pour la rapprocher encore plus près de moi, et accroche ma jambe à sa cheville.

— Pas question de faire l'amour ce matin, marmonne-t-elle dans son oreiller.

Je laisse échapper un rire devant son ton grincheux. *Ma petite nana anti-matin est de retour.* Faire l'amour de bon matin n'est pas en haut de la liste de ce qu'elle préfère ? Rien de surprenant là-dedans. Sauf que j'ai assez envie de la faire changer d'avis à ce sujet, et je suis sûr que je peux y arriver.

— Même si c'est moi qui fait tout le boulot ?

Je fais glisser mes dents sur le contour de son oreille, et je souris à la façon dont elle se tortille contre moi en réponse.

— C'est trop sensible.

Je ne devrais pas sourire, mais je ne peux pas m'en empêcher. Étant donné notre différence de taille, cela n'a rien d'anormal que parfois elle soit un peu endolorie, mais si elle demande d'elle-même un temps mort dans nos ébats, c'est qu'elle doit l'être nettement davantage que d'habitude. Ceci dit, nous avons fait preuve d'un *enthousiasme* certain cette nuit. Les trois fois. Ceci explique peut-être cela.

Regarde-toi, tu es enfin à la hauteur de ton statut de meilleur joueur de ton équipe. Bon travail, Nova. Tu as mérité une pause. Mon coach intérieur est taquin aujourd'hui, on dirait que la nuit dernière lui a fait de l'effet.

— Donc tu es en train de me dire que tu vas marcher bizarrement aujourd'hui ?

Je mordille son épaule nue. Cette idée qu'il puisse y avoir une manifestation visible de la façon dont je possédée une partie de la nuit est foutrement bon pour mon égo.

— Dans ton genre, tu fais un sacré homme des cavernes.

Je pourrais presque l'entendre lever les yeux au ciel, et j'adore ça.

— Tu m'aimes quand même.

Je commence à pétrir le sein qui est dans ma main, et caresse le téton du pouce jusqu'à ce qu'il pointe dans ma paume.

Elle tente de s'éloigner de moi, mais je la tiens, et elle en souffle de frustration.

— Tu vas *arrêter* ça ? C'est la mi-temps pour mon vagin. Va divertir ta queue sous la douche si ça ne peut pas attendre ce soir.

Ma petite amie, mesdames et messieurs, toujours aussi sarcastique. Elle a de la chance que je l'aime.

Et si tu arrêtais de dire des conneries ? Ce n'est pas toi qui essayais de me convaincre qu'elle est différente parce qu'elle ne se pâme pas devant toi comme les chasseuses de maillots ?

Je déteste quand mon coach intérieur a raison.

Avec un dernier baiser dans ses cheveux, je roule sur moi-même et m'éjecte du lit alors qu'elle s'enfonce dans les couvertures, manifestement décidée à se rendormir.

Je tends la main vers mon téléphone sur la table de nuit quand celui de Kay, juste à côté du mien, s'allume sur un texto. Le mot INCONNU qui s'affiche à la place de l'expéditeur m'incite à regarder le contenu du message.

> INCONNU : C'est vraiment dommage que tu aies supprimé tous tes réseaux sociaux, car si tu cherches bien, tu peux y trouver à peu près N'IMPORTE QUI. Tu savais que ton Casanova et son meilleur pote le quarterback sortaient avec la MÊME fille au lycée ? Elle devrait pouvoir m'en raconter, des histoires…

Qui lui a envoyé ce foutu texto, bordel ? Et pourquoi cette personne s'intéresse à Chrissy ? On s'en fout de cette fille. À part le fait qu'elle nous a roulés comme des bleus, Trav et moi, il n'y a absolument rien à raconter.

Est-ce que c'est… ?

Est-ce que ça pourrait être… ?

Est-ce qu'il est possible que ce soit Liam Parker qui lui envoie des textos ? Pourquoi n'a-t-elle pas bloqué son numéro ?

La rage m'envahit à l'idée qu'elle ne l'a pas fait. J'ai envie de la secouer et d'exiger des réponses ; et j'ai déjà fait un pas vers le lit avant de m'immobiliser. M'en prendre à Kay sans y réfléchir à deux fois est le meilleur moyen de fracasser tout ce que nous avons reconstruit cette nuit.

Je dois tout faire pour empêcher Kay de revenir à toutes ces bêtises du genre *Je ne peux rien t'apporter de bon* qu'elle m'a débitées pendant deux semaines. Je viens juste de la récupérer ; il est hors de question que je laisse quoi que ce soit nous séparer à nouveau.

Tu vas avoir besoin d'aide pour cette partie.

Mon coach intérieur a raison, encore une fois. Je tape rapidement un message à JT, pour lui dire où nous sommes et lui donner notre numéro de chambre, afin qu'il vienne nous rejoindre.

J'espérais vraiment avoir Kay pour moi tout seul, sans histoires tordues en plus. Manifestement, c'était trop demander.

Après m'être essuyé, je sors le seul vêtement que j'ai emporté qui n'est pas siglé de l'Université de Jersey : un Henley blanc à manches longues et un pantalon de survêtement noir. Je préfère m'habiller tout de suite, parce que si je sors avec juste ma serviette, je ne suis pas sûr de parvenir à résister à la tentation de me glisser à nouveau sous les draps et d'essayer de convaincre Kay de renoncer à sa mi-temps. Tout homme a ses limites, et ne pas chercher à toucher Kay quand elle est nue est en dehors des miennes.

Évidemment, je la retrouve dans la même position que celle dans laquelle je l'ai laissée, ses mèches colorées particulièrement visibles sur la literie blanche. Je reste au pied du lit, émerveillé de constater à quel point elle paraît minuscule, perdue dans une mer de couvertures dans le lit king size. Au fond, je suis vraiment étonné qu'elle ait choisi comme petit ami une montagne d'homme dans mon genre. Il y a eu des fois où j'ai eu peur de l'écraser, mais c'est comme s'il y avait quelque chose dans mon ADN qui m'en empêche.

Un rapide coup d'œil à l'horloge de mon téléphone me dit que JT va bientôt arriver. Au risque de prendre des coups, une éventualité à ne pas négliger avec Kay, je m'approche d'elle pour jouer les réveils. Je repousse ses cheveux de son visage, et embrasse sa tempe.

— Allez, ma belle au bois dormant. C'est l'heure de te réveiller.

Un grognement de mécontentement résonne et j'évite son bras alors qu'elle essaie de me repousser. *Comme elle est mignonne.*

Je profite qu'elle est emmêlée dans les couverture et qu'elle ne peut pas m'atteindre pour déposer une série de baisers sur sa joue.

— Si je trouve adorable ton aversion pour les réveils mati-
naux, il n'empêche qu'il faut que tu te lèves et que tu t'habilles.

— Depuis quand tu essaies de me faire *mettre* des vêtements ?
marmonne-t-elle dans son oreiller.

Bon sang ! Qu'est-ce que je ne donnerais pas pour pouvoir
explorer son corps nu, là, tout de suite !

— Bébé… Si ton meilleur ami n'était pas en chemin, je me
ficherais que tu ne t'habilles pas. Voire même, j'insisterais pour
que tu ne le fasses pas.

— JT arrive ?

Elle finit par se retourner sur le dos et se tourne vers moi en
se frottant les yeux de ses poings.

— Oui.

Je me mets à la recherche du t-shirt noir qu'elle portait cette
nuit et qui a atterri quelque part par terre à un moment donné, je
le ramasse et le lui jette au moment où on frappe à la porte.

Ses yeux gris s'écarquillent et elle s'empresse d'essayer de
passer le t-shirt par-dessus sa tête. Je prends le temps d'apprécier
le spectacle. Peu m'importe qu'elle ait les cheveux en bataille, des
résidus de maquillage dans le coin des yeux et des marques
rouges dans le cou à cause du frottement de ma barbe : elle ne
m'a jamais paru aussi belle.

Toc-toc.

Oh, c'est vrai. JT est là, et on a des trucs à régler.

Kay ne fait pas un geste : elle n'a manifestement pas l'intention de se lever, alors c'est moi qui vais ouvrir la porte.

— J'aurais pu gagner un bon paquet d'argent si j'avais parié
qu'elle ne serait pas levée avant midi aujourd'hui, lâche JT en
entrant.

— Ouais, peut-être, sauf que mon mec ici présent est un
réveille-matin du genre insistant, réplique-t-elle depuis le lit.

Elle ferme les yeux et fronce les sourcils avant de bâiller à s'en
décrocher la mâchoire, une main devant sa bouche et l'autre bras
tendu au-dessus de sa tête.

— Tu l'as réveillée ? me demande JT tout en déposant un
porte-gobelet de café en carton et un sac en papier sur la table
basse du petit coin salon de la pièce.

Lorsque j'acquiesce, il me tend le poing pour que je le choque.

Kay reste au lit, à nous jeter des regards assassins à tous les
deux depuis son oreiller. Je sais qu'il vaut mieux ne pas

formuler ça à voix haute, mais je la trouve adorable quand elle essaie de jouer les dures. Elle joue la féroce, mais tout ce qu'elle m'évoque dans ces-là, ce sont ces mèmes de bébé Groot en colère.

— Je t'ai apporté un café.

JT tend un gobelet en carton à Kay, et elle s'empresse de l'attraper pour le serrer entre ses doigts contre sa poitrine.

— Finalement, c'est quand même toi mon préféré.

Elle pince ses lèvres pour souffler sur le couvercle du café, et mon sexe frétille dans mon pantalon devant sa moue. Quelle plaie, ces histoires de temps mort ! Mes trois orgasmes de la veille ne sont rien comparativement à tous ces jours sans elle. Et je me fiche que bander devant le meilleur ami de ma copine soit inapproprié : dès lors qu'il est question de Kay, ce que le reste du monde est susceptible de penser m'indiffère.

En parlant du reste du monde, ce n'est pas pour ça que tu as demandé à JT de venir ?

J'agite vaguement la tête de bas en haut au rappel de ma conscience. Je me fiche de ce que peuvent dire les autres de moi, de Kay, ou de notre relation. Mais si Kay n'en a rien à faire non plus, cela l'affecte quand même. Mon boulot, maintenant, est de la protéger et de trouver ce que je peux faire pour l'aider au mieux.

Ce qui nous ramène à JT…

— Tu veux prendre une douche, bébé ?

Je passe une main sous la sangle du sac de voyage que JT a apporté avec lui. Je n'ai pas pu la convaincre de se doucher avec moi, mais peut-être qu'elle en aura davantage envie maintenant qu'elle a ses affaires. De plus, cela me permettra de rester quelques minutes seul avec JT pour discuter de stratégie sans avoir à l'inquiéter inutilement.

— Bien sûr.

Elle se glisse hors du lit, et mon t-shirt lui tombe sur ses genoux lorsqu'elle se lève. Mécaniquement, mes yeux se posent sur la partie nue de ses jambes. À nouveau, mon sexe frétille avec enthousiasme au souvenir de ces mêmes jambes serrées autour de moi, *la troisième fois.*

Le bout de ses doigts effleure le dos de ma main lorsqu'elle me prend son sac, et j'ai l'impression de voir jaillir des étincelles de mes doigts à son contact. Peu importe que ce soit innocent ou non, mon corps réagit toujours de manière viscérale à la présence de Kay.

JT et moi ne bougeons ni l'un ni l'autre, jusqu'à ce que nous entendions la porte se refermer. Puis nous nous installons dans les fauteuils qui encadrent la table basse. Je me tais, ne sachant pas trop comment entamer cette conversation. La dernière fois que j'ai parlé à JT, il a essayé de m'encourager à arranger les choses avec Kay. Ce qui ne contribue qu'à me faire culpabiliser, sachant que quand j'ai sauté un peu trop vite à des conclusions fumeuses, j'ai accusé Kay de me tromper avec lui.

Finalement, je lui tend le téléphone de Kay, avec le message toujours affiché sur l'écran.

— À quel point va-t-elle flipper quand elle va voir ça ? Plus important : est-ce que c'est Liam, et comment je peux l'aider à gérer ça ?

Je déteste ne pas être, et ne pas savoir comment être, celui dont Kay a besoin dans ses moments de crise. Que je sois *damné* si je n'apprends pas à l'être !

JT se rencogne dans son fauteuil, et pose une cheville sur son genou opposé, tout en laissant tomber son bras sur sa jambe pliée. Seule la veine qui pulse dans sa tempe montre qu'il est contrarié.

— En fait… La question que tu me poses, c'est de savoir si elle va recommencer avec ses conneries comme quoi elle ne peut pas être avec toi et que c'est pour ton bien ?

J'aboie un rire. Il est facile de comprendre pourquoi Kay et JT sont aussi liés et soudés.

— Oui. J'aimerais vraiment éviter *ça*.

JT se frotte le menton, signe qu'il réfléchit, et le silence s'étire en longueur. Je sens mon cœur qui bat de manière irrégulière, et je frotte mes paumes devenues moites sur mes cuisses, juste pour faire quelque chose alors que mes nerfs menacent de prendre le contrôle.

— Elle va probablement davantage flipper pour ça que pour ces photos.

C'est à son tour de me tendre un téléphone tout en me disant de regarder les différentes captures d'écran qu'il a sauvegardées dans l'album photo de l'appareil. Je vois défiler différentes publications Instagram à chaque glissé du pouce : UofJ411, une dénommée TheQueenB, puis encore UofJ411, et enfin... ce salopard de Liam Parker.

— Et oui, c'est Parker qui lui a envoyé ce message.

Avec un calme que je suis loin de ressentir, je lui rends son téléphone avant d'être tenté de le balancer dans un mur à travers la pièce.

— Pourquoi elle ne l'a pas bloqué ?

— Elle l'a fait. Nous supposons que c'est lui sans en être certain, mais les messages sont explicites. On suppose aussi qu'il utilise des téléphones à carte, parce qu'à chaque fois qu'il lui a envoyé un message, le numéro était différent.

Un frisson parcourt ma peau.

— Ce n'est pas la première fois qu'il la contacte ?

— Non.

— Il va falloir que tu m'en dises plus que ça.

Mes poils se hérissent et ma nervosité monte d'un cran quand JT jette un coup d'œil par-dessus son épaule pour vérifier que la porte de la salle de bains est toujours fermée avant de se pencher vers moi. Incliné en avant, les coudes appuyés sur ses genoux, une tasse de café entre les mains, il m'explique succinctement.

— Il a formulé des menaces voilées disant qu'il serait facile d'essayer de nuire à tes chances d'être pris en présélection cette année.

Brantley flipperait *à mort* s'il entendait ça.

— Voilà qui paraît hautement improbable, dis-je néanmoins.

— Je suis d'accord, acquiesce JT. Le problème, vois-tu... c'est que PF n'est pas forcément la personne la plus logique et rationnelle du monde quand il est question de toi.

Elle n'est pas la seule, murmure mon coach intérieur pour ajouter son grain de sel.

— Je n'arrive pas à croire que tu sois allé chez E.

Je suis surpris par le changement de sujet, mais si je ne me trompe pas, il y a une lueur de respect dans ses yeux.

— Qu'est-ce qui te fait croire que c'est comme ça que j'ai su qu'elle était là ?

Il a raison, mais comprendre comment il en est arrivé à cette conclusion pourrait m'aider à mieux comprendre la dynamique de leur famille.

— J'étais au téléphone avec lui quand tu m'as envoyé le message.

Je commence à lui raconter ce qui s'est passé pendant mon court séjour à Baltimore, mais je m'interromps quand j'entends le bruit de la porte de la salle de bains qui s'ouvre. Tout ce qui m'entoure devient flou alors que Kay sort et que je me focalise sur elle. Comment peut-elle être aussi belle au sortir de la douche ?

Ses longues boucles sont relevées en une queue de cheval haute, les mèches encore humides laissant tomber de petites gouttes d'eau qui font de petites taches sur son t-shirt *Si être CHEERLEADER était facile, on appellerait ça du FOOTBALL*. Bien entendu, j'imagine que ce t-shirt n'est ni plus ni moins qu'une nouvelle façon de se moquer de moi. Le clin d'œil qu'elle m'adresse quand elle voit mon sourire amusé ne fait que confirmer mes soupçons.

— De quoi vous parliez ? demande Kay en s'installant sur mes genoux, à la place qui est la sienne.

La place qui est la sienne. Cette pensée me trotte dans la tête, et aussi fou que cela puisse paraître, c'est vrai : Kay est à sa place avec moi, tout comme moi je suis à la mienne avec elle. Je suis *chez moi* avec elle.

La peur que des étrangers puissent éclater notre bulle revient en force, et avec elle, la colère que cela ne manque jamais de déclencher. Ayant besoin d'une distraction, je commence à tracer les grandes étoiles imprimées dans le bleu camouflage de ses leggings de la NJA.

— Il semblerait que quelqu'un à l'université de Jersey ait enfin trouvé sa confirmation que nous sommes, de fait, toujours un couple.

Je me dis que je vais commencer par le plus facile des deux problèmes, et je lui donne mon téléphone pour qu'elle fasse défiler le flux Instagram. Elle fait défiler les publications, et les éclats de lumière colorée que renvoient ses bagues ne font que rendre plus évidente l'absence de celle, vert clair, que j'ai tenté de lui faire porter aussi.

La portera-t-elle ? Me jugera-t-elle digne d'être ajouté à la collection censée représenter les personnes qui comptent le plus dans sa vie ? Devrais-je me réjouir qu'elle ne porte pas non plus la bague émeraude que je lui ai offerte pour représenter CK ? Ou est-ce qu'elle ne la porte pas, juste parce que c'est moi qui la lui ai offerte ?

Je la serre contre moi pour pouvoir murmurer dans son oreille, et sa poitrine se gonfle alors qu'elle inspire profondément.

— Je suis tellement désolé, Skittles. Je sais que c'est le genre de trucs que tu détestes.

Ses cheveux viennent chatouiller mon nez quand elle agite la tête de droite à gauche.

— Tu n'y es pour rien.

J'aimerais que ce soit vrai. Mais la seule raison pour laquelle les commères de l'université s'intéressent à elle, c'est parce qu'elle est ma petite amie. J'ai donc une part de responsabilité dans le fait qu'elle s'est retrouvée exposée malgré elle. Et il est aussi de ma responsabilité d'arranger ça.

Je l'embrasse sur la joue.

— Bien sûr que si. Mais, s'il te plaît… ne recommence pas à me fuir.

Je ne supporterai pas de replonger dans le même genre de vie que ce celle que j'ai vécue ces deux dernières semaines.

Kay ne répond pas.

Mon estomac se noue d'incertitude. Pourquoi est-ce qu'elle ne dit rien ? Merde, comment va-t-elle réagir quand je vais lui montrer le texto de Liam ? Est-ce que je suis en train de la perdre à nouveau ?

L'espoir auquel je me raccrochais s'évanouit comme la dernière seconde d'un match lorsqu'elle se lève de mes genoux et traverse la pièce, toujours sans rien dire.

Je ravale la bile qui me monte dans la gorge quand elle prend son sac. *Ça y est. C'est fini, elle me quitte pour de bon.* Cette pensée me coupe le souffle encore plus efficacement que ne pourrait le faire le meilleur des linebackers.

Je tourne mon regard vers JT, mais il n'a pas bougé. Non, on dirait même qu'il s'installe plus confortablement dans son fauteuil, tout en dégustant son café comme s'il ne se passait rien d'anormal. *Qu'est-ce que c'est que ce bordel ?*

C'est alors que je remarque que Kay n'a pas touché à la bandoulière de son sac, mais qu'elle en ouvre la fermeture éclair. Incapable de voir ce qu'elle fait, le dos tourné vers moi, je retiens ma respiration, priant comme je le fais en match lorsque la victoire est en jeu et que Noah se lance dans un long sprint pour nous faire gagner.

Kay se retourne vers moi, et elle plante ses yeux à l'expression douloureuse dans les miens. Elle déglutit, manifestement avec peine, et ses cils ombrent ses joues quand elle baisse son regard vers ses mains.

Je regarde à nouveau JT, mais il ne laisse toujours rien paraître.

Kay revient vers moi en marchant à petits pas sur la moquette, jusqu'à ce que le coton bleu de ses chaussettes touche le bout de mes Nike blanches. Je me concentre sur ses chaussettes d'un bleu parfaitement assorti à son legging, son habitude d'accorder ses vêtements étant plus facile à contempler que l'expression potentielle de son visage. J'ai trop peur de ce que je pourrais lire dans ses yeux si je croise son regard.

— Mase, souffle-t-elle d'une voix douce, laquelle m'apaise aussi efficacement qu'une gorgée de Gatorade après un match. Mase, s'il te plaît, regarde-moi.

Mes paupières semblent peser trois tonnes, et je lutte pour les soulever et faire ce qu'elle me demande. Elle tripote un objet entre ses doigts, et je remarque enfin que c'est un écrin, *un écrin que je connais.*

— Je n'ai pas l'intention de fuir. C'est même plutôt l'inverse.

Son pouce se glisse dans l'interstice entre le corps de la boîte et le couvercle, et je ne peux m'empêcher de remarquer que son ongle est également verni en bleu lorsque le couvercle s'ouvre avec un petit claquement.

Je m'affaisse de soulagement dans mon fauteuil lorsque mes yeux se posent sur la péridot nichée dans son écrin.

Elle l'a gardée.

Elle l'a apportée avec elle ici.

Je respire laborieusement, je ne veux pas me faire d'illusions et que rien ne se passe comme je l'espère.

— Tu l'as apportée avec toi.

— Ce n'est pas la seule chose à toi qu'elle a apportée, réplique JT.

— N'es-tu pas censé être de *mon* côté ? Grommelle Kay tout en se retournant pour faire face à JT.

Il l'ignore, et se met à contempler le plafond tout en feignant l'innocence.

— Qu'est-ce que tu as apporté d'autre, Skittles ?

Je tends ma main pour prendre la sienne, et j'entremêle mes

doigts aux siens pour ramener son attention sur moi. Elle se tourne vers moi mais garde ses yeux posés sur ses pieds.

— Oh, pas grand chose… chantonne JT innocemment. Rien que ton maillot, ton sweat à capuche…

— Oh, *vraiment* ?

Je devrais probablement réfréner mon envie de sourire, mais je n'y parviens pas.

Kay baisse la tête, et ses cheveux glissent sur son épaule.

— Arrête de fanfaronner. C'est tout sauf sexy. Et toi,ajoute-t-elle en tendant un doigt agressif vers JT ; tu n'es plus mon Taylor préféré.

— N'importe quoi, rétorque-t-il avec assurance.

— Je ne fanfaronnais pas, rebondis-je juste pour qu'elle lève les yeux au ciel. Bon, d'accord, peut-être *un chouilla*.

Je fais un geste de mon index et de mon pouce quasiment collés l'un contre l'autre.

— Et je suis toujours canon, ajouté-je, pour faire bonne mesure.

Kay fait cette tête de quand elle n'arrive pas à décider si elle a envie de me frapper ou de m'embrasser. Vous savez : les lèvres pincées, la bouche qui bouge d'un côté à l'autre, le nez qui se tord et frétille comme celui d'un lapin. *Bon sang, comme j'aime cette fille !*

Je profite de son silence, et récupère l'écrin dans sa main. Puis je sors la bague émeraude et la glisse sur le pouce de sa main droite. Ensuite, je libère *ma* bague.

Je prends sa main gauche dans ma main droite. Elle entrouvre ses lèvres et écarquille les yeux quand je commence à caresser ses phalanges du pouce. Puis, sans ciller, je fais glisser la bague le long de son annulaire. Il y a encore beaucoup de choses auxquelles nous allons devoir réfléchir pour déterminer comment gérer l'attention constante des réseaux sociaux et nous débarrasser de Liam Parker, mais cet instant est comme ceux où elle porte mon sweat pour aller aux matchs. Savoir qu'elle me permet de la revendiquer de cette manière me suffit pour le moment.

CHAPITRE 37

KAYLA

Quand j'ai laissé Mase et JT seuls ensemble tout à l'heure pour aller prendre une douche, j'admets que je craignais un peu qu'ils en viennent aux mains. Une crainte légitime, à mon avis : ces deux hommes sont aussi farouchement protecteurs l'un que l'autre, et ils me sont aussi importants l'un que l'autre. Partir en les laissant seuls ? C'était un peu comme de tenter un gros coup de bluff au poker.

Je me demande ce que Mase dirait s'il savait que c'est JT qui l'a le plus défendu ces deux dernières semaines. Bon sang, même moi, j'ai été choquée de voir JT aussi convaincu que Mase et moi étions faits l'un pour l'autre.

Aujourd'hui, néanmoins, à force de voir les yeux verts de Mase remplis d'amour posés sur moi, mon cœur a lentement commencé à cicatriser. Mase pose sur moi le même regard que E pose sur Bette. Et si je ne suis toujours pas convaincue d'être celle qu'il lui faut, je suis assez égoïste pour ne pas laisser passer ma chance s'il veut de moi.

Ma main droite toujours dans la sienne, je me tourne et me réinstalle sur ses genoux. Cette façon qu'il a de me serrer automatiquement plus fort contre lui à chaque fois me fait sourire instantanément.

Je jette un coup d'œil à mon meilleur ami, lequel nous observe avec une étrange expression approbatrice.

— Je sais que je suis venue ici pour te voir, mais pourquoi es-tu ici ? Nous étions censés nous retrouver à ton entraînement, plus tard.

Comme il n'y a pas de match pour aujourd'hui dans le programme de la Blue Squad, nous avions prévu de terminer la chorégraphie de la routine de JT et Rei.

— C'est moi qui lui ai demandé de venir, répond Mason en me tendant mon téléphone, et je me fige quand j'aperçois le texto envoyé par un numéro inconnu. Je voulais qu'il soit là quand tu allais découvrir ça.

Tous mes doutes me reviennent instantanément. *Est-ce que je suis vraiment capable de gérer ça ?* Le pouce de Mase qui caresse la bague sur mon annulaire, symbole de son importance dans ma vie, me ramène à l'instant présent.

— J'ai entendu *tout* ce que toi et tous les autres m'avez dit, dit-il tout en levant sa main pour la poser sur mon visage, et son pouce frôle ma pommette. Je veux être celui sur qui tu pourras te reposer quand toutes ces conneries reviendront hanter ta vie. Et qui mieux que l'expert en la matière peut m'apprendre comment faire ?

— J'adore être reconnu pour mon expertise.

JT affiche un petit air suffisant et fait semblant de polir ses ongles contre son sweat-shirt, histoire d'en rajouter un peu. Je lève les yeux au ciel.

J'ai l'impression que Mase ne se rend pas compte qu'il joue *déjà* ce rôle. La sensation de panique qui manque généralement de m'étouffer dans ces situations-là n'est pas là, pas plus que je n'ai de sueurs froides à l'idée que la bulle d'anonymat dont je croyais pouvoir profiter dans le Kentucky a éclaté. Je n'ai pas envie de m'enfuir et d'aller me cacher ; ou de mettre autant de distance que possible entre nous. Au contraire, même, j'en suis plutôt à essayer d'être au près de lui, d'avoir le plus possible de nos corps en contact.

Il y a encore tellement de choses dont nous devons discuter. Il faut que j'en termine avec ces histoires, que j'aille jusqu'au bout de mes révélations, pour qu'il connaisse toutes les histoires sordides susceptible de ressortir. Ensuite, il pourra décider s'il veut vraiment sortir avec moi. Je peux aussi lui suggérer de faire appel à Jordan et son entreprise de relations publiques pour gérer son image, ce serait sûrement un excellent moyen d'éviter le risque que l'ombre de tout cela ne plane sur sa potentielle présélection en avril et ne lui nuise.

JT dit souvent que je suis du genre à toujours envisager le pire, au point de m'en rendre malade ; et peut-être que c'est vrai, mais je refuse de prendre ce risque-là.

Chapitre 38

TheQueenB : Pour commencer, la star de notre équipe de football @CasaNova87 choisit une supporter des Nittany Lions comme petite amie. Et maintenant, la petite amie en question essaie de… quoi ? D'en faire un fan de l'Université du Kentucky ? Tu as vu ça, @UofJ411 ? #AquiVaTonSoutien #LoyautéADeuxVitesses #CasanovaWatch #CopineDeCasanova
capture d'écran de Mason serrant Kay contre lui par-derrière, entourés de supporters aux couleurs de l'université du Kentucky

UofJ411 : Eh, @CasaNova87 c'est pour ça qu'on ne t'a plus vu sur le campus ou à la fraternité des AK ? #EscapadeEnAmoureux #CasanovaWatch #CopineDeCasanova
***REPOSTÉ – capture d'écran de Mason serrant Kay contre lui par-derrière, entourés de supporters aux couleurs de l'université du Kentucky – TheQueenB : Pour commencer, la star de notre équipe de football @CasaNova87 choisit une supporter des Nittany Lions comme petite amie. Et maintenant, la petite amie en question essaie de… quoi ? D'en faire un fan de l'Université du Kentucky ? Tu as vu ça, @UofJ411 ? #AquiVaTonSoutien**

**#LoyautéADeuxVitesses #CasanovaWatch
#CopineDeCasanova***

TightestEndParker85 : Tu sais, @CasaNova87, gaspiller ta semaine de repos à satisfaire les caprices de Dennings qui refuse d'être séparée de son super pote @CheerGodJT ne va pas t'aider à nous battre, moi et mon équipe, dans quelques semaines. #LesHawksVontPerdre #CompétitionFéroce
***REPOSTÉ – capture d'écran de Mason serrant Kay contre lui par-derrière, entourés de supporters aux couleurs de l'université du Kentucky – TheQueenB : Pour commencer, la star de notre équipe de football @CasaNova87 choisit une supporter des Nittany Lions comme petite amie. Et maintenant, la petite amie en question essaie de… quoi ? D'en faire un fan de l'Université du Kentucky ? Tu as vu ça, @UofJ411 ? #AquiVaTonSoutien #LoyautéADeuxVitesses #CasanovaWatch
#CopineDeCasanova***

UofJ411 : Est-ce que je suis le seul à compter les jours qui nous séparent du dernier match de la saison @UofJFootball ? #CriDuFaucon #CasanovaWatch #CopineDeCasanova
capture d'écran de TightestEndParker85 : Tu sais, @CasaNova87, gaspiller ta semaine de repos à satisfaire les caprices de Dennings qui refuse d'être séparée de son super pote @CheerGodJT ne va pas t'aider à nous battre, moi et mon équipe, dans quelques semaines. #LesHawksVontPerdre #CompétitionFéroce

CHAPITRE 39

MASON

Cette journée a été une véritable montagne russe, avec ses hauts et ses bas.

Haut : se réveiller avec une Kay nue dans les bras.

Bas : les textos de Liam Parker et les trolls d'Instagram.

Haut : passer ma bague au doigt de Kay.

Cela dit, la journée a tout de même eu davantage de hauts que de bas. Regarder Kay contribuer à la création de la routine de stunt de JT et de Rei, sa partenaire ici, a aussi été un bon moment dans ma journée. Vous pensez que je devrais être habitué à regarder des pom-pom girls parce que je joue au football américain depuis l'enfance, et encore davantage parce que ma sœur est cheerleader ? C'est faux. Bien évidemment, je les ai vues danser sur le bord des terrains, et j'ai aussi assisté à quelques grandes compétitions pour Livi, mais cela n'a rien à voir avec ce que j'ai pu voir de l'envers du décor aujourd'hui.

Des quelques figures que Kay et JT ont pu faire en démonstration, il est facile de deviner pourquoi ils ont remporté plusieurs titres de champions. JT a soulevé Kay avec un pied dans chaque main sans même trembler alors qu'il avait les bras totalement tendus, au dessus de sa tête ; pendant que Kay expliquait quelque chose à Rei. Puis, après un décompte, JT a propulsé Kay dans un saut périlleux arrière, et elle a atterri la tête en bas en équilibre sur les mains dans les mains de JT, les jambes parfaitement tendues vers le plafond. Avant que quiconque ait eu le temps d'apprécier la perfection de l'acrobatie, JT a replié ses coudes et propulsé Kay à nouveau pour qu'elle revienne dans sa position initiale au-dessus de la tête.

Je n'arrive pas à déterminer ce que je trouve le plus impressionnant, la façon dont JT la fait basculer sans effort aucun pour la propulser dans les airs, ou la façon dont Kay réalise chaque figure comme si elle retombait sur le sol et pas dans les quelques centimètres carrés de ses mains.

Mais aussi impressionnant que ce soit, ce n'est en rien comparable à la façon dont Kay dirige et coache. Elle obtient l'attention et le respect de tous sans avoir le moindre effort à faire. Je comprends maintenant pourquoi elle a choisi de ne pas continuer comme cheerleader à l'université : il est *indubitable* qu'*entraîner* des cheerleaders est sa vraie *vocation*.

Elle a même poussé le culot à ajouter la chanson *Just A Friend* de Biz Markie à la playlist de musique qui tourne pendant l'entraînement.

Autre agréable moment de la journée, nous avons assisté au match de soccer de Harry, le colocataire de JT, mais le dîner de célébration auquel nous sommes allés ensuite nous a amenés à notre série actuelle de moments désagréables.

JT était visiblement réticent à montrer les publications apparues sur Instagram à Kay, et j'apprécie qu'il me les ait montrées d'abord, histoire de faire tampon, mais cela n'a pas réellement permis d'amortir le choc.

Qu'UofJ411 nous utilise, Kay et moi, pour générer la plus grande partie de son contenu est une chose, c'en est une autre quand d'autres personnes taguent ce même UofJ411 avec des captures d'écran et autres images en parlant de nous. Et en plus de tout cela, maintenant, nous avons donc Liam Parker qui exploite sans vergogne les hashtags #CasanovaWatch et #CopineDeCasanova pour agiter la boue qu'il a lui-même créée.

Depuis qu'elle a redonné son téléphone à JT, Kay n'a pas prononcé un mot.

La porte de notre chambre d'hôtel émet un bip, et le bruit

résonne de manière assourdissante dans le lourd silence qui nous enveloppe et qui n'a fait que s'épaissir depuis que nous avons quitté le dîner. Il en devient presque palpable, à planer entre Kay et moi comme un brouillard.

Sa queue de cheval frôle l'intérieur de mon bras lorsqu'elle passe devant moi pour entrer dans la pièce. Je traîne des pieds, peu motivé à la suivre, incertain quant à ce que je dois dire. Kay souffre de suffisamment d'insécurités : je ne veux pas qu'elle essaie de supporter aussi le poids des miennes.

Je vois bien qu'elle s'est déjà repliée sur elle-même, il faut maintenant que je l'empêche de s'éloigner de moi, encore.

Je ravale la boule de peur qui s'est formée dans ma gorge, et j'entre dans la pièce. Je m'immobilise brusquement : Kay est debout, et dans ses yeux couleur ciel d'orage scintille une lueur déterminée. Parfois, j'aimerais être capable de comprendre toutes ces émotions qui passent dans son regard et que je suis incapable d'analyser.

— Bébé…

Je reste littéralement statufié alors que je la regarde planter ses dents blanches dans la chair rouge de sa lèvre inférieure. Et puis…

Elle commence à ôter ses vêtements.

Mon sweat s'envole.

Elle croise ses bras sur son ventre, et lentement, centimètre par centimètre, elle tire sur son débardeur. Ses abdominaux musclés apparaissent, puis c'est le tour de ses seins enchâssés dans le soutien-gorge de sport, alors que sa poitrine se soulève de plus en plus vite au gré de sa respiration qui s'accélère.

Ses coudes pointent vers le plafond et, d'un seul mouvement fluide, elle le passe par-dessus sa tête et le jette au sol où il tombe sans un bruit, comme une feuille tombe d'un arbre. Ses yeux, maintenant pleins de confiance, se fixent à nouveau sur les miens à l'instant même où elle se libère du vêtement.

Quant à moi… Je suis cloué sur place, le corps en émoi, avec mon sexe qui se tend visiblement derrière le coton de mon pantalon de survêtement.

Cette femme, dont la tête n'atteint même pas mes épaules, *fait de moi ce qu'elle veut.*

Un léger chuintement résonne quand elle ôte ses tennis en

tirant sur les talons avec l'avant de son pied, et elle les expédie plus loin dans la pièce d'un seul mouvement.

Entre nos corps, il n'y a pas plus d'un mètre. Mais j'ai l'impression que des kilomètres nous séparent alors que j'attends qu'elle réduise la distance d'elle-même. Je ne veux rien manquer, alors je m'efforce de ne pas ciller. Mes poumons en hurlent presque de douleur à force que je retienne ma respiration, dans l'attente de ce qu'elle va faire ensuite.

Et le moins que l'on puisse dire, c'est que quand elle bouge, je ne suis pas déçu.

Elle presse l'une de ses petites mains, celle qui porte ma bague dont les pierres scintillent dans le mouvement, contre mon torse. Elle a beau appuyer avec douceur, je me laisse pousser et tombe dans le fauteuil qui se trouve derrière moi.

Son expression indécise de tout à l'heure s'est évanouie, remplacée par un sourire satisfait qui me fait frissonner.

Elle cale ses mains sur les bras du fauteuil, et presse sa bouche contre la mienne. J'écarte ses lèvres de ma langue pour jouer avec la sienne, et il ne me faut qu'une demi-seconde pour me retrouver avec une érection dure comme du béton.

— Bébé…

Elle embrasse ma mâchoire, et ses dents qui glissent sur le chaume de ma barbe émettent un crissement audible. Elle suçote le lobe de mon oreille, et je sens mon gland s'humidifier dans mon boxer.

Un gémissement de frustration m'échappe lorsqu'elle s'éloigne de moi, mais il est rapidement remplacé par un gémissement de plaisir lorsque sa main se faufile sous mon sweat et mon t-shirt et que le bout de ses doigts commence à danser le long de mes abdominaux, les muscles se contractant à son contact léger.

Elle se baisse devant moi et se glisse entre mes jambes, écartant mes genoux de la poitrine.

Bordel, Kay qui se met à genoux devant moi, c'est un *putain* de spectacle.

Elle baisse les yeux, et ses cils ombrent ses joues, alors qu'elle attrape la ceinture de mon survêtement, et celle de mon boxer avec, pour les faire glisser vers le bas, juste assez pour que mon érection se dresse vers le ciel tel un poteau de but.

Elle continue à faire glisser ses mains jusqu'à les amener dans le creux dans mes genoux pour mieux me retenir, tout en dévorant mon sexe du regard, de la base jusqu'au gland. Elle peut dire que j'ai des tendances possessives, mais il n'empêche que ça, l'intensité avec laquelle elle m'étudie ? C'est comme si elle avait accroché un titre de propriété sur ma poitrine. Et ça m'excite tellement que je suis à deux doigts de jouir juste parce qu'elle me regarde.

Elle fait à nouveau glisser ses mains sur mes cuisses, les paumes en appui sur mes muscles tendus. Elle écarte ses lèvres, et son souffle chaud qui vient effleurer mon gland me provoque des frissons tout le long de la colonne vertébrale.

Elle continue à remonter, et ses mains se glissent à nouveau sous mon t-shirt, le plus haut qu'elle peut sans se relever. Et avec chaque centimètre que parcourent ses mains vers le haut, sa tête s'incline davantage vers le bas, et soudain, sans prévenir, elle prend mon érection dans sa bouche.

— *Bordel*, bébé… lâché-je, les dents serrées, quand je sens sa gorge qui se contracte autour de mon sexe. Tu n'as pas de réflexe nauséeux ?

On m'a probablement fait plus de pipes que je ne pourrais les compter, mais *ça*, ce qu'elle me fait, c'est totalement inédit. Cela ne fait que quelques secondes qu'elle m'a pris dans sa bouche, mais déjà mes testicules se contractent, tout prêts à libérer la cavalerie.

— Skit…

Est-ce qu'elle n'est pas sensée respirer, à un moment donné ? C'est tout ce que j'arrive à penser, alors qu'elle reste sans bouger et avale une première fois. Le fond de sa gorge se resserre autour de mon gland, et j'en vois des étoiles.

Enfin, finalement, elle commence à bouger, de haut en bas.

Ses joues se creusent sous l'effet de la succion, ses lèvres s'évasent à chaque fois qu'elle remonte le long du membre, sa langue traçant chaque veine et chaque arête. Il n'y a rien visant à me faire durer dans ce qu'elle fait, elle n'est que *pure intention* d'aller droit au but.

— Bébé… *Putain !*

Je noue mes doigts dans ses cheveux, et l'élastique qui les retenait casse alors que je serre, fort. Je crains un peu de lui faire mal, mais elle laisse échapper un ronronnement d'approbation : manifestement, elle aime ça et je m'inquiète pour rien.

Ses mains cherchent à s'accrocher à mes abdominaux, et elle pousse vers le bas pour se donner plus d'appui alors que je soulève mes hanches vers elle. Je sens mon sperme bouillonner.

— Je vais jouir, la préviens-je.

Kay ignore l'avertissement pour redoubler d'efforts, et pousse jusqu'au fond de sa gorge, jusqu'à ce que les doux pétales de ses lèvres entrent en contact avec la peau de mon pubis. Elle avale à nouveau… et j'explose littéralement. De longs jets de sperme jaillissent de ma queue et viennent recouvrir le fond de sa gorge.

Elle ne me lâche pas et continue, jusqu'à ce qu'il ne me reste plus rien à donner. Ce n'est qu'à ce moment-là qu'elle se redresse, s'assied sur ses talons, puis me regarde avec une intense expression satisfaite sur son magnifique visage.

— *Putain*, bébé.

Je suis presque sûr que le sommet de mon crâne a explosé et a été projeté quelque part de l'autre côté de la pièce.

Je ne sais pas combien de temps nous restons assis là avant que je ne bouge. J'ai le cœur battant à tout rompre, la respiration erratique ; et elle, les lèvres gonflées, sa peau toute rose de son visage jusqu'à sa poitrine Je commence par jeter ma casquette par terre, puis je me débarrasse de mon sweat-shirt et de mon Henley. Enfin, je rajuste mon boxer et mon survêtement, et j'attrape Kay sous les aisselles pour inverser nos positions.

Sa peau est chaude au toucher tandis que j'effleure le creux de sa taille et remonte jusqu'à son soutien-gorge de sport, mon regard irrésistiblement attiré par les ses tétons qui pointent à travers le soutien-gorge. L'accessoire étant inutile à cet instant, je l'en débarrasse, puis m'attaque à son legging, et enfin soulève ses jambes pour les poser sur les accoudoirs. Et elle est là, devant moi, parfaite. Complètement nue, grande ouverte pour moi comme si elle était mon buffet personnel, toute prête à ce que je la dévore.

Sauf que…

Ce n'est pas par là que je commence.

Kay se tortille autant que sa position le lui permet quand je fais glisser mes doigts le long de sa jambe, en commençant par sa cheville et en terminant dans le creux de son aine.

Je glisse mes mains autour de ses hanches, et mes pouces se rejoignent sur son pubis, avant que je ne les fasse glisser entre ses grandes lèvres, de haut en bas. *Bon sang, elle est littéralement inondée*. Découvrir à quel point me donner du plaisir l'a excitée donne un nouveau coup de fouet à ma virilité.

Son clitoris est gonflé et ses grandes lèvres sont grandes ouvertes, comme si son intimité m'appelait. Elle est la tentation incarnée.

— Regarde, ordonné-je, tout en me penchant pour maintenir ma position juste au-dessus d'elle jusqu'à ce qu'elle plonge ses yeux gris dans les miens.

À la seconde où nos regards se croisent, je pose mes lèvres autour de son clitoris, et mordille les chairs sensibles de mes dents tout en le suçotant.

De l'ambroisie. Elle a le goût d'une ambroisie douce, addictive, et tout particulièrement irrésistible.

— Mase, me supplie-t-elle, le dos arqué, les épaules enfoncées dans le fauteuil, tout en cherchant à faire levier pour rapprocher le cœur de son anatomie de ma bouche.

Je dessine des huit de ma langue, et lèche chaque partie de son corps jusqu'à ce que je trouve la source de son excitation et que je glisse ma langue à l'intérieur, dans une parfaite imitation de ce que je prévois de faire une fois qu'elle aura joui contre ma bouche.

Elle tire sur mes cheveux et tord ses doigts dedans, et mon cuir chevelu brûle alors qu'elle griffe la peau de ma nuque de ses ongles.

— Viens pour moi, bébé, ordonné-je quand je sens ses parois intimes frémir autour de ma langue.

Je fais un effort considérable pour résister à la tentation de plonger mes doigts à l'intérieur d'elle pour l'emmener au bout : si demain elle doit être encore endolorie, ce sera à cause de ma queue, rien d'autre.

Ses cris de plaisir me reviennent en écho contre les murs lorsque je joue des dents sur son clitoris encore une fois et que l'orgasme la submerge.

Je n'attends pas qu'elle se détende et reprenne ses esprits : je me débarrasse de mon pantalon de survêtement et reprends sa place sur le fauteuil tout en la soulevant pour la poser sur mes cuisses.

Je la saisis par la nuque et l'attire à moi pour l'embrasser avec force, et j'entre en elle juste au moment où nos lèvres se touchent. Le son qu'elle émet lorsque je m'enfonce jusqu'à la garde d'une seule poussée est tellement jouissif que je manque partir instantanément.

Je fais aller et venir mes hanches sans relâche, stimulé par les sons qu'elle émet, preuve tangible du plaisir qu'elle prend à faire l'amour avec moi.

— Bon Dieu, bébé. C'est tellement bon.

Elle n'est pas la première à me dire qu'elle prend la pilule, mais elle est la seule avec qui j'ai fait l'amour sans préservatif. Et c'est meilleur à chaque fois que nous recommençons.

— *Mase.*

Sa voix monte dans les aigus.

Nous accélérons le rythme, tous les deux à la poursuite de nos orgasmes respectifs. Dans un dernier coup de reins, je jouis avec un rugissement alors qu'elle aussi part, et son jus me détrempe jusqu'aux testicules.

— Je t'aime, soufflé-je dans le creux de la gorge de Kay, alors qu'elle s'affaisse contre moi, épuisée.

— Moi aussi, je t'aime.

Je me réjouis qu'elle n'ait pas hésité avant de me retourner le sentiment. Il y a encore beaucoup de choses dont nous devons discuter pour que notre couple, le Mase et la Kay que nous sommes en privé, soit en sécurité loin du monde extérieur, mais nous pourrons nous en inquiéter demain. Ce soir n'est qu'à nous.

KAYLA

Quitter le Kentucky va être difficile pour moi, pour diverses raisons. Pour commencer, JT va terriblement me manquer. Impossible de retrouver la complicité que j'ai avec lui en vrai par ordinateurs interposés. Qui plus est, cela signifie retourner là où l'attention qui nous est portée, à Mase et moi, est dix millions de fois plus importante qu'ici.

Mon Dieu ! Je préfère ne même pas imaginer ce qui va se passer sur le campus demain.

Enfin… c'est un problème pour la future Kay. Pour l'instant, la Kay actuelle va profiter de l'instant, et apprécier à sa juste valeur la sensation des bras musclés de son petit ami sexy autour d'elle.

Apprécier ? Ma poule, à mon avis, ce mot n'est pas le bon pour décrire ce que je ressens.

Ce n'est pas souvent que ma pom-pom girl intérieure et moi sommes sur la même longueur d'onde avant même d'avoir pris un café, mais cette fois-ci, elle a raison. La façon dont Mase me tient contre lui fait frémir mon cœur d'amour. C'est comme s'il était capable d'être possessif même en dormant. Il a enroulé tous ses longs membres nerveux autour de moi, instinctivement, comme s'il avait l'intention de ne jamais me lâcher.

Est-ce qu'il ne va pas changer d'avis un jour ? Je ferme les yeux et m'efforce de chasser cette pensée négative de mon esprit, et serre les paupières assez fort pour que des taches dansent derrière. Il faut que j'arrête de raisonner comme ça. Mason dit qu'il se fiche de ce que les autres pensent, et que notre relation ne regarde que nous, et *nous seuls*.

Je veux y croire. J'ai *besoin* d'y croire. Ces dernières semaines sans lui, je ne vivais plus, je ne faisais que survivre. Il s'en est fallu de peu pour que je replonge dans les mêmes profondeurs qu'il y a quatre ans, et je refuse que cela se produise. C'est peut-être quelque chose que je n'ai jamais verbalisé à haute voix, mais je me suis promis à moi-même de ne plus jamais refaire subir ça à E et Bette, et *bon sang*, j'ai l'intention de tenir parole.

La première étape consiste à ne pas fuir. Ni Mase ni ce que nous partageons.

L'encre de son tatouage tribal qui orne le bras sur lequel je suis appuyée offre un contraste frappant avec ma peau plus pâle. Mes doigts commencent à tracer les lignes et les spirales qui descendent jusqu'à son poignet.

Un grondement satisfait résonne dans mon oreille.

— *Mmmh.* J'adore quand tu fais ça, bébé.

Je laisse un sourire danser sur mes lèvres : dessiner son tatouage des doigts est de loin l'un de mes passe-temps favoris.

— Tant mieux. Parce que je ne crois pas que je pourrais résister à la tentation, même si tu n'aimais pas ça.

Je me retourne pour déposer un baiser sur le biceps sous ma tête, et le muscle se contracte.

Il resserre ses bras autour de moi, le frottement de sa mâchoire sur ma peau déclenchant des frissons familiers entre mes omoplates alors qu'il commence à y déposer des baisers.

— Je ne vais certainement pas m'en plaindre. Tu prends une douche avec moi ?

Comment pourrais-je dire non à ça ?

Nous sommes pourtant de bon matin…

Comme s'il avait entendu mes pensées, il se déplace, et glisse un bras sous mes genoux et un autre dans mon dos pour me soulever comme une mariée et me porter jusqu'à la salle de bains.

Cela pourrait m'agacer, si je ne me sentais pas aussi bien. C'est pourquoi je lui adresse un sourire encore endormi au lieu d'un mouvement d'yeux exaspéré quand il tend la main pour ouvrir l'eau. Puis il se glisse dans la douche, avec moi toujours dans ses bras.

Il fait glisser mon corps le long du sien pour me reposer sur mes pieds, et l'eau chaude qui tombe du ciel de pluie ruisselle sur nos corps.

Avoir une belle-sœur coiffeuse a un avantage non négligeable : pouvoir profiter d'un shampoing fait par une professionnelle dans le confort d'un salon de coiffure. Sauf qu'aussi agréable que ce soit, cela n'a rien à voir avec les sensations procurées par les doigts d'un adonis de presque deux mètres qui se tient derrière toi dans une douche et qui te lave les cheveux. *Désolée, Bette, mais c'est trop bon.*

La sensation des doigts de Mase qui massent mon cuir chevelu est un vrai bonheur.

— Je t'embauche, gémis-je.

Son rire profond résonne contre les parois de la douche alors qu'il passe un doigt sous mon menton pour incliner ma tête en arrière et rincer la mousse de mes boucles.

— Tu veux dire que si le football ne marche pas, je peux faire carrière comme shampouineur ?

Je me raidis instantanément. Je sais que c'est une blague mais, *merde*, ce n'est pas drôle.

— Bébé, lâche-t-il en déposant un doux baiser sur mon front pour m'apaiser, arrête de t'inquiéter.

Si seulement c'était aussi facile que de le vouloir.

— Je ne pourrai plus jamais sentir le parfum de la menthe poivrée sans penser à toi, dit-il en débouchant le flacon de mon après-shampoing. Noël va être intéressant cette année.

On est encore à deux semaines de Thanksgiving, pourquoi parle-t-il de Noël ?

— Pourquoi ça ? demandé-je alors que ses doigts habiles s'emploient à démêler les nœuds au fur et à mesure qu'il les trouve.

— J'ai peur de me retrouver avec une érection à chaque fois que je vais croiser un sucre d'orge.

— Tu es ridicule, gloussé-je.

— Peut-être, mais tu m'aimes.

— C'est vrai.

Et c'est *vraiment* vrai, je l'aime ; et d'autant plus qu'il sait exactement comment me distraire et me faire sortir mes inquiétudes de la tête.

Comme Mase est trop grand pour que je puisse lui laver les cheveux, je prends la fleur de douche et je commence à laver sa peau à la place.

Et mon Dieu, quel corps il a. Ma pom-pom girl intérieure détaille Mase de la tête aux pieds, et elle n'a pas tort, c'est une véritable œuvre d'art. La façon dont ses trapèzes saillent, l'arrondi de ses épaules et le renflement de ses biceps, ses avant-bras nerveux et ses poignets solides, et ce tatouage !

Donne-moi un C, donne-moi un A, donne-moi un N, un O et un N : CANON !!!!

Je lève mentalement les yeux au ciel. Il n'y a que Mason pour faire oublier à ma pom-pom girl intérieure que nous n'utilisons pas de pom-poms et autres trucs du genre. Mais bon, elle n'a pas tort, malgré tout.

Je regarde la mousse glisser sur son corps, et descendre le long de ses abdominaux musclés jusque dans le V de ses hanches.

— Attention, bébé, prévient-il quand je m'agenouille pour savonner les membres larges comme des troncs d'arbres qu'il appelle ses jambes. Ne commence rien que tu n'as pas l'intention de finir.

Je plante mes dents dans ma lèvre inférieure alors que j'observe sa virilité déployée à hauteur de mes yeux. Ladite virilité commence à prendre forme alors que je la regarde, mais c'est vrai, je suis à nouveau un peu endolorie.

J'acquiesce avant de me relever, et lui mets une petite tape dans le flanc.

— Tourne-toi, que je te frotte le dos.

Il m'obéit, et je m'applique autant de ce côté-là que de l'autre. D'autant que le renflement de ses magnifiques fesses est encore plus agréable à regarder quand il est nu que dans son pantalon de football. Il bande les muscles de ses fesses quand je les pince, puis se retourne pour me faire face.

Il me prend la fleur de douche violette des mains, et elle semble soudain devenir minuscule une fois logée dans son énorme main. Je n'ai que le temps d'apercevoir une de ses fossettes avant qu'il ne retourne la situation contre moi.

Il repousse quelques mèches de cheveux égarées sur mon

épaule, puis commence à savonner la courbe de mon cou avant de glisser le long de mon bras.

Des gouttelettes d'eau s'accrochent à la frange sombre des cils qui bordent ses yeux, et comme chaque fois, je ne parviens pas à m'arracher de la contemplation de leur couleur vert d'eau. Sous l'action conjuguée de ses mains et de son regard, j'ai l'impression que ma peau prend subitement vie.

J'inspire, et l'air chaud et humide de la douche pénètre dans mes poumons, m'étouffant presque alors que je lutte pour ne pas manquer d'air dans l'avalanche de sensations.

Il continue à me savonner, en accordant une attention toute particulière à mes seins et mon entrejambe. Je gémis, incapable de lutter contre les sensations qui me font m'approcher de la jouissance.

— Tu devrais t'appliquer tes conseils à toi-même, Néandertal.

Je suis essoufflée, et cela me fait perdre toute autorité.

Il continue à m'aguicher sans relâche, jusqu'à ce que l'eau devienne froide.

CHAPITRE 41

KAYLA

— Dis donc, espèce de pétasse…

Je ne parviens pas à retenir un rictus amusé quand Em s'installe sur la chaise voisine de la mienne à la bibliothèque. A la façon dont ses yeux s'étrécissent sous ses sourcils parfaitement dessinés, je sais qu'elle n'apprécie pas que je me moque de ses démonstrations d'affection frustrée.

— Oui, Emma ?

Je me penche en avant pour poser mon menton dans ma paume avec nonchalance et la regarder, les yeux écarquillés.

— N'essaie pas de me servir du Em*ma*, jeune fille.

Oooh, on dirait que quelqu'un *s'est levé du pied gauche.* Je m'amuse de la remarque de ma pom-pom girl intérieure, et si je dois en croire le regard assassin qu'Em m'adresse, c'est probablement une bonne chose que je dorme à la maison ce soir et pas à l'appartement.

— Tu veux me dire ce qui te met dans cet état-là ? demandé-je en jouant avec mon surligneur.

— Oh, super ! Tu l'as trouvée, lance la voix familière de Q.

Une déclaration suivie d'un grand bruit alors que la chaise qu'elle a soulevé, de mon autre côté, retombe sur le sol avec fracas avant qu'elle ne s'y laisse tomber. Je grimace : j'ai bien fait de m'installer au troisième étage, où il n'y a presque personne.

Je referme le capot de mon ordinateur portable et le pousse de côté. J'ai comme l'impression que mon temps d'étude est terminé, si je dois en croire l'expression d'attente affichée sur le visage de mes deux amies.

Je fais comme si de rien n'était, tout en continuant à jouer nonchalamment avec mon surligneur.

— Eh bien. Vous êtes toutes les deux drôlement en forme aujourd'hui.

Q me sourit, et se trémousse sur sa chaise tant elle est excitée. Comme d'habitude, elle donne l'impression d'avoir des fourmis dans les jambes. Mais pas Em. Non, Em a cette expression pincée qui me donne envie de lui demander si le parapluie qu'elle a dans les fesses ne la fait pas trop souffrir.

— Tu as de la chance que je t'aime comme une sœur, parce que sinon, je t'assure que tu passerais un sale quart d'heure, Kayla.

Je hausse les sourcils vers le bord de la casquette que j'ai rabattue sur mon visage, puis je pose mon bras sur la table et prends la main d'Em.

— Raconte. C'est quoi le problème ?

Ses épaules se soulèvent alors qu'elle prend une profonde inspiration, et fait tourner sa main, juste assez pour lier ses doigts aux miens.

— Tu me manques.

Les murs de protection que qui entourent mon cœur s'effondrent à cet aveu. La semaine qui s'est écoulée depuis mon retour du Kentucky a été insensée.

Dimanche, j'ai dormi à la maison pour passer du temps avec Bette, venue pour ramener la voiture de Mase.

E a débarqué sans prévenir le lendemain. Il a dit que c'était pour ramener Bette chez eux, mais vu qu'il a passé toute sa journée de repos à Blackwell et qu'en plus, il en a profité pour discuter longuement avec Jordan Donovan, je sais que c'était un prétexte : il voulait profiter de l'occasion pour prendre le temps de développer des stratégies afin d'être préparé à tous les cas de figure. Ce qui ne m'a pas empêchée de dormir à la maison une nuit de plus pour pouvoir profiter de sa présence.

Si cela n'avait été que ces deux nuits-là, cela n'aurait pas représenté un gros problème, mais… ce week-end, c'est la première compétition de la saison pour la NJA. Au lieu de travailler trois jours par semaine, j'ai travaillé tous les soirs afin de m'assurer que nos compétiteurs maîtrisent bien les chorégraphies.

Je crois que c'est à ce moment-là que tout le monde a cru que je m'étais évanouie dans la nature.

Je me suis transformée en un genre de banlieusarde, à dormir chez les Taylor parce que leur maison est plus proche des Barracks que mon appartement, et à passer tout le reste de mon temps libre à la bibliothèque pour travailler sur mes cours.

Q me sort de mes pensées et agitant la main en direction d'Em.

— Si tu penses qu'elle est mauvaise, attends d'entendre les gars râler après Mason parce que tu n'es toujours pas revenue déjeuner avec eux.

Elle croise ses bras et pince ses doigts, mimant le fait de jouer du plus petit violon du monde. Je jette un coup d'œil à Em, et nous perdons notre contenance : nos têtes heurtent la table quand nous nous effondrons dessus, en proie au fou rire.

Plusieurs minutes passent avant que nous ne parvenions à maîtriser notre hilarité, suffisamment pour arriver à parler. Là encore, je suis contente d'avoir choisi de m'installer au dernier étage, sans quoi le bruit que nous faisons nous aurait déjà valu des réprimandes.

— J'ai une idée, dis-je tout en me redressant et en essuyant les larmes de rire qui noient encore mes yeux. Demain, c'est soirée match.

Et je vais le rater aussi.

Depuis que l'Instagram de l'université a confirmé que Mase et moi étions toujours ensemble, les choses se sont un peu tassées ; mais quand les gens vont remarquer que je ne suis pas présente au match, je sais déjà que les spéculations vont reprendre de plus belle.

— Pourquoi ne viendriez-vous pas toutes les deux à Blackwell ce soir ?

— Soirée pyjama ?

Q se redresse à la même vitesse qu'Herkie quand j'ouvre le pot de beurre de cacahuète. Sérieusement, cette fille est vraiment la plus parfaite des additions à notre groupe.

— Quelle saison de *Gossip Girl* les filles en sont-elles à regarder pour la millionième fois ? demande Em, sachant combien T et Savvy sont obsédées par cette série.

— La troisième, je crois, mais je m'en fiche : je veux bien regarder tous les Chuck Bass du monde si je peux éviter d'avoir à subir *tous les films existants* dont le héros est un footballeur.

Une bosse se forme au milieu de la joue d'Em. J'apprécie qu'elle se retienne de rire, mais pas autant que le fait qu'elle me laisse râler à propos de T, laquelle a soutenu Mase de manière indirecte lors de notre rupture. *Ça, c'est une sœur.*

— Pourquoi es-tu encore sur le campus ? demande Em. On est vendredi.

— J'ai promis à Mase de le retrouver après l'entraînement de l'équipe, dis-je, tout en levant une main, comme pour l'interrompre. Attends. *Comment* as-tu su que j'étais ici ?

— Insta, répondent Em et Q à l'unisson.

Évidemment. Ce n'est pas parce que les choses se sont tassées qu'elles se sont arrêtées. Quelle est la probabilité pour que l'on nous fiche la paix, un jour ? Probablement nulle.

La seule raison qui m'empêche d'envoyer mon téléphone dans un mur quand il sonne, tôt le dimanche matin, c'est que je sais que j'ai mis un réveil pour aller voir Kay. D'autant qu'elle me manque *vraiment beaucoup*. Si elle n'est pas venue au match d'hier, nous voir démonter littéralement l'équipe du Michigan, c'est parce que je lui ai dit de ne pas le faire, mais cela ne change rien au fait que son absence m'est toujours difficile à supporter.

Kay était toute prête à réorganiser tout son emploi du temps pour pouvoir s'asseoir dans les tribunes et m'encourager. Et moi, je mourais d'envie de la voir là, dans les tribunes, vêtue de mon sweat-shirt avec mon numéro et mon nom dessus. Mais une fois que j'ai eu pris conscience de tout ce qu'elle avait à gérer pour la compétition d'aujourd'hui, j'ai décidé de me comporter en grand garçon, et je lui ai dit de ne pas venir.

Pendant toute cette semaine, elle m'a fait passer en priorité dans son emploi du temps surchargé pour pouvoir me voir. Et pour l'instant, elle croit que nous n'allons pas nous voir avant ce soir, sauf que je lui réserve une petite surprise. Il a suffi d'un coup de fil.

« *Comment je peux avoir un billet pour ce truc ?* » aies-je demandé à Livi, ses cheveux encore relevés en queue de cheval, le nœud bleu camouflage toujours solidement en place après son entraînement.

« Tu veux venir ? »

Même via téléphone interposés, je peux voir combien l'idée du plaît. En général, si je vais à une de ses compétitions, c'est parce que c'est l'une des plus importantes, lesquelles se déroulent pendant mon intersaison.

« Trav ! » a crié Livi, ce qui a fait sursauter mon meilleur ami, lequel a laissé tomber la manette qu'il tient dans sa main alors qu'il est assis à côté de moi.

Je fais pivoter le téléphone pour qu'il puisse voir mon petit tyran personnel, alias, ma petite sœur ; sur l'écran. Pourquoi maman a-t-elle fait d'autres enfants ? Je suis peut-être l'aîné de la fratrie, mais les jumeaux sont de sacrés numéros.

« Quoi de neuf, Livs ?

« Tu viens aussi ? »

Elle a papillonné des paupières et fait sa plus belle expression de chien battu. Si ma sœur arrive bien souvent à me faire faire ce qu'elle veut, elle peut tout obtenir de Trav. Absolument tout, et sans discussion.

« Je ferais n'importe quoi pour ma petite nana préférée. »

Il a répondu de manière automatique, sans même réfléchir.

Vous voyez ce que je veux dire ?

« Attendez. » Noah, qui n'a jamais été capable de s'occuper de ses affaires, l'a interrompu. « Où est notre invitation ? »

Trav m'a pris le téléphone des mains juste au moment où j'ai levé les yeux au ciel. Kay serait fière de moi : je commence à maîtriser cet exercice.

« Tu veux venir à une compétition de pom-pom girls ? »

Il hausse les épaules comme pour dire : « Bien sûr, pourquoi pas ? »

« Des filles sexy en petites jupettes et brassières moulantes ? » Alex a posé sa queue de billard sur le sol pour s'appuyer dessus et se pencher en avant. « Il y a des mecs que cela n'intéresserait pas ? »

Kevin a frappé sa main levée en l'air, et Noah lui a tendu le poing pour qu'il le choque. Il y a des jours où je me demande comment ces imbéciles ont pu devenir mes potes.

« Vous êtes conscients que la majorité de ces filles sont mineures et que vous en approcher vous expédiera directement en prison, hein ? »

Parfois, on dirait qu'ils n'ont pas toute une pléthore de chattes à leur disposition en permanence. Et vu tout ce que j'ai entendu depuis *mon retour du Kentucky, je sais parfaitement qu'ils ont bel et bien tout ce qu'il faut ici.*

« Ça ne veut pas dire qu'on ne peut pas profiter du spectacle », a lancé Kev, et ils ont recommencé à entrechoquer leurs poings.

Ce qui n'avait pour but originel que d'obtenir des informations de Livi afin de pouvoir surprendre ma petite amie s'est transformé en road-trip avec toute l'équipe.

— C'est injuste, lâche Noah en me mettant un coup du dos de sa main dans la poitrine, pour désigner mon t-shirt où il est écrit en lettres blanches *Le cheerleading est toute sa vie et elle, elle est la mienne*. Pourquoi est-ce que le tien est différent ?

Je lui jette un regard incrédule. Noah porte un t-shirt bleu camouflage où il est inscrit *Garde du Corps Officiel #NJA*, tout comme Kev et Alex.

— Allez, No, lance Kev en descendant de sa démarche fluide. Tu sais que Nova est encore en train d'essayer d'impressionner sa copine. Laisse-lui son effet.

Il me tape sur l'épaule, et cela m'oblige à faire un pas en avant pour ne pas tomber. Parfois, j'ai l'impression que ce mec n'a aucune idée de sa force.

Nous attendons à côté de la porte d'entrée que notre petit groupe se complète. Comme l'équipe jouait en soirée, la fête de la victoire n'a commencé à battre son plein qu'après minuit, et tout le monde dort encore.

— Je suis content de ne plus être un bizut, lâche Grayson en se frayant un chemin parmi les gobelets en carton qui jonchent le sol.

Les Alphas sont connus pour avoir la plus belle maison de Greek Row, mais ce n'est plus vraiment une réalité au lendemain d'une fête.

Noah lève ses bras en l'air quand il voit apparaître Grayson, et du café se trouve projeté par le couvercle du gobelet à emporter sur le sol collant de bière.

— Ah, *mec* ! Pourquoi est-ce que *toi*, tu en as un différent ?

Grayson glousse en tirant sur le col de son t-shirt où il est inscrit *Désolé, les mecs, les cheerleaders sont avec moi.*

— Premièrement, c'était déjà prévu que j'aille à ce truc avant que vous ne décidiez de venir aussi, explique Grayson en levant un doigt, puis l'autre, pour appuyer son propos. Et deuxièmement, le P'tit bout m'a offert celui-là l'année dernière pour quand j'ai été aux Mondiaux avec elle pour soutenir son équipe.

Le vieil escalier grince alors qu'Alex descend à toute vitesse, presque aussi rapide que sur le terrain.

— Laisse tomber, Mitchell, conseille-t-il à Noah. J'ai pas envie de t'entendre râler pendant tout le trajet.

Trav arrive en baillant, accompagné d'une jolie étudiante qu'il raccompagne à la porte.

— Sérieux, les mecs, vous allez finir par me vexer. Je trouvais l'idée brillantissime, comme un con, quand j'ai commandé ces t-shirts.

— Va te faire voir, McQueen.

Noah donne un coup d'épaule à Trav alors que nous nous dirigeons vers la porte.

Trav rit et se met à narguer Noah avec son t-shirt où il est écrit *Tu aimerais que ta sœur soit aussi douée que la mienne, hein ?* Kay ne va pas être la seule à avoir du mal à s'en remettre quand elle va voir nos t-shirts. Livi va probablement péter les plombs quand elle verra le *Frère de Livi* inscrit en bas de celui de Trav.

— Quand tu auras trouvé la boutique Etsy, tu pourras choisir le design. En attendant, tu n'as qu'à faire avec.

Même si j'adore rouler avec ma Shelby, aujourd'hui elle a droit à une pause : impossible de tous nous caser dedans.

— Eh, No, tu sais quoi ? crie Grayson à l'attention de Noah avant qu'il n'ait le temps de monter dans le SUV de Kev avec Alex. P'tit bout a aussi offert un t-shirt spécial à CK.

Trav glousse alors que nous montons tous les trois dans son camion et que Noah nous fait un doigt d'honneur. Il est temps de prendre la route.

— Je n'ai jamais vu autant de queues de cheval enrubannées de toute ma vie, commente Alex alors que nous suivons le flot de personnes en train d'entrer dans l'enceinte de l'arène qui accueille les championnats.

— Ce n'est rien. Tu devrais voir ce que c'est aux championnats nationaux, lâché-je, en repensant à la fois où toute la famille s'est rendue à Dallas pour voir Livi concourir avec son ancien club, il y a quelques années.

— Des cheerleaders, encore et encore, *jusqu'à l'horizon*, lance Trav en levant les mains au ciel et en écartant les bras comme pour appuyer son propos. Des milliers et des milliers de cheerleaders.

— Pourquoi est-ce qu'on n'est pas venus à un de ces trucs plus tôt ? demande Kev en regardant autour de lui avec de grands yeux.

— Parce que le temps que nous avons passé avec des pom-pom girls avant cette année se limitait à nos chambres respectives, déclare fièrement Noah.

Contrairement à moi, les gars n'ont jamais hésité à aller pêcher leurs conquêtes chez les pom-pom girls.

La compétition est déjà en cours, et lorsque nous pénétrons dans la salle, c'est une équipe de petit niveau d'un autre club qui est en lice sur le tapis bleu. Seulement la moitié des trois mille sièges sont occupés, mais je sais par expérience qu'ils seront pleins d'ici à ce que des équipes de niveau élite concourent.

Grayson scrute les tribunes à la recherche d'Em et de Quinn, qui sont toutes deux venues avec Kay et les équipes de la NJA, et nous fait signe de le suivre quand il les trouve. Toutes deux ont aussi un t-shirt humoristique, ce qui n'a rien de surprenant. Ce qui m'étonne, par contre, c'est la personne avec qui elles sont assises.

Ma mère se lève et lisse la soie de son chemisier avant de se pencher pour me serrer dans ses bras, avant de me lâcher tout en me caressant la joue comme seule une mère peut le faire.

— Je suis si heureuse que tu sois venu. Depuis que tu as appelé Livi, les jumeaux sont surexcités.

Je me demande ce que Grace Nova-Roberts dirait si elle savait que la vraie raison pour laquelle tu es venu, c'est que tu cherches à marquer des points avec ta petite amie.

J'ignore mon coach intérieur : parfois, il est pénible. Oui, il est bien possible que j'aie décidé de venir dans l'espoir que ma petite amie me montre combien elle apprécie que je sois venu et me récompense de mon effort avec une de ses pipes époustouflantes, mais ça n'enlève rien au fait que je suis heureux de faire plaisir aux jumeaux. Tout ce que j'espère, c'est qu'ils n'ont rien dit à Kay.

Je trébuche et manque tomber quand Trav me pousse pour aller serrer ma mère dans ses bras. Parfois, ce crétin est un fichu lèche-bottes.

Une fois toutes les présentations et salutations d'usage échangées, je remarque que Brantley n'est pas là et je ne peux pas m'empêcher d'en être soulagé. Je ne m'attendais pas à ce qu'il soit là, en toute honnêteté ; mais je ne vais pas mentir, une petite partie de moi avait peur qu'il vienne, ne serait-ce que pour avoir l'occasion de me parler encore.

Je déplie mon siège, quand je me sens observé. Je ne peux pas rater le dur regard bleu qui m'étudie : l'homme a à peu près l'âge de ma mère, et si je dois en croire la façon dont son t-shirt colle à son torse, il ne se laisse pas aller. Sur le tissu, il est inscrit *Je suis le fier PAPA d'une foutrement extraordinaire CHEERLEADER*, et ma bouche s'assèche brutalement quand je comprends à *qui* j'ai affaire : Pops Taylor.

*Oh, merde ! *rigole derrière son écritoire à pince* Tu croyais qu'avoir affaire à E ou JT, c'était risqué ? Ce gars-là est pompier. Personne ne retrouvera jamais ton corps.*

Je redresse mes épaules. Je peux le faire. Je me suis excusé, j'ai réparé mes erreurs, je me suis battu pour elle, et je l'ai récupérée. Mon crétin de coach intérieur peut minimiser l'importance de E et JT, mais ils sont d'accord sur nos positions, à Kay et moi. Pourquoi cela devrait-il être différent dans ce cas précis ?

Résolu, je tends ma main pour serrer celle de l'homme.

— Monsieur Taylor ?

Mon salut sous forme de question et ma main restent en suspens, et je sens un filet de transpiration couler le long de ma colonne vertébrale alors que j'attends sa réaction.

— Que je te prévienne… lance-t-il tout en prenant ma main pour la serrer dans une poigne à la force punitive, ce qui me fait grimacer. Si mon fils et ma fille cadette ne m'avaient pas raconté à quel point tu t'es décarcassé pour ma petite princesse, eh bien…

Est-ce que j'ai parlé d'un *filet* de transpiration ? Il vaudrait sûrement mieux parler d'un *torrent*, ce serait plus juste. Bon sang, ce type est effrayant.

— J'aime vraiment beaucoup Kay, monsieur.

Son regard se fait sensiblement moins dur à mon aveu, mais

mes jointures protestent lorsqu'il accroît la pression de sa main autour de la mienne.

— C'est ce que j'ai entendu dire. Je voudrais juste que tu te souviennes, ajoute-t-il en serrant encore un peu plus fort ; que je sais *très exactement* à quelle température il faut faire monter un feu pour faire disparaître un corps sans laisser de traces.

À mes côtés, j'entends mes potes perdre leur sérieux. Ils sont pliés en deux, et se tapent les cuisses des mains, totalement hilares. Je cherche ma mère des yeux pour obtenir son soutien, mais elle est assise en silence, comme indifférente au fait que quelqu'un vient de menacer la vie de son fils aîné.

On dirait que quelqu'un n'est plus le préféré à sa maman, Nova.

La compétition continue et les gars continuent à me chambrer tandis que les filles expliquent les subtilités des notes et le jargon associé au cheerleading de compétition. À chaque nouvelle équipe de la NJA qui entre en scène, les applaudissements et les cris des gars prennent en intensité. Au moment où les Marshals sont annoncés, j'en suis à me demander comment nous ne nous sommes pas encore fait jeter dehors.

Mais j'oublie l'exubérance de mes potes quand je vois Kay apparaître avec les deux autres coachs de la NJA des équipes seniors. *Bordel !* Ma nana est juste sublime.

Même d'ici, je peux voir à quel point son jean foncé lui fait de jolies fesses, et je ne peux m'empêcher de sourire quand je vois qu'elle porte des bottes style militaire. Je n'ai pas besoin qu'elle me l'explique pour savoir qu'elle les a choisies parce que les équipes de la NJA portent toutes le nom de différents rôles dans l'armée.

COACH PF est écrit en caractères blancs incrustés de strass dans son dos, et même si je préfère y voir mon nom et mon numéro, je ne peux que reconnaître que sa veste de coach lui sied à merveille. Le tissu extensible bleu camouflage épouse ses courbes, et je n'ai qu'une envie, c'est descendre ces escaliers en courant, l'attraper par les côtés et la soulever dans mes bras.

Un sifflement assourdissant retentit derrière moi, et quand je me retourne, je trouve Pops Taylor, Savvy, Grayson et Em debout, les mains levées avec le pouce et le petit doigt tendus, qui crient le nom de Tessa.

Sur le tapis, elle leur renvoie le signe, et quand je glisse mon regard vers Kay, je vois qu'elle fait de même. Les gars remarquent immédiatement que nous avons capté l'attention de Kay et se mettent à sauter sur place, tout en tirant sur leurs t-shirts pour les lui montrer et en criant son nom.

Histoire de ne pas être en reste, je me lève aussi, et quand les yeux de Kay s'écarquillent à la vue de nous tous en train de nous ridiculiser, je lui adresse mon plus beau sourire à fossettes de toute l'histoire, du genre de ceux qu'elle me dit généralement de ranger.

Le ravissement brut qui apparaît sur le beau visage de Kay quand elle réalise que nous sommes tous venus encourager ses équipes me fait l'effet d'un coup de poing dans le ventre. C'est rare, mais quelque fois elle s'autorise à laisser parler ses émotions ; et à chaque fois qu'elle laisse apparaître sa vulnérabilité, cela me retourne comme une crêpe.

La musique commence et Kay rompt notre contact visuel pour se retourner vers le tapis. Tout au long de la routine de deux minutes et demie, je ne parviens pas à quitter Kay des yeux. Impossible de ne pas voir combien elle est fière de son équipe : à chaque fois que les Marshals réussissent une acrobatie, elle crie, applaudit, lève les bras en l'air, sautille sur place, danse de joie et se déhanche avec les autres coachs. Je la trouve atrocement adorable, et j'ai du mal à me retenir de me précipiter vers elle.

— *Putain*, lâche Quinn dans un souffle après que les Marshals ont quitté le tapis et que l'équipe suivante a été annoncée. S'ils continuent comme ça, ils vont sûrement réitérer l'exploit cette année aux Mondiaux.

— C'était *rien*, ça, rétorque Savvy en croisant les bras et en se rencognant sur son siège comme si elle détenait un secret. Attends de voir les Admirals. Ce que Kay a imaginé pour qu'ils récupèrent leur titre est *littéralement insensé*.

L'enthousiasme que je mets à acquiescer quant aux talents de Kay en tant que coach me vaut enfin le premier petit signe d'acceptation de la part de Pops, et je me réjouis mentalement. Ce à quoi j'ai eu l'occasion d'assister dans le Kentucky quand elle a créé la routine de JT et Rei était impressionnant, et je ne peux qu'imaginer ce qu'elle est capable d'inventer pour toute une équipe. Je suis tellement fier d'elle ! J'espère qu'un jour je pourrai le crier au monde entier.

#Chapitre 43

QB1McQueen7 : On sait tous qu'on est beaux, mais la question est, LEQUEL est son préféré ? *émoji hilare* *émoji t-shirt* #SansMentirLeMien
photo de Trav, Mase, Kev, Alex, Noah, G et CK montrant fièrement leurs t-shirts
@LacesOutMitchell5 : Temps mort, vieux. Tu n'as laissé à AUCUN de nous une chance de choisir une phrase personnalisée ! *émoji fâché* #CEstDeLaTriche #RefonteGardeRobe
@CantCatchAnderson22 : OMG @LacesOutMitchell5 est-ce qu'on ne t'a pas dit de laisser tomber ? #FaitCommeElsa #LetItGo
@SackMasterSanders91 : ^^ C'est pas moi qui l'ai dit.
@CasaNova87 : Continuez donc à rêver. #EllePrefereLeMien
@TheGreatestGrayson37 : Vous êtes tous à côté de la plaque, les comiques. Évidemment que c'est le MIEN qu'elle préfère. #MonTShirtEstLeMeilleur #MeilleursAmis

CasaNova87 : Allez, les cheerleaders ! *émoji football* *émoji nœud* #MaCheerleaderPreferee #FaitesMoiCoach #VictoirePourLaNJA
photo de Mase qui serre Kay contre son torse de façon à ce que l'on ne voie que le dos de sa veste COACH PF

KAYLA

Je papillonne dans l'appartement, très occupée à vérifier que j'ai tout ce dont j'ai besoin pour le long week-end qui arrive.

— Toi et les filles, vous venez toujours ce soir ? demande Bette.

Je sais que je ne l'ai pas regardée de toute notre conversation vidéo, et je culpabilise un peu ; mais lorsque je jette un coup d'œil à l'écran de mon ordinateur portable, je constate qu'elle est tout aussi occupée que moi. Elle est dans ses préparatifs pour le repas de Thanksgiving de demain tout autant que moi je suis dans mes bagages.

— Ouaip. On partira directement de chez King après avoir récupéré T, avant de venir jusque chez vous.

Ce qui me rappelle que… Em et Q ont-elles bien pensé à me laisser leurs sacs ? Je me retourne pour les chercher des yeux et je les repère, posés sur le sol près de la porte. *Parfait.*

— Tu es prête pour ce soir ?

Bette s'interrompt pour effacer de la langue une traînée de purée collée sur le côté de sa main.

—Oui.

En l'honneur de la *Semaine de la Rivalité*, autrement dit, quand nous jouons contre Penn State, l'université organise un grand rassemblement pour l'équipe de football. L'année dernière, j'ai choisi de ne pas y aller pour passer davantage de temps avec ma famille, mais cette année, j'ai décidé d'y aller pour apporter mon soutien à l'équipe.

Même si j'ai hésité à laisser tous ces footballeurs entrer dans ma vie, j'ai vraiment appris à apprécier les coéquipiers de Mase. Ils sont aussi ridicules qu'authentiques et me traitent comme si j'étais juste l'une des leurs. Quand la bombe constituée du fait qu'Eric Dennings est mon frère a explosé, j'ai eu vraiment peur de tout perdre.

Et je n'aurais pas dû m'inquiéter autant. Ils n'en ont pas soufflé mot, pas une seule fois.

— Ce que j'aimerais bien savoir…

Un bruit de claque sonore résonne, suivi d'un couinement de Bette : E a dû lui mettre une claque sur les fesses avant de la pousser hors du champ de la caméra. Je ferme mon sac en remontant la dernière fermeture éclair, puis je me retourne pour me retrouver face au regard rieur de mon frère.

— Vais-je devoir assister au spectacle de ton petit copain en train de te peloter sur mon fil d'actualité d'ici la fin de la soirée ?

*Ooooh ! Regarde-le jouer le grand frère et débiter des blagues vaseuses. D'ailleurs, suis-je la seule à être surprise qu'il n'ait pas flippé que tu autorises Mase à poster une photo de vous deux sur son Instagram ? *lève une main* Avant que tu ne commences à dire que ton visage n'était pas visible, ton nom était écrit en toutes lettres, et j'ai du mal à croire qu'E n'en ait pas perdu les pédales.*

— Je croyais que tu étais d'accord avec ça ?

J'espère vraiment qu'il n'a pas changé d'avis, parce qu'autant accepter que les gars publient diverses images après la compétition de cheerleading au cours de laquelle la NJA a littéralement balayé tous ses concurrents ; était effrayant, autant je n'ai aucun regret. Même Pops s'est fendu d'un sourire lorsque les gars se sont amusés à lire leurs commentaires à haute voix au fur et à mesure qu'ils les postaient.

— Oh, bien sûr que je le suis, acquiesce E avec tant d'enthousiasme qu'on dirait une marionnette. C'est bien que tu continues à avancer, petit à petit.

J'acquiesce à mon tour. Je ne suis peut-être pas encore prête à m'afficher sans aucun filtre, mais quand j'attrape le nouveau sweat à capuche noir que Mase m'a offert, je ne peux que penser que E a raison : j'avance, *petit à petit*.

Je suis en train de ressortir ma tête de l'encolure du sweat-shirt quand j'entends frapper à la porte de l'appartement.

Qui cela peut-il bien être ? Pas G, que je dois retrouver à la fraternité des AK.

Je lance un rapide au revoir à mon frère et à Bette, puis je me dépêche d'aller répondre à la porte. Sur le palier, une jolie petite brune me regarde. Sauf que je ne sais absolument pas qui elle est.

— Bonsoir ?

La façon dont je la salue sonne davantage comme une question qu'autre chose, mais elle ne me répond pas pour autant. Elle se contente de me détailler, de mon visage jusqu'à la pointe de mes converses noires et banches, et en marquant un temps d'arrêt sur le faucon qui s'étale sur ma poitrine. À la manière dont elle pince les lèvres, je devine qu'elle me méprise déjà, et en fait… la tête qu'elle fait me rappelle celle de Bailey la première fois que j'ai rencontré mes nouvelles colocataires.

— Je peux faire quelque chose pour toi ? demandé-je, alors qu'elle ne dit toujours rien.

Elle regarde à droite, puis gauche, avant de reposer son regard sur moi.

— Je peux entrer ?

Je cille, plusieurs fois. Je ne connais pas cette fille, alors j'ai envie de dire non. La seule raison pour laquelle je décide finalement de la laisser entrer est que notre échange génère trop de curiosité et de regards interrogateurs de la part des autres résidents alors qu'ils passent devant nous.

Je l'entends retenir son souffle quand je ferme la porte, et quand je me retourne pour lui faire face, je sais qu'elle avait les yeux fixés sur le NOVA #87 imprimé en gras dans mon dos.

Au cas où, je reste près de la porte, la poignée à portée de main, et je demande :

— Qui es-tu et que veux-tu ?

Elle redresse ses épaules et dans ses yeux luit de la détermination.

— Je suis venue t'offrir un petit conseil amical.

O-kééé… sauf que cela ne répond pas à ma question.

— D'accord, mais dans la mesure où j'ignore qui tu es, je ne vois pas en quoi nous sommes amies. Reprenons donc du début, si tu veux bien, dis-je en faisant le geste de rembobiner un film.

— Je suis venue pour te prévenir.

Bon sang. À quoi joue cette fille, à jouer les oiseaux de mauvais augure avec sa tête sinistre ?

— OK, super, merci. Le truc, tu vois, c'est que je suis attendue, lâché-je en pointant du pouce par dessus mon épaule. Alors… on va en rester là, hein.

— Tu vas voir Mase ?

J'ai les poils qui se hérissent quand elle prononce le nom de mon petit ami. Bien sûr, je ne suis pas la seule à l'appeler par ce diminutif, mais c'est la façon familière dont il roule sur sa langue qui me donne la chair de poule.

— Je ne vois pas en quoi ça te regarde. Donc encore une fois…

Cette fois, j'attrape la poignée de la porte pour lui signifier que son temps est écoulé, quand les mots qu'elle prononce d'un ton presque sucré me figent sur place :

— Je ferais attention, à ta place. Il n'aime pas qu'on lui dise non. J'aurais dû comprendre ça.

Mon sang se met à bouillonner et je me crispe alors que je commence à voir rouge. Soudain, je comprends qui elle est ; et son identité devient aussi claire qu'un terrain de football un soir de grand match.

— Alors, Chrissy, ou devrais-je dire, Tina ?

Elle sursaute comme si elle avait été électrocutée quand elle se rend compte que je sais qui elle est et aussi qu'elle a joué les agents doubles.

— Dis-moi ce que tu préfères, reprends-je. J'ai besoin de savoir par quel nom te maudire si tu insinues réellement ce que je pense que tu essaies d'insinuer.

— Pourquoi es-tu si prompte à penser que je mens ? Réplique-t-elle en croisant les bras sur sa poitrine, clairement sur la défensive.

Je l'imite, et croise mes bras à mon tour sur ma poitrine.

— Parce que j'ai du mal à croire qu'un type qui m'a demandé la permission de dormir à côté de moi avec juste un boxer et rien d'autre soit un violeur. *En particulier* de sa propre… *petite amie.*

Je crache le dernier mot d'un ton venimeux, parce qu'elle ne mérite pas ce titre compte tenu de la façon dont elle a agi.

Elle reste choquée quelques secondes, la bouche entrouverte, devant ma remarque.

— Comme tu y vas, direct avec le mot en *V*.

Je lève les yeux au ciel, agacée, avant de réduire la distance qui nous sépare, et l'odeur de son parfum envahit mon nez à chaque inspiration.

— Tu sais… Quand on accuse quelqu'un d'un crime, la moindre des choses est d'appeler les choses par leur nom.

Cette fois, c'est moi qui la détaille d'un air dégoûté. Les agressions sexuelles et les viols sont des crimes graves, qui ne doivent en aucun cas être banalisés. Beaucoup *trop* de victimes n'obtiennent jamais justice. Lorsqu'elles dénoncent leurs agresseurs, souvent, les victimes sont stigmatisées, parfois blâmées ou accusées d'être fautives, ce qui conduit à la culpabilité et la honte des victimes, au point de détruire des vies. C'est pourquoi lorsque des personnes portent de fausses accusations, et mon instinct me dit que Chrissy/Tina est l'une d'entre elles ; cela ne fait que discréditer ceux et celles qui méritent vraiment justice.

— Pourquoi maintenant ? demandé-je. Pourquoi venir me voir, moi, maintenant, au lieu d'avoir dénoncé les faits à l'époque ?

Elle déglutit visiblement, et son regard se fait fuyant, avant qu'elle ne me réponde :

— Brantley m'a payée pour protéger Mase.

Je hoche la tête, en laissant échapper un lent *mmmh*, comme si ce qu'elle me dit faisait sens. Étant donné le luxe dans lequel vit la famille de Mase, Brantley aurait plus que largement assez d'argent pour payer une adolescente afin qu'elle se taise sans même s'en rendre compte. Et cela ne serait même pas la première fois que ce genre de choses se produit pour protéger un athlète prometteur. Sauf que…

Je relâche mes bras, et relève mes mains dans un grand geste d'incompréhension.

— Il a posé comme condition que tu pourrais parler pile l'année où son beau-fils pourrait se présenter à la présélection ?

Il y a quelque chose qui sent mauvais dans cette histoire, et ce ne sont pas les restes de tacos dont on s'est gavés hier soir.

Chrissy/Tina raffermit sa pose, plus déterminée à nouveau, le corps tendu. Elle expire un grand coup, avant de reprendre la parole.

— Très bien. Liam a dit qu'il y avait une chance que tu ne me croies pas, alors il m'a chargée de te demander ce que tu croyais que les *médias* allaient penser de toute cette histoire.

Un grand froid envahit mes veines à la mention de mon ex.

Espèce de fils de pute. C'est ça, son prochain coup ? Ses textos et sa propagande délatrice sur Internet ne donnent pas les résultats escomptés, alors il tente un nouveau truc encore plus pourri que tous les autres ? J'aimerais tellement parvenir à ne pas me préoccuper de toutes les possibilités que cela lui ouvre !

— Les médias te crucifieraient sur place, une fois la vérité connue, rétorqué-je.

Elle hausse les épaules, l'air de dire qu'elle s'en fiche.

— Qu'est-ce qu'un peu de mauvaise publicité quand ton compte en banque est bien rempli ?

— Liam t'a payée ?

Voilà qui ne devrait pas me surprendre. Sa famille a aussi beaucoup d'argent. Je n'ai jamais compris pourquoi il est allé au lycée public de Blackwell et pas au lycée privé de Blackwell Academy.

Elle adopte une attitude visant manifestement à reproduire celle d'un mafieux, mais c'est plus ridicule qu'autre chose.

— Ouaip. Il m'a envoyé un message privé sur Insta et m'a fait une offre que je ne pouvais pas refuser. Il a même dit qu'il me donnerait un bonus si j'arrivais à faire coïncider les révélations avec la présélection de cette année.

Je recule brutalement et ouvre la porte d'un coup sec, et j'attrape le bras de cette salope pour la jeter hors de mon appartement.

Merde ! Voilà pourquoi j'ai essayé de rester à l'écart, de rendre la rupture bien nette. Mais c'est trop tard maintenant. Je ne veux plus vivre loin de Mase, de toute façon.

Ma tête heurte le bois de la porte, et je ferme les yeux pour prendre plusieurs *profondes* inspirations. Les histoires qu'elle raconterait sur Mase sont probablement de pures inventions, mais tout ce que Liam peut raconter sur moi est vrai.

J'expire. Une chose à la fois. D'abord, le week-end, et ensuite nous verrons.

Chapitre 45

CasaNova87 : Les Hawks vont gagner ! *émoji football* *émoji trophée* #RoisDeLaJungle #GoHawks #PennStateVaPerdre #ABasPennState
photo de Mason, Trav, Kev, Alex et Noah en maillot de football

QB1McQueen7 : Bras en or ! *émoji football* #CEstPartiPourLeSpectacle #GoHawks #PennStateVaPerdre #ABasPennState
photo de Trav, Mason, Kev, Alex et Noah, manches remontées, qui gonflent leurs biceps d'un air avantageux

CantCatchAnderson22 : Je vous suggère de manger une portion supplémentaire de dinde demain si vous prévoyez de me rattraper avant que j'atteigne le bout du terrain ce week-end. *émoji football* #CoursForest #VisPourTonSurnom #GoHawks #PennStateVaPerdre #ABasPennState
photo de Noah qui tient un ballon de football et Alex qui fait semblant de le manger

. . .

LacesOutMitchell5 : C'est nous qu'elles encouragent. Comment pourrions-nous perdre ? #LesFillesNousAdorent #GoHawks #PennStateVaPerdre #ABasPennState
photo de Noah qui tient dans ses bras Em, Quinn et Bailey

SackMasterSanders91 : Que personne ne s'inquiète. La dinde ne fera que distendre mon estomac demain, j'aurai encore un appétit d'ogre ce week-end pour manger du Lion. *émoji football* *émoji dinde* #GoHawks #PennStateVaPerdre #ABasPennState
photo de Kev qui s'évente pour la caméra

Ayant grandi dans une famille de footballeurs, nous n'avons jamais fait grand cas de Thanksgiving. Pendant des années, nous avons passé cette journée à un match de E, puis, le plus souvent, dîné à la caserne. Nous portions en général des jeans ou des leggings et un maillot de foot. C'était simple et facile, passez-moi les patates.

Depuis la mort de papa, néanmoins, il y a eu quelques changements.

E ne porte plus de maillot de foot puisque c'est désormais son uniforme de travail. À la place, je lui achète des t-shirts humoristiques, comme celui d'aujourd'hui : *Goûteur de Dinde Officiel*.

Le lieu dépend maintenant de si les Crabs jouent, ou pas. Lors de la première saison de E dans l'équipe, les Taylor et moi-même avons sauté dans un avion pour Dallas. B, alias Ben Turner, le quarterback des Crabs et meilleur ami de E ; est depuis lors devenu un habitué de notre table, mais heureusement, cette année, ils ne jouent pas avant dimanche, et nous pouvons donc profiter de déguster la dinde à la maison, à Baltimore.

Autre différence majeure : la liste d'invités change constamment. Cette année, il n'y a qu'un seul membre des Taylor à table. Pops est toujours à la caserne car c'est généralement le jour le plus chargé de l'année ; et JT n'a pas eu le temps de faire le voyage avec ses responsabilités au sein de la Blue Squad.

Mais ce qui me manque en Taylor, je le compense en Grayson. Maintenant que D est dans le Kentucky, Mama et Papa G ont décidé de se joindre à nous. Dire que G est content est un euphémisme.

Alors que j'avance dans le couloir avec mon legging imprimé avec des motifs de dindes et mon t-shirt *Dinde, tarte à la citrouille et football ? Oh là là !* je m'arrête pour humer le délicieux arôme qui s'échappe de la cuisine. Vous voulez savoir ce pour quoi je suis reconnaissante cette année ? Mama G. Cette femme est un don du ciel. Elle a insisté pour arriver hier soir avec Papa G afin d'aider Bette en cuisine, ce qui lui a valu un t-shirt *Régale-toi jusqu'à rouler sous la table*, et m'a aussi permis de faire la grasse matinée.

— Café, gémit Em quand nous nous retrouvons dans le couloir. Oui, nous avons pu faire la grasse matinée, mais même si nous nous sommes levées tard, c'est *encore* techniquement le matin.

Je hoche la tête et lie mon bras au sien, puis tire sur son t-shirt *t-shirt pour les comas digestifs* en signe d'approbation. Cela va probablement devenir une réalité d'ici le milieu de l'après-midi, de toute façon.

— Chouette.

— Merci. Q et moi en avons commandé un pour CK aussi.

Évidemment.

Herkie est lové aux pieds de T sur le canapé et lui tient compagnie pendant qu'elle fait ses devoirs sur son ordinateur portable. Em fait claquer la bande de son legging en signe d'approbation pour le t-shirt *J'ai mis un pantalon extensible* de T, manifestement bien contente d'avoir pu échapper à ses parents cette fois. Impossible de la blâmer. Je n'aimerais pas non plus devoir passer ma journée à faire des ronds de jambe à la presse en robe de soirée. À mon avis, un bon Thanksgiving, c'est n'est pas *ça*. Il s'agit davantage de se gaver de bonne bouffe, de regarder du football à la télé et de s'endormir sur le canapé le temps de digérer.

— Bonjour, doucettes, nous salue Mama G avec son joli accent traînant du sud.

— Bonjour, Mama.

Em et moi la serrons dans nos bras chacune notre tour, avant de partir à la recherche d'un café.

— Vous avez des nouvelles de mon gamin ?

Em s'esclaffe quand Mama pose la question ; qualifier G de *gamin* est trop drôle, impossible de résister.

Je jette un coup d'œil à l'horloge du four.

— Non… Mais Mase a envoyé un texto pour dire qu'ils devraient arriver vers juste après midi.

Ah, je crois que j'ai oublié de mentionner ça… Désolée. Effectivement, Mase ; et ses coéquipiers, bien entendu, sont aussi sur la liste des invités de cette année et viennent avec G et CK. C'est la première fois que je passe cette journée avec un petit ami, et je ne parviens pas à empêcher les papillons de voler en tous sens dans mon estomac à cette idée. Même quand je sortais avec *l'autre connard*, nous ne passions jamais ce genre de journée ensemble. Je suppose que cela aurait dû me mettre la puce à l'oreille, hein ?

Les inviter tous ce week-end était risqué, mais vu le soutien qu'ils sont venus m'apporter, d'eux-mêmes, à la compétition de cheerleading, et en sus avec des t-shirts inspirés de ma propre collection, je ne pouvais plus raisonnablement continuer à me protéger.

Ils ont applaudi, crié et se sont littéralement ridiculisés. Et la façon dont certains ont parlé de ce groupe trop bruyant dans les tribunes devant moi, avant que je sache que c'était mes amis… ma… *famille*… cela m'a brisé le cœur.

— Est-ce que c'est mal d'espérer qu'ils soient en retard ? demande Bette tout en s'agitant autour de la farce pendant que Quinn est occupée à préparer la dinde.

— Non, répond Mama G en posant une main réconfortante sur l'épaule de Bette. J'ai déjà dû bannir mon mari, et ça ne fera que devenir plus compliqué avec tous ces grands dadais dans la place.

Maintenant je comprends pourquoi Papa G est assis dans le coin opposé du canapé par rapport à T, à regarder la parade à la télévision d'un air boudeur.

Herkie s'approche, les griffes cliquetant sur le carrelage, la langue pendante dans le coin de sa gueule, et ses yeux bruns implorants, dans l'espoir manifeste que quelque chose tombe directement dans sa gueule.

— Ça ne va pas être possible, Herk, dis-je en lui grattant les oreilles.

— Ce n'est pas moi, cette fois.

Le grognement qui résonne provient du canapé, et si la chaude tonalité baryton n'était pas un indice suffisant, le rictus qui apparaît sur les lèvres de Mama G nous confirme que c'est son mari qui vient de parler.

— Ces hommes n'ont aucune patience aujourd'hui.

écider d'emprunter le Navigator de Brantley pour notre voyage à Baltimore a été à la fois la meilleure et la pire décision que j'aie jamais prise : la meilleure parce qu'elle nous permet de tenir tous les sept dans un seul véhicule ; la pire parce qu'elle a donné aux gars quatre heures pour se moquer de moi. J'aurais dû aller faire du snowboard avec ma famille. Qui se soucie du fait que, techniquement, je ne suis pas censé pratiquer un sport avec lequel je suis susceptible de me blesser assez gravement pour ne plus pouvoir jouer au football ?

— OK… lance Trav en tapant dans ses mains, pour attirer l'attention de tous les occupants de la voiture sur lui. Je pense qu'il est temps de se demander ce qui est *vraiment* important aujourd'hui.

Je gémis. On est à dix minutes de chez E : ne m'ont-ils pas assez enquiquiné pour une journée complète ? C'est censé être un jour de repos, bon sang !

À contrecœur, je demande :

— C'est-à-dire, Trav ?

— Comment est la cuisine de Bette ?

Il passe une main sur son ventre. Travis, alias mon meilleur pote et estomac ambulant notoire.

— Bette est sinon la meilleure, ce qui s'en rapproche le plus, répond Grayson. Mais ce n'est pas avec la dinde que vous allez le plus vous régaler.

Le cuir craque quand Trav se retourne pour le regarder.

— Ne me fais pas languir, Grayson.

— Pense à garder de la place pour les tartes.

Mon estomac gronde alors que mes passagers commencent à énumérer leurs plats de Thanksgiving préférés, tartes incluses. Le milk-shake protéiné que j'ai pris après notre entraînement matinal avec l'équipe est depuis longtemps digéré, et je pousse un soupir de soulagement quand je vois enfin apparaître le portail familier. Je saisis le code que m'a donné Kay.

— Je sais qu'être là est nouveau pour la plupart d'entre vous, lâche CK en claquant la portière de la voiture, mais essayez de ne pas trop jouer les fanboys.

— Wouhou, lance Alex en passant un bras autour des épaules de CK alors que nous nous remontons l'allée tous ensemble. Regardez qui commence à être assez à l'aise avec nous pour nous chambrer ?

— Eh bien… si Kay ne voit pas d'inconvénient à ce que vous soyez là, cela veut probablement dire que moi aussi je devrais considérer ça comme une bonne chose.

CK hausse les épaules malgré le poids du bras d'Alex. C'est le plus réservé du groupe, et je suis content de le voir sortir de sa coquille.

Quand Kay nous a proposé de nous joindre à sa famille pour Thanksgiving, je savais que c'était une autre façon pour elle de prouver combien elle considère que notre relation est sérieuse. Même si elle ne devrait pas éprouver le besoin de faire ça. Nous allons encore avoir beaucoup de choses à affronter, mais plus nos mondes s'imbriquent l'un dans l'autre, plus ce sera facile.

Si seulement Liam Parker pouvait apprendre à s'occuper de ses foutues affaires, ce serait encore plus facile ; mais ce connard a infesté nos flux Instagram de ses commentaires comme des punaises un lit.

Grayson ouvre la porte sans frapper, et nous nous immobilisons tous les sept pour humer les odeurs alléchantes qui nous accueillent lorsque nous entrons.

Une truffe froide vient effleurer le dos de ma main, et je me penche pour gratter Herkie derrière les oreilles en guise de bonjour. Ce qui me vaut un magnifique coup de langue bien baveux de remerciement dans la bagarre, en plein sur le nez.

Grayson ne perd pas de temps, et part à grands pas à travers la maison à la recherche de sa mère. Je trouve toujours aussi incongru que ce géant qui dépasse les deux mètres dix soit un tel fils à maman. Le temps que nous les retrouvions, il l'a soulevée du sol et il la serre contre lui dans l'une de ces étreintes de style gros ours en peluche qui lui sont propres.

— Mon bébé ! crie Mama G.

Le rez-de-chaussée de la maison n'étant qu'un grand espace ouvert, il m'est facile de trouver ma petite amie : elle est avec Em et Quinn dans la cuisine en train de rire aux éclats. Et j'aime la voir aussi insouciante et heureuse. Avec son emploi du temps surchargé de la semaine passée et la compétition de la NJA, nous n'avons pas eu le cœur à gaspiller notre temps ensemble à discuter de ce qui se passe sur le campus.

Lorsqu'elle lève ses yeux gris vers les miens, je suis incapable de m'empêcher de sourire comme un dément, de manière automatique. Sourire qui s'élargit encore davantage quand elle sort de derrière l'îlot et que je découvre son legging avec son imprimé et son t-shirt humoristique.

— Coucou, Skittles.

Je l'attrape pour la serrer contre moi dès qu'elle se retrouve à ma portée, et la rapproche jusqu'à ce qu'elle soit complètement collée contre moi.

— Coucou, Néandertal.

Elle passe ses bras autour de mon cou et presse ses lèvres contre les miennes dans un baiser qui n'est pas du tout approprié au lieu dans lequel nous nous trouvons.

Nos respirations se sont toutes les deux faites erratiques lorsque nous nous séparons, et qu'il ne reste qu'un mince cercle gris autour de ses pupilles me plaît beaucoup. On dirait que je ne suis pas le seul à m'être senti seul la nuit dernière.

Je passe un doigt dans le col de son t-shirt :

— Sympa, ton t-shirt, bébé.

— J'espérais que tu allais dire ça.

Elle bondit hors de mes bras et se dirige vers le salon, et ne s'arrête qu'une fois qu'elle a atteint une ottomane où se trouvent plusieurs sachets cadeaux.

— Des cadeaux, Miniature ? demande Trav en se rapprochant. Il me semblait que c'était une tradition d'une autre fête ?

Kay lève les yeux au ciel, pas du tout perturbée par le commentaire sarcastique de mon meilleur ami.

— Ferme-la et ouvre ton cadeau, QB1.

— Et qu'est-ce que je gagne ?

Il lui adresse son plus beau sourire en coin et je lui mets un coup dans le bras. Pas trop fort, nous avons un match dans quelques jours, mais assez pour le faire râler.

— Combien de fois vais-je devoir te dire d'arrêter de flirter avec ma copine ? grogné-je, ce qui arrache un rictus amusé à Kay.

Noah se déplace pour accepter le sac tendu dans sa direction.

— Pauvre Nova, qui a peur d'un peu de compétition.

Kay tapote le bras de mes deux abrutis de coéquipiers qui viennent l'encadrer, sous mon regard meurtrier.

— Désolée, les gars, Mase est tout seul dans sa division.

Je leur mets un coude de coude gentil pour les éloigner de Kay. Enfin, gentil… J'imagine que d'autres diraient que je les pousse plutôt du coude sans ménagement.

— T'ai-je déjà dit à quel point je t'aime ? lui demandé-je en prenant son visage dans mes mains et en passant mon pouce sur sa lèvre inférieure.

Mon sexe frétille dans mon pantalon quand elle effleure le bout de mon doigt de sa langue.

Nous restons noyés dans les yeux l'un de l'autre, au son des bruissements de papier alors que chacun découvre son propre cadeau, jusqu'à ce que le cri de Noah « Ouais ! Trop bien ! » nous interrompe. Je garde Kay collée contre moi, mais je me retourne pour voir chacun des gars tenir devant lui son propre t-shirt humoristique sur le thème de Thanksgiving.

Une bouffée d'air parfumé à la menthe poivrée pénètre dans mes narines quand l'une des boucles de Kay se prend dans le chaume qui ombre ma mâchoire et qu'elle se décale pour appuyer sa tête contre mon biceps.

— Tu sais ce que cela veut vraiment dire, hein ?

Elle se met sur la pointe des pieds, ses courbes douces se pressant contre moi, ses lèvres effleurant ma mâchoire alors qu'elle murmure ces mots.

Je souris, et elle appuie ses doigts sur mes fossettes avec son regard qui me dit que je devrais *les ranger*.

— Est-ce que ça veut dire que tu as *enfin* accepté ma demande d'adhésion ?

Si j'ai choisi d'utiliser des t-shirts pour reconquérir Kay, c'est que j'avais une bonne raison. Quand Kay vous offre un t-shirt humoristique, elle dit explicitement qu'elle vous accepte comme un membre de sa grande famille recomposée.

Elle jette un coup d'œil à mes coéquipiers occupés à se déshabiller sans complexe pour échanger leurs maillots de l'université pour leurs nouveaux t-shirts.

— Il n'était pas question de vous laisser tricher, même si j'ai trouvé le geste adorable. Ce n'est pas *officiel* tant que ce n'est pas *moi* qui les ai choisis.

Ses yeux se tournent à nouveau vers mes coéquipiers avant de revenir vers moi, et je la serre plus fort contre moi devant l'éclair de vulnérabilité qui traverse ses traits de manière fugace. Elle balaie mon expression d'inquiétude d'un mouvement de tête.

Parce que j'ai vraiment besoin de la voir sourire, je dépose un baiser sur le sommet de sa tête et m'éloigne légèrement d'elle pour participer à mon tour au spectacle.

Lentement, je remonte le tissu de mon t-shirt le long de mon ventre, *et le voilà*, cet éclair de chaleur familier qui brille dans les yeux de ma petite amie lorsqu'elle voit apparaître les muscles bien dessinés de mes abdominaux.

— Eh, CK, roucoule Quinn en faisant danser entre ses doigts les poignées d'un sac cadeau en plastique orange.

— Il y en a un pour toi aussi, ajoute Em, parce que Quinn s'est tue.

— Tu sais ce que ça veut dire… ? chantonne Quinn en déshabillant littéralement CK du regard. À poil, Superman.

Je reporte mon attention sur la femme qui me regarde comme si elle voulait verser de la sauce sur moi et en lécher chaque goutte. Si elle ne fait pas attention, elle va se retrouver à poil en une demi-seconde. Et peu m'importe qui se trouve dans la maison. Avant que je ne puisse céder à mes pulsions, j'enfile le t-shirt *Ne me prenez pas pour une dinde*, amusé par le sous-entendu qui se cache derrière le jeu de mots.

— Eric James Dennings, tu touches à cette tarte et tu peux dire adieu au sexe jusqu'à Noël ! hurle Bette depuis la cuisine.

— Bon sang, ma belle, pourquoi est-ce que tu t'en prends toujours à notre vie sexuelle ?

La voix d'E est sensiblement plaintive.

— Parce que ça fonctionne.

Kay rit sous cape à l'arrivée de son frère et lance :

— Je n'aurai jamais de nièce ou de neveu si c'est ce que tu utilises comme punition.

— On ne s'était pas mis d'accord pour ne *pas* parler de notre vie sexuelle ?

E n'a peut-être pas réussi à voler de la tarte, mais il a quand même quelque chose dans la bouche quand il lance à Kay un regard qui dit explicitement *Qu'est-ce que j'ai déjà dit ?*

Kay n'a pas le temps de répondre parce que Bette s'en prend déjà à un autre invité :

— Benjamin Turner, si tu veux pouvoir revenir un jour dans cette maison, tu vas sortir ta tête de mon frigo.

— Comment tu fais ça ? Tu ne peux même pas me voir, se plaint B.

— Elle a des yeux de maman, B.

Kay se tapote le coin de l'œil tandis que plusieurs mâchoires tombent ouvertes alors que B rejoint E dans le salon.

B tire E sous son bras pour lui frotter énergiquement le crâne.

— Mais il ne l'a même pas encore engrossée.

— Elle a passé les quatre années qui viennent de s'écouler à m'élever, explique Kay en se tapotant à nouveau le dessous les yeux. Des yeux de maman, je te dis.

— Peut-on éviter d'utiliser des termes comme *engrosser* pour parler du fait que ma femme tombe enceinte ?

E s'éloigne d'un air outré de son ami.

Autour de nous, tout le monde semble rester sans voix devant l'apparente *normalité*, si j'ose dire, de la famille de Kay.

Attendez… Est-ce que Kay ne serait pas en train de prendre des photos de leurs expressions ahuries ? Bon sang, j'adore vraiment cette nana.

CHAPITRE 48

Mama G appelle tout le monde à table juste après l'arrivée des garçons, ce qui est une bonne chose parce que j'ai comme l'impression que Bette aurait fini par poignarder B à force qu'il essaie de trouver quelque chose à manger dans sa cuisine.

Pour éviter tout formalisme et parce que nous sommes nombreux, nous avons dressé un buffet sur les comptoirs de la cuisine. Purée de pommes de terre à la crème, patates douces recouvertes de guimauve, maïs sucré, choux de Bruxelles et émietté de bacon, branches de céleri et cœurs d'artichauts panés et frits. Je tiens mon assiette en équilibre sur mon avant-bras alors que je commence à la remplir.

— Miniature… lance Trav tout en passant un bras par-dessus mon épaule pour attraper le plat en céramique contenant la farce en sauce en même temps que je me sers en farce sèche. Je sais que mon meilleur pote est très amoureux de toi, mais t'ai-je dit combien je t'aimais, aujourd'hui ?

Un bruit de coup résonne derrière Trav, et il se frotte l'arrière de la tête.

— Bordel, mec !

— Dois-je te le tatouer sur le front ? *Arrête de draguer ma copine.*

Je me mords la lèvre inférieure pour retenir mon rire. Mase est toujours excessivement possessif, et à chaque fois, Trav prend des coups. Mais cela ne semble pas l'arrêter.

Trav fait un petit geste de la main pour désigner l'étalage de nourriture, et termine en envoyant un baiser à la dinde rôtie de douze kilos et à la seconde, frite, de sept kilos.

— Tout ce que je dis, c'est que cette farce est digne d'un rêve érotique tellement elle est fondante.

— Tu pourrais *ne pas* sexualiser la cuisine de ma mère ? marmonne G autour du biscuit au babeurre qu'il tient entre ses dents.

Une fois nos assiettes remplies, la mienne d'une quantité respectable et celle de Mase de l'équivalent de son poids en nourriture, Mason me guide d'une main dans le bas du dos vers les tables et les chaises pliantes installées entre la cuisine et le salon.

— Avant de commencer, nous devons dire les grâces, lance E, ce qui interrompt plus d'une fourchette déjà en chemin.

Bette fait passer la grande télévision du match que joue Detroit au système de chat vidéo que nous avons installé. L'écran se divise en deux pendant que nous attendons que les appels se connectent aux membres de notre famille qui sont loin de nous.

— Papa ! Tu es immonde.

Le rire chaleureux de Tessa remplit la pièce quand le visage couvert de suie de Pops apparaît.

Pops essaie de s'essuyer le visage mais ne parvient qu'à étaler le noir.

— Désolé, ma puce. Je reviens juste d'une intervention.

— Friteuse ? demande T d'un air entendu.

— Friteuse, confirme Pops en secouant ses cheveux en bataille. Quand les gens vont-ils comprendre que la dinde doit être fraîche et qu'*il ne faut pas* la faire frire dans le garage ?

— Pops en est-il déjà à sa leçon sur les friteuses ? demande JT lorsque lui et D rejoignent l'appel.

— Ce ne serait pas Thanksgiving sans ça.

J'appuie ma tête contre l'épaule de Mase, lequel est en train de jouer avec mes cheveux.

Tout le monde se salue et JT ne peut s'empêcher de se moquer du fait que j'ai invité *la moitié* de l'équipe de football, mais je ne peux m'empêcher de remarquer les regards complices que Bette jette dans notre direction. Je lève les yeux au ciel : c'est un peu exagéré.

E, notre hôte et *de facto* chef de tablée pour la journée, nous fait réciter une courte prière et continue sur le discours habituel concernant l'importance de la famille, qu'elle soit de sang ou choisie, pour accueillir chaque nouveau membre assis autour de la table. Comme de bien entendu, c'est précisément à ce moment-là que la sirène de la caserne retentit et nous mettons fin à l'appel pour revenir au match de football.

Le dîner se déroule dans une cacophonie de conversations, mais personne ne semble en être gêné. C'est un pur chaos, et cela me rappelle mon enfance.

Les gars arrivent peut-être à s'abstenir d'aborder le sujet de l'identité de mon frère, mais les voir céder à des instants où ils se comportent en groupies a de quoi m'amuser pour une année entière.

Comme quand Trav et Alex se mettent à se chahuter d'enthousiasme alors que B complimente Trav pour avoir évité un plaquage avec maestria et fait une passe réussie à Alex, lequel a marqué un touchdown et fait gagner les Hawks contre le Michigan la semaine passée. Je crois que ce moment en particulier est mon préféré.

À un moment donné pendant le repas, Herkie se glisse sous la table. Il pose périodiquement sa tête sur mes genoux, à la recherche de celui qui acceptera de partager son assiette avec lui. Je ne lui donne rien, mais il a plus de succès avec Tessa qui partage plus volontiers avec lui qu'avec G quand il essaie de voler dans son assiette.

— Je crois que je n'ai *jamais* mangé autant, dit Q en se frottant le ventre. Ne le dites pas à mon *abuela*.

Un mélange de gémissements douloureux et de rires se fait entendre tout autour de la pièce alors que chacun cherche un endroit où se mettre à l'aise, en attendant que Mama G et Bette en terminent avec le rangement dont nous avons tous été exclus.

— Ce n'était que le premier round, lui dis-je en frottant mon propre ventre gonflé par les quantités que j'ai avalées.

— Le premier round ? Parce qu'il y en a combien ? me demande Mase à l'oreille, tout en se déplaçant pour nous rapprocher l'un de l'autre.

Je réfléchis au programme : en général, nous déjeunons pendant le premier match, nous prenons un dessert à la mi-temps du deuxième, puis nous mangeons des sandwichs à la dinde avant d'aller nous coucher.

— Alors, voyons. Trois ?

— Je savais que j'allais me plaire, ici.

Trav s'étire, les pieds posés sur l'ottomane.

— Bien sûr que tu t'y plais : tu n'es qu'un estomac ambulant, s'esclaffe G.

— Comme si tu n'étais pas pareil.

Em met une petite claque sur la cuisse de G, là où elle a posé sa tête.

Plusieurs « Bien dit ! » résonnent dans la pièce.

— Je ne crois pas pouvoir avaler un seul morceau de plus, ajoute CK.

— Ne t'inquiète pas, tu as le temps de digérer. Le prochain round n'est pas avant la mi-temps.

Je montre du doigt l'écran sur lequel le match de Dallas vient de commencer.

— Le paradis... c'est à ça que doit ressembler le paradis, non ?

Trav en écarquille ses yeux d'un air émerveillé.

Les conversations se tarissent alors que les convives se concentrent sur le match ou commencent à somnoler avec les effets de la digestion.

Je sens que je glisse dans les limbes du sommeil lorsque le nez et la joue râpeuse de Mase se posent sur le côté de mon cou. Un long frisson me remonte dans le dos, et je me tortille contre lui, mes fesses frottant contre son érection grandissante.

— Continue à te tortiller comme ça et c'est toi que je vais manger pour le dessert.

Sa voix est rauque d'excitation contre mon oreille.

Évidemment, je me liquéfie, et si j'en portais un, je serais obligée de changer de slip.

— Des promesses, en haleté-je d'excitation.

— Un seul mot et je te promets que ce sera une réalité.

Je ferme les yeux alors qu'il passe ses dents contre mon oreille puis attire le lobe dans sa bouche pour le suçoter.

— Ici ? couiné-je.

Bon sang, le degré auquel il m'affecte est embarrassant.

Son rire profond vibre dans tout mon corps alors qu'il fait glisser sa langue le long de ma gorge.

— Peut-être pas *ici*. E me tuerait avant que je puisse te faire jouir.

Sous l'effet du désir, mes paupières deviennent lourdes et se ferment, mais je me force à les rouvrir et jette un coup d'œil dans la pièce. De l'autre côté du canapé, Em est maintenant endormie, la tête toujours posée sur G, et il ne semble pas très loin de la rejoindre. T dort aussi, installée avec Herkie directement dans son luxueux panier pour chien en mousse à mémoire de forme. Rien de surprenant à cela.

Trav, Noah, Alex et Kev vivent le rêve de tout petit garçon passionné de football alors qu'ils parlent très sérieusement avec B et mon frère, tandis que Bette est blottie sur les genoux de E. CK semble partager son attention entre la discussion sur le football et le match de Dallas. Ce qui me surprend le plus, c'est que Q est endormie avec sa tête sur ses genoux. Elle est tellement attirée par lui, peut-être va-t-il enfin lui donner une chance ? Et Mama et Papa G sont en train de discuter avec D via FaceTime à la table de la salle à manger.

*Vous ne manquerez à personne si vous partez. *enroule ses cheveux autour de ses doigts* Enfin, s'ils remarquent seulement que vous êtes partis, bien sûr.*

Pour une fois qu'un conseil de ma pom-pom girl intérieure est avisé, je m'empresse de le suivre. Je prends l'une des pattes d'ours de Mase dans ma main. Sa peau calleuse effleure la peau lisse de ma paume, déclenchant des réminiscences de ce qu'il parvient à me faire ressentir avec ses mains sur des zones plus sensibles de mon corps, et je le tire hors du canapé.

En bon garçon intelligent qu'il est, il ne pose pas de question et me suit en silence.

Personne ne nous arrête, mais j'hésite après avoir franchi le seuil de ma chambre. Si je ferme la porte, il sera non seulement évident que c'est là que nous sommes, mais aussi ce que nous faisons. Je sais que j'ai dix-neuf ans et que c'est parfaitement normal d'avoir des rapports sexuels avec mon petit ami, mais E n'est pas la personne la plus rationnelle qui soit quand il est question de moi, et il a parfois tendance à se laisser emporter.

Que faire ? *Comment* faire ?

Mon regard se pose sur la porte de mon dressing, et une idée me vient. Jamais dans ma vie je n'ai été aussi reconnaissante d'avoir le genre de placard dont la plupart des filles rêvent : un grand espace équipé de barres et d'étagères et d'un véritable présentoir dédié aux chaussures. Le plus important, néanmoins, se situe au niveau de la porte : elle est équipée d'une serrure intérieure.

— Je ne savais pas que nous avions une relation qui impliquait de se cacher dans les placards, plaisante Mase alors que je ferme le verrou.

Mon Dieu, ce sourire carnassier qu'il affiche à cet instant ne peut qu'attirer des ennuis à une fille.

J'espère bien, rétorque ma pom-pom girl intérieure en rejetant ses cheveux derrière son épaule.

— Ah, ah, très drôle, dis-je tout en glissant mes doigts sous l'ourlet de son t-shirt pour le passer par dessus sa tête. On a moins de risques d'être dérangés ici.

— Je t'ai déjà dit que j'aimais ta façon de penser ?

Il me retire mon t-shirt et mon soutien-gorge et les jette par terre avant que j'aie seulement le temps de cligner des yeux. La seconde d'après, il est à genoux devant moi et me retire mon legging avant de me soulever dans ses bras, en tournant sur lui-même.

Mon dos heurte la surface en marbre froid de la commode, et je suis presque sûre qu'il vient de trouver *son* élément préféré de mon dressing. D'une seule main, laquelle fait presque la largeur de ma poitrine, il m'appuie à plat sur le comptoir tout en enlevant mes jambes de ses hanches de l'autre. Ses yeux verts me brûlent alors qu'il me regarde, littéralement offerte à lui comme si c'était *moi*, le festin de Thanksgiving.

— Bon sang, tu es si belle, lâche-t-il d'un ton révérencieux qui me crucifie. Et tu es *à moi*. Toute *à moi*, putain.

Il embrasse ma cuisse.

Je halète.

— Rien qu'à moi.

Il s'attaque à mon clitoris des dents, sa bouche glissant entre mes grandes lèvres, ce qui m'arrache un cri sous l'assaut soudain. Il fait monter sa main qui était sur ma poitrine, pour la poser sur ma bouche et étouffer les gémissements qui m'échappent.

Je suis aveuglée par un orgasme, et je plante mes dents dans sa paume.

Il n'a aucune pitié : il continue.

Il joue de sa langue.

Des dents.

Des doigts.

Un second orgasme me submerge.

Je suis toute molle et comme incapable de bouger : je crois que mon corps s'est dissous dans le marbre. La dinde n'a peut-être pas eu raison de moi, mais mon petit ami, lui, a réussi à me plonger dans un pur coma orgasmique.

Il se lève et affiche un sourire arrogant au-dessus de ses abdominaux que j'ai envie de lécher jusqu'à ce que ma langue me brûle. Il a les cheveux en bataille, à force que j'aie tiré dessus.

Sans me quitter des yeux, il repousse l'élastique de la ceinture de son survêtement jusqu'à libérer son érection, et son sexe se tend à l'horizontale devant lui. Le gland est violacé, et dans la lumière, je peux voir la peau lisse scintiller d'humidité.

Il glisse ses mains sous mes cuisses, et alors que je passe mes jambes autour de ses hanches, il plonge en moi jusqu'à la garde d'une seule poussée.

C'est à mon tour de me tendre vers lui, et je plante mes ongles dans son dos.

Sa bouche couvre la mienne et sur ma langue, je devine le goût de mon intimité.

— Mase.

— Ça va aller fort et vite, bébé.

Des mots qui sont autant une menace qu'une promesse.

Mon dos glisse sur le comptoir sous les effets de ses coups de reins, et il me maintient en place de ses bras.

Nous continuons à nous embrasser, avalant les gémissements l'un de l'autre.

L'orgasme le submerge brutalement, et je jouis encore une fois, avec lui.

Il se détend au-dessus de moi, mais parvient malgré tout à éviter de m'écraser en se retenant sur ses coudes.

— *Voilà* de quoi être reconnaissant, murmure-t-il contre ma gorge.

Je suis peut-être incapable de parler, mais cela n'empêche pas que je suis d'accord à cent pour cent avec ça.

MASON

Je suis presque sûr que si j'avale une bouchée de plus, je vais exploser. Si le coach Knight découvrait à quel point nous nous sommes éloignés de notre programme nutritionnel aujourd'hui, il nous tuerait. Voire, pire : il pourrait nous interdire de jouer.

Tout a commencé par le *plus incroyable* festin de Thanksgiving que j'aie jamais vu, cuisiné avec amour et en famille et non pas par des traiteurs, avant de se terminer sur ce qui devait être le dessert le plus succulent de la création. Bon sang, Bette et Mama G savent cuisiner et faire de la pâtisserie !

Je crois que j'ai fait honneur au t-shirt de Papa G estampillé *Je ne suis là que pour la tarte*, car j'ai pris un morceau de chaque tarte disponible sur le buffet. Et, purée, quelles tartes ! Potiron, pommes, patate douce, noix de pécan, et cheesecake-potiron, la préférée de Kay. Bienvenue en overdose de sucre.

J'entends qu'on s'esclaffe bruyamment dans la cuisine, et je me tourne pour essayer de voir ce qui se passe. Le cuir du canapé craque lorsque je m'appuie sur le dossier et découvre Kay assise sur le comptoir, entourée de mes coéquipiers. Elle joue à pierre-papier-ciseaux à grand bruit avec Kev et Alex pour déterminer qui aura la dernière part de tarte.

Kay lève un poing victorieux lorsque sa pierre bat les ciseaux d'Alex, et elle danse sur place des hanches, ce qui me provoque des flashes de nos activités *secrètes*. Sa joie est de courte durée, néanmoins : Kev gagne à son tour lorsqu'il enveloppe sa pierre avec son papier. Elle bascule sa tête en arrière de déception, ses boucles blondes effleurant le comptoir derrière elle.

Grayson essaie de voler subrepticement l'assiette des mains de Kev, mais mon coéquipier s'éloigne d'une démarche dansante en s'efforçant de garder son butin hors de portée.

Même depuis l'autre côté de la pièce, il est facile de voir combien Kay est heureuse, avec son sourire désinhibé et ses yeux qui frémissent de rire.

Le canapé s'enfonce sous le poids de Tessa alors qu'elle s'installe à côté de moi, le bras tendu en travers de mon corps pour montrer Kay qui rit avec Noah et Trav.

— C'est chouette de la voir être PF avec de nouvelles personnes.

Je reporte mon regard sur Tessa, et croise son regard azur. Je lève un sourcil.

— Il me semblait qu'on était d'accord pour dire que PF et Kay étaient la même personne.

— Bien sûr que sur le plan identitaire, PF et Kay sont la même personne. Mais en termes de personnalité…

Elle s'interrompt, jette un coup d'œil à Kay, puis reporte à nouveau ses yeux sur moi avant de reprendre avec un soupir :

— Non. Pas ces dernières années, en tout cas.

Pourquoi est-ce que chaque fois que Tessa Taylor me parle seule à seul, j'ai l'impression qu'elle est mon informatrice personnelle ?

Je dessine un cercle dans les airs pour désigner ma petite amie et mes potes.

— Elle a toujours été comme ça avec nous.

Un lent sourire se dessine sur les lèvres de Tessa.

— Et pourquoi crois-tu donc que mon frère l'a poussée à te donner une nouvelle chance ?

Il a vraiment fait ça ?

Je perçois un ersatz de parfum de menthe poivrée quelques secondes avant que Kay ne passe par-dessus le dossier du canapé et ne s'installe le long de moi, entre mes jambes écartées, appuyant sur mon estomac trop rempli, lequel proteste énergiquement.

— Qu'est-il arrivé au concept consistant à faire passer les sœurs avant les hommes, T ? demande Kay à Tessa, démontrant qu'elle a très bien compris que nous parlions d'elle.

Je ris.

— Bah, lâche Tessa d'un air blasé, en haussant les épaules.

Kay contemple T pendant quelques secondes avant de lever les yeux au ciel et de reporter son attention sur le match qui se déroule sur la grande télévision.

Je passe mes bras autour de sa taille, et la serre plus fort contre moi malgré mon estomac qui proteste à nouveau. J'appuie ma joue contre sa tempe, puis j'y dépose un baiser, m'enivrant de parfum généré par nos deux odeurs qui se mélangent.

— Bon sang, Dennings ! crie Kay à l'attention de JJ Dennings, l'un des receveurs de l'équipe d'Atlanta, lequel vient de perdre le ballon alors qu'il allait faire une passe.

— Qu'est-ce que j'ai encore fait ? demande E alors que Bette et lui sortent du couloir latéral qui mène à leur salle de sport, les vêtements de travers et les cheveux en bataille.

Il semblerait que Kay ne soit pas la seule de sa fratrie à avoir profité d'un petit dessert en plus aujourd'hui.

— Pas toi. JJ, réplique Kay en désignant la télévision de la tête. Il était en retard sur la ligne et il a raté une passe que même un gamin aurait pu réussir.

— Ouais, bébé ! hurle Noah dans sa meilleure imitation d'Austin Powers. Vas-y, on adore quand tu parles football !

Kay rit et l'ignore pour se mettre à dessiner mon tatouage de ses doigts. Les yeux perdus sur le match, j'ai du mal à imaginer meilleure sensation que la pulpe de ses doigts qui dansent sur mon avant-bras.

#Chapitre 50

TightestEndParker85 : Je me demande qui elle va VRAIMENT soutenir ce week-end @UofJ411 ? Tu n'es pas trop inquiet, @CasaNova87 ? #CEstPourUnAmi #JEtaisLePremier #ChasseAuxFaucons
montage photo de Kay dans un maillot de Penn State, et de Kay avec Liam à l'époque du lycée

UofJ411 : Donnez votre avis via le sondage en story ! #QuiVaTElleChoisir #PremierAmourOuNouvelAmour #CasanovaWatch #CopineDeCasanova
***REPOSTÉ –** montage photo de Kay dans un maillot de Penn State, et de Kay avec Liam à l'époque du lycée –
TightestEndParker85 : Je me demande qui elle va VRAIMENT soutenir ce week-end @UofJ411 ? Tu n'es pas trop inquiet, @CasaNova87 ? #CEstPourUnAmi #JEtaisLePremier #ChasseAuxFaucons
@Notnow.imreading : NOVA, sans aucun doute possible ! #GoHawks
@Oamberwhereartthou : La vraie question est, sera-t-elle au match ? #SiegeVide

@Ofbooksandportkeys : Trop tôt pour avoir la place ?
#MeilleurePlace

@Ofbooksandportkeys : Trop tôt pour avoir la place ?
#MeilleurePlace

CHAPITRE 51

MASON

J e lance mon bras hors du lit et tapote du bout des doigts autour de moi jusqu'à trouver mon téléphone. J'ouvre un œil pour toucher mon écran au bon endroit afin d'arrêter l'alarme. Mon écran passe ensuite automatiquement de l'horloge aux bannières de notification qui se sont accumulées pendant la nuit. J'ai appris à les ignorer, mais il y a tout de même un tag en provenance d'un compte en particulier qui m'attire l'œil.

TightestEndParker85.

Le fils de pute.

Liam Parker.

Un jour, pour rire, Kay m'a comparé à un herpès tellement il était difficile de se débarrasser de moi, mais Liam Parker, lui, pourrait être comparé à toutes les infections sexuellement transmissibles existantes, attrapées toutes en même temps.

Comme à l'insu de mon plein gré, j'ouvre les notifications du pouce, et la coque de mon téléphone gémit dans mon poing, comme si c'était le cou de Liam Parker que j'avais entre les doigts.

C'est une chose de me narguer, de s'en prendre à moi par le biais des réseaux sociaux dans le but d'attirer l'attention des médias. Même Brantley a admis, certes avec réticence, mais tout de même, que cela ne pouvait pas me faire de mauvaise publicité.

Donc, commencer à se mesurer à *moi* sur les réseaux sociaux n'est pas l'erreur commise par Liam Parker. Non, son erreur est de chercher à m'atteindre *à travers Kay. J'ose espérer pour lui qu'il n'a pas eu l'idée de lui envoyer un putain de message sur son téléphone.*

J'ai envie de le faire souffrir. De le démembrer, voire de le tuer. Des scénarios divers défilent dans ma tête jusqu'à ce que les douces courbes du corps de Kay effleurent le mien alors qu'elle s'étire à côté de moi.

— Trop tôt, marmonne-t-elle dans son oreiller.

Je souris, puis je mets mon téléphone de côté avant de passer un bras autour de sa taille et de l'attirer contre moi. J'écarte ses boucles qui me chatouillent le nez et dépose un baiser dans son cou tout en inspirant son odeur.

— Rendors-toi, bébé.

Elle marmonne quelque chose d'inintelligible, mais se blottit à nouveau dans les couvertures, au plus profond du grand lit.

Je me décolle d'elle pour voir les lettres de mon nom de famille écrites en gras sur le dos de son t-shirt tendues entre ses omoplates. Je suis incapable de me retenir de la toucher. Elle marmonne de nouveau quelque chose d'incohérent alors que j'esquisse les caractères noirs dans son dos, avant de m'extraire du lit.

Herkie redresse la tête lorsque j'enfile un pantalon de survêtement gris, par-dessus mon caleçon Calvin Klein dont la bande élastique blanche dépasse de la ceinture du survêtement. Je ne m'encombre pas d'un t-shirt.

Je siffle doucement pour attirer l'attention du chien, et je lui fais un petit signe pour l'inviter à me suivre alors que je me dirige vers la cuisine pour me trouver un café.

Café dont l'arôme riche flotte déjà dans l'air lorsque je descends les escaliers pour entrer dans le salon. Je ne suis pas surpris de trouver mes coéquipiers déjà réveillés ; nous devons partir dans quelques heures pour retourner sur le campus à temps pour le dernier entraînement de l'équipe avant le grand match de demain.

Papa G fait glisser une tasse de café vers moi depuis l'autre côté de l'îlot lorsque je m'approche, tandis que Mama G s'enquiert de ce que je veux pour le petit-déjeuner. Je jette un coup d'œil autour de moi, à la recherche de Grant, surpris qu'il ne soit pas dans la cuisine : il est toujours resté à proximité immédiate de ses parents depuis que nous sommes arrivés hier.

Je sirote mon café et je m'adosse au comptoir le temps de le savourer. Puis je repère Grayson, à l'entrée du salon, debout, les bras croisés, son regard fixé sur E et Bette, lesquels sont assis sur le canapé. Il est bien trop intense pour une heure aussi matinale.

Je sursaute au son d'une voix inconnue, laquelle me fait sortir de mon état semi-comateux, et attire mon attention sur la blonde qui me regarde depuis l'écran de télévision.

— Au moins, il est sexy. Vos muscles font partie de ce qui nous permet d'oublier tout le bazar qui vous entoure, les gars.

Est-ce que c'est de moi dont cette femme parle ? Pourquoi est-ce que j'ai l'impression de l'avoir déjà vue quelque part ?

E, les cheveux en bataille, et Bette se retournent pour voir de qui elle parle. J'ai comme l'impression que E s'est décoiffé à grand renforts de gestes nerveux, plutôt que l'impression qu'il vient de sortir de son lit.

E me fait un signe du menton pour que je les rejoigne avant de lancer à la blonde dans l'écran :

— Et dis-moi, Jordan, que dirait donc ton mari s'il savait que tu reluques des petits jeunes ?

La blonde, Jordan, donc, se met à rire, la tête rejetée en arrière, manifestement hilare. Lorsqu'elle retrouve sa contenance, je peux remarquer qu'elle est assise sur un canapé, une jambe repliée sous ses fesses. Elle essuie la dernière larme de rire qui perle encore à ses cils, avant de se concentrer à nouveau sur E.

— Vu que ledit mari s'est paisiblement rendormi après que j'ai eu fini de jouer de ma langue sur ses abdominaux, je *pense* pouvoir dire que cela ne lui posera pas de problème.

Bette essaie de couvrir un aboiement de rire, et une poignée de « Oh, merde ! » suivie de « *Bon*-jour, hein ? » pleut en réponse à son commentaire.

E se frotte l'arcade sourcilière, manifestement contrarié, et Bette lui tapote le genou pour tenter de l'apaiser.

— C'est dans ces moments-là que je n'aimerais pas être un de tes frères, Donovan.

Oh, merde ! Maintenant, je sais pourquoi j'ai l'impression de l'avoir déjà vue quelque part : c'est Jordan Donovan. *All Things Sports*, sa société de relations publiques, est la *crème de la crème* pour tout ce qui est gestion de l'image d'un athlète. Si Brantley apprenait que j'ai eu l'occasion de parler avec elle, il ne s'en remettrait pas.

Jordan agite une main, l'air vaguement exaspéré.

— Oh, je t'en prie ! Ne me fais pas regretter d'avoir quitté mon lit, lit dans lequel se trouve mon *très sexy* et *très nu* mari, juste pour parler stratégie avec toi ; en me faisant le coup du *Nous sommes des mecs, nous sommes solidaires*, Dennings.

Honnêtement, j'en suis encore à me demander à quoi tout cela rime. Aussi divertissant que cela puisse être de les regarder se chamailler, je ne parviens pas pour autant à me laisser distraire des bêtises apparues sur Instagram ce matin. D'autant que j'ai bien l'impression que c'est justement à cause de ces bêtises-là qu'a lieu ce pow-wow virtuel.

— Dites-moi, lancé-je en faisant aller et venir mon doigt entre E et la télévision ; est-ce que *ceci* a quelque chose à voir avec les conneries apparues à mon réveil sur le Internet ?

La colère qui m'envahit et que je commence à associer à l'apparition d'un certain Liam Parker recommence à bouillonner dans mes veines. Elle irradie dans chacun de mes nerfs, et en fait même picoter le bout de mes doigts.

L'expression de Jordan passe d'espiègle à sérieuse, et elle se décale pour poser ses coudes sur ses genoux.

— Eric, écoute-moi bien. Je sais que techniquement, mon client, c'est *toi*. Mais parce que j'ai moi aussi des frères surprotecteurs, je ne discuterai *pas* de tout ça avec toi sans Kay.

Je serre mes lèvres pour m'empêcher de sourire : je suis incapable de retenir mon amusement. Kay m'a raconté comment E l'a obligée à recourir aux services de Jordan après qu'UofJ411 a confirmé l'identité de Kay et son lien avec E ; ainsi que comment Jordan lui a permis de décider de la meilleure façon de gérer les retombées.

— Pas question que j'aille la réveiller.

E oscille de la tête pour appuyer son propos.

Quand Bette se penche en avant pour voir au-delà de son mari, le scintillement dans ses yeux me dit que c'est *moi* qui suis dans la merde.

— Il ne reste plus que toi pour aller la chercher, beau gosse.

Mon coach intérieur explose de rire dans ma tête.

Avant que je ne doive risquer mort et démembrement en allant réveiller Kay, notre appel avec Jordan est interrompu par deux versions miniatures d'elle qui lui sautent dessus et la bombardent de *Maman !* exubérants.

Mama G m'annonce que l'omelette qu'elle m'a préparée est prête, et je la remercie tout en m'installant sur un tabouret de l'îlot pour manger. Les œufs savoureusement gonflés associés aux fragrances des épices et des saucisses m'arrachent presque un gémissement de volupté gustative.

L'atmosphère matinale perd un peu en intensité lorsque Bette rassemble tous mes coéquipiers autour d'une chaise qu'elle a installée près de la porte de derrière, lieu choisi parce que, et c'est elle qui le dit, il y a une meilleure lumière pour faire ses fresques capillaires. Elle a décrété qu'il était hors de question que nous jouions notre dernier match de la saison sans afficher clairement combien nous sommes fiers de notre équipe.

Faucons en plein vol, ballons de football, et numéros sont tous soigneusement dessinés, et le reste des coupes rafraîchies. Par-dessus la tête d'Alex, Bette m'interroge du regard, et je fais oui de la tête pour lui signifier que je suis moi aussi prêt pour une nouvelle coupe. D'une part, ça rend super bien, et d'autre part, Kay adore tracer les motifs de mes cheveux autant que mon tatouage. C'est *gagnant-gagnant*.

Herkie lâche un aboiement sonore, et je me retourne pour voir apparaître dans les escaliers une Kay à demi endormie, les cheveux en bataille et encore en train de se frotter les yeux.

Elle remue vaguement des doigts en réponse au « Bonjour » collectif qui lui adressé, puis bâille à s'en décrocher la mâchoire.

— J'imagine que cela ne devrait pas me surprendre ?

Kay montre Bette de la main alors qu'elle s'affaire à ombrer un poteau de but sur le crâne de Noah.

— Ne t'inquiète pas, réplique Bette, sans même lever les yeux de ce qu'elle est en train de faire. J'ai déjà préparé du rouge et du noir pour toi.

Kay accepte un mug de café de Papa G avant de me rejoindre pour s'installer entre mes genoux écartés et de s'appuyer contre moi avec un soupir.

Autour de nous, les gars font des grimaces et des bruits de baisers quand j'embrasse le sommet de sa tête, mais Kay les ignore, sirotant son café pendant que je leur fais subtilement un doigt d'honneur. Ces trous du cul sont juste jaloux.

— Aller au match demain n'est peut-être pas une bonne idée.

Le commentaire de E fait apparaître un froncement de sourcils sur le visage de Kay.

Je me crispe à l'idée qu'elle ne soit pas là. C'est peut-être égoïste, mais j'ai envie qu'elle soit là pour m'encourager. Ça fait quelques semaines que je ne la vois plus quand je regarde dans les tribunes, et cela me manque. Mais, je ne vais pas mentir, une petite partie de moi se demande si E n'a pas raison. Kay vient juste de commencer à faire des concessions et à accepter que notre relation soit connue de tous. Un simple match pourrait-il avoir raison de tous nos efforts ?

Jusqu'à présent, tout s'est déroulé sur les réseaux sociaux, mais le match de ce week-end est particulièrement important. Le dernier match de la saison dispose toujours d'une énorme couverture médiatique, laquelle est déjà importante pour le football universitaire. Dans la mesure où il n'y a que trois équipes de Division 1 qui n'ont qu'une seule défaite au compteur, dont Jersey et Penn State, le résultat du match des Hawks de Jersey contre les Nittany Lions de Penn State peut déterminer qui aura la chance de jouer pour une place dans le championnat national.

Les médias apprécieraient certainement de pimenter l'affaire de petites choses croustillantes en plus.

— Pourquoi pas ? demande Kay.

D'un seul regard éloquent, E me demande de lui montrer. J'acquiesce, récupère mon téléphone sur le comptoir et affiche le message de l'autre enfoiré.

Le silence dans la pièce s'épaissit à en devenir pesant, et personne ne souffle mot en attendant de voir comment Kay va réagir. Elle pourrait tout autant s'énerver que se mettre à pleurer, ou pire, céder à la peur.

Je glisse ma main sous la sienne, là où elle repose sur ma cuisse, et je frotte du doigt l'anneau avec les péridots. Toucher les pierres de la bague que je lui ai offerte contribue à ralentir les battements erratiques de mon cœur : cet anneau est un lien, la marque de ce qui nous rapproche et nous unit, et cela fonctionne dans les deux sens. C'est ce qui symbolise que nous sommes deux personnes, mais que nous formons aussi un tout.

Je n'aurais jamais cru qu'une seule personne pourrait représenter autant pour moi. Puis j'ai rencontré Kay. Elle a rebattu toutes mes cartes, et changé la donne du tout au tout pour en créer une toute nouvelle.

Kay laisse échapper un soupir de frustration entre ses lèvres entrouvertes, et je peux l'entendre grincer des dents. Ses yeux vont de l'écran à son frère et vice-versa. Elle inspire profondément, puis penche la tête en arrière pour appuyer le sommet de son crâne contre mes pectoraux alors qu'elle me regarde à la renverse, des nuages d'orage dans ses yeux gris.

— Est-ce que tu as apporté un de tes maillots ?

Ma propre mâchoire m'en tombe ; je ne m'attendais pas du tout à cette question.

— Non.

Et *bordel*, que je sois damné pour ne pas l'avoir fait !

Kay reste la tête à la renverse à me regarder pendant qu'elle réfléchit, sa bouche se tordant de droite à gauche et les sourcils légèrement froncés.

— OK, acquiesce-t-elle presque inconsciemment. Fais-moi penser à faire une photo avant que tu t'en ailles.

Chapitre 53

CasaNova87 : Moi, @TightestEndParker85. C'est pour moi qu'elle sera, MOI ! #StopAuxVieillesPhotos *NB* Est-ce que ça suffit, comme preuve que nous sommes un couple officiel @UofJ41 ? #Kaysonova #MaCheerleaderNumero1 #NouvelleDonne #HawkPourLaVie

*photo de Kay portant un t-shirt *J'apprécie le jeu, mais j'AIME le joueur*, Mason se tenant derrière elle, les bras autour de ses épaules, tous deux souriant à la caméra*

UofJ411 : Bon sang, oui, @CasaNova87 #CoupleDeReve #Kaysonova

*REPOSTÉ – photo de Kay portant un t-shirt *J'apprécie le jeu, mais j'AIME le joueur*, Mason se tenant derrière elle, les bras autour de ses épaules, tous deux souriant à la caméra – CasaNova87 : Moi, @TightestEndParker85. C'est pour moi qu'elle sera, MOI ! #StopAuxVieillesPhotos *NB* Est-ce que ça suffit, comme preuve que nous sommes un couple officiel @UofJ41 ? #Kaysonova #MaCheerleaderNumero1 #NouvelleDonne #HawkPourLaVie*

@Cr8zysockbookblock : Oh merde ! #CaVaSeGater #SemaineRivalite #CasanovaWatch #Kaysonova

@Dainer81 : Il était temps ! #EnfinDesReponses #CasanovaWatch #CopineDeCasanova #Kaysonova

@Doterragirl2020 : Ce nom de couple ! #TropChou #CasanovaWatch #Kaysonova

@Filthylittlereader : Loyauté, quand tu nous tiens. #JAdore #Kaysonova #RoiEtReineDuFootball

@Fununderthecovers : Hâte d'être à samedi. C'est un peu comme un duel des temps modernes, non ? #CEstPartiPourLaBagarre #ReglezVosComptesSurLeTerrain #CasanovaNeRigolePlus #Kaysonova

Contrairement à l'équipe de football, les cheerleaders ne sont pas obligées de dormir à l'hôtel la veille d'un match, donc les filles et moi avons pu passer quelques heures supplémentaires à Baltimore après le départ des gars, avant de devoir retourner sur le campus.

Em et Q doivent d'abord aller à un court entraînement avec la Red Squad, mais ensuite, le reste de la nuit nous appartient.

Après les avoir déposés au gymnase, je retourne à l'appartement et ouvre une bouteille de Moscato dès que j'ai posé mes sacs dans ma chambre. Je ne suis pas typiquement le genre de fille à boire seule, mais comme je n'ai pas encore totalement décoléré, il vaut sûrement mieux pour tout le monde que je commence par me détendre un peu avant tout autre chose.

Mon verre rempli à ras bord, je l'emporte avec mon ordinateur portable dans le salon. Je dépose le tout sur la table basse et je m'assieds à même le sol. J'allume la télévision pour créer un fond sonore, et lance un appel vidéo avec JT.

Au lieu de me saluer une fois connectés, il demande :

— Pourquoi ai-je l'impression que je devrais surveiller mes arrières ?

— Parce que tu sais parfaitement que je t'en veux, là, tout de suite.

Je pose un coude sur la table et place mon menton dans ma main.

Nous restons assis à nous regarder en silence, suffisamment longtemps pour que toute rancœur s'évanouisse. Oui, je suis contrariée, mais c'est plus dû à ma nature indépendante qu'à quoi que ce soit d'autre.

Une minute entière s'écoule avant que JT ne demande :

— Tu es prête à admettre que c'est un bon plan ?

Non.

— Je déteste que vous pensiez qu'il me faut un chaperon.

C'est une des raisons pour lesquelles, il y a quatre ans, j'ai choisi de me retirer de la scène publique et de me faire remarquer le moins possible : je ne voulais pas avoir besoin qu'on m'accompagne partout.

JT joint ses mains dans un geste de prière.

— Oh, s'il te plaît, tu veux bien m'appeler, moi, avant de l'appeler, lui, *comme ça* ? Histoire que je voie sa réaction.

Je lève les yeux au ciel.

— Sérieusement, Kay…

— Je déteste quand tu m'appelles Kay, grommelé-je.

— Carter est quelqu'un de bien. Il a accepté de t'accompagner demain pour me rendre service, alors essaie de garder tout ça en tête, et de ne pas lui faire payer le fait d'avoir accédé à ma demande.

Lorsque j'ai opté pour la stratégie consistant à faire profil bas le temps que tout le monde se lasse de moi, JT a adopté une approche plus proactive. Il n'a pas cherché la personne la plus populaire, mais certainement la plus puissante, laquelle pourrait mettre fin à ces campagnes de harcèlement hors Internet.

— Il n'est pas censé courir ?

J'essaie à nouveau de faire comme si tout cela était sans importance, parce qu'avec un peu de chance, si je minimise suffisamment, tout ça finira peut-être par s'étouffer dans l'œuf.

Il faut que je te fasse passer un test antidrogue ? Non, parce que ton raisonnement, là, me fait dire que tu as dû consommer de la laitue vérolée.

— Si, acquiesce JT.

Il prend une bouteille de bière et en boit une gorgée. On dirait que je ne suis pas la seule à avoir besoin d'un verre.

— Carter va venir avec toi pour que tu puisses t'occuper de ton footballeur.

Il remue les lèvres dans une grimace de baiser très exagérée en faisant des bruits répugnants.

A la tension qui se répand dans mes joues, je sais déjà qu'il ne va pas me prendre au sérieux.

— Je te déteste. Je dois aussi dire que j'ai pitié des filles avec qui tu sors, ajouté-je en faisant un cercle de mon doigt pour désigner son visage ; si c'est comme ça que tu fais.

— On se fiche de savoir comment je fais, rétorque-t-il en balayant l'air de sa main. Une fois que tu en auras terminé avec ce que tu as à faire dans le tunnel, et que tu seras bien en sécurité dans ton siège, Carter s'en ira.

Je passe une main dans mes cheveux, et contemple mes longueurs ainsi que le contraste entre le rouge et le noir. Bette s'est vraiment surpassée pour que nous soyons tous dans l'esprit de ce match.

J'ai déjà bu deux verres de vin lorsque mes colocataires reviennent, heureuses et pleines d'une énergie que seul ce match en particulier peut générer chez elles.

Quinn entre dans la pièce en dansant, tourne autour de moi et prend mon gobelet sur la table pour engloutir la dernière goutte qui reste à l'intérieur.

— Tu as commencé sans nous, lâche-t-elle en faisant la moue.

Je hausse une épaule.

— Que veux-tu que je te dise ? Mes frères me poussent à la boisson.

— J'en conclus que tu as parlé à JT ? lâche Em en s'installant sur le canapé à côté de Q.

J'attrape les verres que Bailey pose devant moi et commence à les remplir pendant qu'elle ouvre une nouvelle bouteille de vin.

— Oui. J'ai promis d'être gentille avec King demain, dis-je à Em avant de changer de sujet en demandant à Bailey : Tu as passé un bon Thanksgiving ?

Elle a passé ses congés avec l'une de ses coéquipières de la Red Squad, et j'ai été soulagée lorsque j'ai appris qu'elle avait des projets bien à elle, parce que cela m'a évité d'avoir à l'inviter chez E. Peut-être que maintenant tout le monde sait qui est mon frère, mais il y a une différence entre savoir que E est mon frère, être invité chez lui.

J'essaie de plus en plus de ne plus me cacher, pour être PF à temps plein. J'ai peut-être invité plusieurs des coéquipiers de Mase à dîner, mais cela ne veut pas dire que je ne suis pas très sélective sur les gens que j'invite à entrer dans mon cercle.

— C'était bien. Il y avait de l'animation dans les bars, on a super bien mangé, et j'ai trouvé une robe géniale pour la fête de demain soir, répond Bailey tout en récupérant un sachet doré dans sa chambre, dont elle sort une robe rouge qui va forcément faire tourner les têtes chez les Alphas. Est-ce que tu vas mettre le t-shirt que tu avais sur la photo que Casanova a postée plus tôt ?

J'essaie de ne pas froncer les sourcils lorsqu'elle appelle Mase par son ancien surnom.

J'imagine que le post Instagram de Mason a déjà fait le tour. Bien sûr, savoir que mon visage apparaît sans rien pour le cacher sur un compte qui dénombre des milliers de followers me donne la nausée et des brûlures d'estomac, mais…

J'ai été poussée trop loin. J'ai essayé de m'éloigner de Mase pour le protéger, mais il m'aime apparemment trop pour me laisser faire. Je ne suis pas sûre de mériter son amour, mais si je veux en être digne, je ne dois pas en avoir peur.

Il faut que tu lui parles de l'autre salope et de ses mensonges.

Je sais, mais après le match : ça va le rendre dingue.

Je me lève et vais dans ma chambre pour rapporter ma tenue.

— Non, dis-je tout en tournant sur moi-même pour montrer le t-shirt personnalisé. J'ai fait faire ça, exprès pour l'occasion.

Ce n'est pas l'un des nouveaux t-shirts que Mase m'a offerts, mais je suis presque sûre que cela va lui plaire.

— Noir pour aller avec ton nouveau sweat-shirt ? me taquine Em en remuant les sourcils.

Une fois dans la saison, la tradition veut que lors d'un match à domicile, les Hawks fassent un match tout en noir. À Penn State, la tradition est un match tout en blanc, aussi l'Université de Jersey a-t-elle choisi de conserver cette tradition pour le match opposant les Hawks aux Nittany Lions.

Cette tradition est sûrement l'une de mes préférées. L'équipe de football, les cheerleaders, les danseurs, la fanfare et même la mascotte ont droit à un nouvel uniforme, entièrement noir. Les fans ont pour consigne de porter du noir de la tête aux pieds, et c'est tout mis bout à bout qui fait que l'atmosphère dans le stade en devient presque menaçante.

Le vin coule à flots alors que nous regardons des films de filles, et nous rions tellement que nous en attrapons mal au ventre. Internet, ses trolls et les ex-psychopathes mis à part, nous passons un excellent moment, et le week-end ne fait que commencer.

Chapitre 55

TheQueenB : Tout le monde pense que la fraternité des @AlphaKappaUofJ est *le* lieu où il faut être. Et ce sera vrai une fois que notre équipe aura battu ces Nittany Lions, pour la fête de victoire de @UofJFootball… Mais en attendant, tout commence ici, @UofJ411. C'est là que notre star @CasaNova87 obtient son baiser de pré-match de sa reine. #Baiser #CasanovaWatch #CopineDeCasanova #DynastieFootball #Kaysonova
photo du tunnel qui mène aux vestiaires du terrain de football de l'Université de Jersey

Il y a une énergie dans les vestiaires, différente de celle des autres matchs de la saison. C'est comme une sorte de vibration qui résonne à une fréquence que seule l'équipe peut percevoir.

Rivalité.

La vie, ou la mort.

La victoire, ou la défaite.

La place en finale du Big Ten.

Le point culminant de notre saison, alors que rien n'est joué.

Voilà, concrètement, où se situe l'équipe.

Mais ce match, en particulier ? C'est *personnel*.

Je veux pouvoir regarder Liam Parker dans les yeux après le match et m'assurer qu'il sait que malgré toutes les insultes, les railleries et les menaces, je l'ai battu.

Mon seul regret restera, pour cette fois, de ne pas jouer en défense, parce que je ne serai pas celui qui pourra l'exploser au sol.

C'est une bonne chose que notre capitaine de défense aime aussi notre copine, hein ?

La plupart du temps, j'ai envie de dire à mon coach intérieur de la fermer, mais pour une fois, le voilà capable de dire quelque chose d'intelligent.

Nous avons quelques heures à tuer avant le coup d'envoi, la plupart des membres de l'équipe se sont égayés dans le club house pour se détendre et essayer de se mettre dans le bon état d'esprit pour le match. Avantage non négligeable à avoir pu intégrer un programme de football universitaire aussi prestigieux : Les installations ultramodernes, que nous devons à nos sponsors. Non seulement nous avons les salles de sport et de physiothérapie habituelles, mais nous avons aussi deux tables de billard et une salle multimédia remplie de canapés et de fauteuils en cuir, de grands écrans plats et de multiples consoles de jeux.

Je me dirige vers notre salle de jeu, et je m'installe aussi près que possible de Kevin.

— Tu es prêt pour le match ? me demande-t-il, tout en me jetant un coup d'œil avant de revenir à sa partie de *Madden*.

— Plus que jamais, tu le sais. Ces enfoirés n'ont aucune chance.

Tout autour de nous résonnent des cris de faucon en écho à mes mots, et je souris. C'est là quelque chose que j'apprécie particulièrement, la camaraderie, la loyauté, savoir sur qui je peux compter. On gagne ensemble, et on perd ensemble. Mais aucun d'entre nous n'a prévu de perdre aujourd'hui.

Je me penche vers l'avant, et pose mes coudes sur mes genoux.

— Kev, j'ai un service à te demander.

Mon ton est sérieux, et toutes les personnes présentes dans la pièce s'immobilisent pour se concentrer sur nous. Kev reporte ses yeux sombres sur moi, et son regard me transperce presque. Il pose la manette de côté et croise ses mains sur ses genoux.

— Dis-moi.

— J'ai besoin que Parker ressente encore le match d'aujourd'hui dans ses os la semaine prochaine.

J'ôte ma casquette, et la tord entre mes doigts pour évacuer une partie de mes tensions.

— À cause de Kay ?

Il plisse les yeux, comme pour lire en moi de la même manière qu'il le fait avec les quarterbacks sur le terrain.

Je hoche la tête. Ils connaissaient une partie des histoires qui entourent Kay et son ex, puisque tout a été étalé sur les réseaux sociaux ; mais ils n'avaient pas vraiment *compris* combien c'était sérieux avant de voir comment E a agi avec Kay hier. Le fait qu'il lui ait suggéré, à elle, fan de football, de ne pas assister au match d'aujourd'hui pour ne pas envenimer la situation et provoquer un drame avec Liam en disait long.

Kev se lève de son fauteuil, et se dirige de son pas souple et confiant vers le vestiaire principal. Après avoir franchi la double porte ouverte, il saute sur l'un des bancs et tous les regards se posent sur lui.

— Eh, la Défense ! Venez là.

Son ton autoritaire du capitaine incite tout le monde à se rapprocher de lui, et si son ton ne laisse pas de place à la discussion, c'est l'aura de contrariété qu'il dégage qui fait que toute l'équipe se regroupe autour de lui.

Il prend le temps de regarder chacun de ses joueurs dans les yeux, vaguement théâtral.

— Je suis sûr que ce que je vais vous demander ne va pas représenter un gros effort pour vous tous… Considérez plutôt ça comme une dose de *motivation supplémentaire*, ajoute-t-il, avec une grimace machiavélique, la tête légèrement inclinée sur le côté.

Par-dessus les têtes de nos coéquipiers rassemblés devant lui, Kev croise mon regard, et le dangereux sourire en coin qui danse sur ses lèvres me rend reconnaissant de jouer dans la même équipe que lui, plutôt que *contre lui*.

Kev croise ses bras sur son torse de la largeur d'un réfrigérateur.

— Ce soir, c'est le numéro quatre-vingt-cinq qui doit souffrir. Il s'en est pris à l'un des nôtres et doit recevoir une leçon, ajoute-t-il tout en regardant vers moi, et quelques têtes se tournent dans ma direction. Ce soir, quand vous lui aurez fait goûter du gazon, pensez à lui souffler à l'oreille un « *Ça, c'est pour Kay.* »

— La copine de Nova ? demande un de nos défenseurs.

— Oui, dis-je.

— Il est temps de rappeler à cet enfoiré, déclare Kev, que *personne* ne s'en prend à l'un des faucons des Hawks sans devoir ensuite affronter l'ire de toute la nuée.

Attiré par le petit discours inspirant de Kev, le coach Knight sort de son bureau pour nous dire de *nous calmer* et de *garder notre énergie pour le terrain.*

Juste après cela, Trav me montre la publication la plus récente de UofJ411, un partage d'une image du tunnel où je retrouve Kay avant les matchs.

J'ai beau être agacé par cette intrusion dans sa vie privée, je ne peux m'empêcher de me demander si au final, E n'avait pas raison. Il me faut davantage d'informations.

> MOI : J'ai besoin de savoir à quel point Liam Parker peut être dangereux.

Je tambourine des doigts au dos de mon téléphone alors que j'attends que JT réponde à mon message.

> JT : Ooooh, tu as prononcé son nom !

Ce n'était pas la réponse que j'attendais.

> MOI : Et donc ???

> JT : *GIF de Lord Voldemort*

> MOI : Vous deux et toutes vos histoires à propos de celui-dont-on-ne-doit-pas-prononcer-le-nom !

> JT: Tu n'as pas le droit de nous juger. *agite un doigt menaçant* Toi aussi, mec, tu es fan de l'univers Harry Potter.

Des petits comiques. Je suis cerné de petits comiques !

> MOI : D'accord, si tu veux. Maintenant, peut-on parler de l'autre connard ?

> JT : Ouaip. Cet abruti est une lavette.

Je laisse échapper un aboiement de rire, ce qui incite Jojo le Curieux à venir regarder par-dessus mon épaule.

> MOI : Je sais que tu as demandé à ton pote d'escorter Kay jusque dans le tunnel.

> JT : Tu parles du fait que King va jouer les chaperons pour PF le temps qu'elle enfile sa langue jusqu'au fond de ta gorge pour te souhaiter bonne chance ?

> JT : *GIF de Bugs Bunny qui embrasse Michael Jordan*

— Je viens avec toi la prochaine fois que tu vas dans le Kentucky, ce type a tout à fait l'air d'être mon genre de mec, lâche Trav en montrant mon téléphone.

Voilà exactement ce dont j'ai besoin, que ces deux-là nous fassent une association de malfaiteurs !

> MOI : James Taylor !

Utiliser son nom complet déclenche une réponse par appel FaceTime au lieu d'un texto. Je réponds, mais je lève un doigt pour lui dire que j'ai besoin d'une minute pour trouver un endroit plus calme.

Je me glisse dans l'une des salles de physiothérapie inutilisées et j'attends d'entendre la porte claquer derrière moi avant de dire :

— OK, vas-y.

JT me regarde depuis l'écran de six pouces. Il porte sa tenue de cheerleader aux couleurs de l'université du Kentucky, et derrière lui, je reconnais leur salle d'entraînement.

— J'aurais été plus impressionné si tu avais aussi ajouté mon deuxième prénom, mais le fait est que je ne suis pas sûr de comprendre ce que tu veux savoir.

Honnêtement... je ne sais pas vraiment non plus. Est-ce que ce sont mes sentiments qui me font sombrer dans la paranoïa ?

— Pourquoi as-tu demandé à King, en particulier ? Pourquoi pas à Grayson ? Après tout, il sera au match.

Voilà l'une des choses que je ne parviens pas à comprendre.

— *Mmmh*, gémit JT en passant une main dans ses cheveux roux foncé et en expirant. Écoute... Je n'ai pas le temps de t'expliquer tout en détail, mais pour faire court, sache que King a beaucoup de... disons... *pouvoir* dans notre ville.

— Pourquoi ça ? demandé-je aussitôt.

JT agite la main en l'air, comme pour dire que ce n'est pas important.

— On s'en fiche. L'important, c'est que je crois que si, pour une raison ou une autre, vous *deviez* croiser Liam, voir Carter avec vous devrait être suffisant pour qu'il garde ses distances.

Je ne sais pas ce qui me dérange le plus, l'idée de tomber par hasard sur Parker, ou le fait qu'il pourrait représenter un plus grand danger que je ne le pensais. Sinon, pourquoi aurait-on besoin de quelqu'un qui a un « *pouvoir* » certain ?

KAYLA

Université de Jersey contre Penn State.

Rivalité.

Le match *noir*.

Le gagnant remporte le Big Ten, Division Est.

Toute la semaine, les commentateurs sportifs ont parlé de ce match comme du match historique de cette saison.

Si seulement ils savaient à quel point c'est *bien plus* qu'une simple rivalité entre équipes de football américain.

De ce que Mase m'a dit, il y avait déjà de l'animosité entre lui et Liam avant même que j'entre dans sa vie. Mais maintenant ? Mase en a fait une histoire *personnelle*, entre mon histoire passée avec ce sombre crétin, et les histoires actuelles qu'il invente tout en m'utilisant sur les réseaux sociaux pour essayer de se faire remarquer.

— J'ai l'impression d'assister à un enterrement avec tout ce noir, commente King par-dessus le bord de son gobelet en carton à l'effigie de l'Espresso Patronum.

Je le regarde de travers alors que nous nous frayons un chemin dans les profondeurs du stade : j'apprécie moyennement le parallèle, à cet instant précis.

— Écoute-moi bien, *Ton Altesse*. Fais bien attention à ce que tu dis, parce que j'adore ce sport.

Carter pince les lèvres au surnom, mais ne répond rien.

Nous montrons nos badges à l'agent de sécurité qui monte la garde devant les vestiaires et j'envoie un texto à Mase pour lui dire que nous arrivons.

— J'aurais pensé que *toi*, plus que quiconque, tu aimerais ça, King.

Après tout, le noir mat est la couleur signature de la cour de Sa Majesté.

Il glousse, et j'ai l'impression qu'il me fait signe qu'il va rester en arrière, sans que j'en sois sûre : les portes du vestiaire s'ouvrent à cet instant précis, et je vois apparaître mon petit ami, sexy comme jamais. *Bordel de merde !* Sa tenue de football me fait toujours un effet formidable, mais il est encore plus sexy tout de noir vêtu, et rien que de le regarder m'excite au-delà du confortable.

Le maillot est noir avec de fines lignes rouges sur les épaules, le lettrage rouge et gris. Son maillot isolant, en dessous de son maillot de football, est également noir et présente un délicat tissage gris, ce qui lui donne l'illusion d'une armure en cotte de mailles.

Ensuite, il y a la plus grande invention de la mode sportive : le pantalon de football. Cette paire particulière est noire avec une seule bande rouge sur les côtés.

Vous croyez que ce serait inapproprié de lui demander de se retourner pour qu'on puisse reluquer ses fesses ? C'est pour une amie.

Je laisse la question de ma pom-pom girl intérieure en suspens. Cette question a beau être légitime, je continue mon inspection vers le bas jusqu'à ses chaussettes et ses crampons noirs. Il ne lui manque que son nouveau casque noir avec son faucon gris dessiné dessus.

— Et si tu regardais par ici, bébé ?

Je lève la tête et je rougis lorsque je croise ses yeux verts étincelants. Manifestement, au vu des larges fossettes qu'il affiche, il apprécie mon regard lubrique sur lui.

Il glisse ses mains autour de mes hanches et avance jusqu'à ce que mon dos entre en contact avec le mur.

— Fais bien attention à ce que tu fais, parce que j'ai un match à jouer.

La sonorité rauque de sa voix me dit clairement qu'il aimerait qu'il en soit autrement. Je passe mes mains sur ses épaulettes, puis sur sa poitrine et sur son ventre, faisant courir mes doigts sur les muscles qui se contractent sous mon contact.

— Après le match… ?

Mon ton est plein de promesses alors que je le regarde de sous mes cils.

— Sûr que je goûterai à ton arc-en-ciel un peu plus tard, Skittles.

L'onde de chaleur qui se répand dans tout mon corps n'a rien à voir avec les multiples couches que je porte et tout à voir avec ses sous-entendus lascifs.

— Des promesses, des promesses.

Je remonte mes doigts le long de son corps, j'en accroche un dans le V du col de son maillot et je pousse sur mes orteils. Avant que je puisse combler l'écart entre nous, Mase recule pour s'éloigner de moi d'un mètre ou deux.

— Montre-moi.

Il pointe ma poitrine du doigt. Je pourrais faire l'imbécile et faire semblant de ne pas savoir ce qu'il veut, mais je ne suis pas si méchante. Enfin… pas tant que ça. J'ai refusé de lui envoyer une photo de mon t-shirt par texto, comme je le fais habituellement, mais je voulais absolument voir sa réaction en direct.

Et j'ai envie de faire durer le plaisir.

Je lui tourne le dos, et rassemble mes cheveux par-dessus mon épaule pour que le lettrage NOVA #87 sur le dos de mon sweat-shirt noir s'affiche dans toute sa gloire de propriété revendiquée par mon homme des cavernes.

— Kay, m'avertit Mase.

Oooh, quelqu'un est extra-grondant, aujourd'hui. J'adore.

Je me mords la lèvre pour retenir mon sourire en coin et je me retourne.

Son regard intense sur moi est comme une caresse physique. Il commence par le haut de mon bonnet noir à pompon gaufré, s'arrêtant brièvement sur mes lèvres serrées entre mes dents, et je sais qu'il a très envie d'être celui qui mord dedans. Il continue son inspection vers le bas, et il se caresse la lèvre inférieure des dents tandis qu'il observe la façon dont mon legging noir doublé de laine polaire épouse mes jambes, avant de descendre jusqu'aux pointes de mes hautes bottes noires doublées.

Je dois faire un effort pour avaler ma salive quand son regard brûlant se pose sur l'endroit où mes doigts sont agrippés à l'ourlet de mon – enfin, son – sweat-shirt.

Couche après couche, je soulève le sweat-shirt puis l'épais pull en laine qui se trouve en dessous jusqu'à ce que... finalement... je révèle mon t-shirt et son *Mon cœur est là, en bas sur le terrain*. Il y a aussi un ballon de football avec un cœur et un 87 au milieu.

Je ne cille pas, et mes yeux finissent par me piquer tant je suis incapable de détourner le regard. Comment le pourrais-je quand il lève son pouce pour caresser sa lèvre inférieure ? *Allons, sérieusement !* Il a déjà tout du fantasme éveillé, pourquoi doit-il en plus sortir un mouvement tout droit venu du *Manuel du mec sexy* ?

— Et le mien est dans les putains de tribunes.

Sa voix est rauque alors qu'il se jette littéralement sur moi. Ses mains enveloppent mes fesses tandis qu'il me prend dans ses bras, et je ne ressens même pas l'impact de mon corps contre le mur alors qu'il me serre contre lui et que sa bouche se presse sur la mienne.

Il aspire ma lèvre inférieure dans sa bouche, sa langue léchant l'endroit où j'ai planté mes dents plus tôt. Je soupire et passe mes doigts sur les cheveux courts de l'arrière de sa tête.

Je serre mes jambes autour de lui pour faire levier alors qu'il se fraie un passage de ses mains sous mes couches de vêtements. Il laisse échapper un grognement de frustration quand il rencontre mon t-shirt thermique moulant.

— Pourquoi faut-il que tu portes autant de *foutues* épaisseurs ?

Je souris contre sa bouche avant de laisser tomber ma tête en arrière pour qu'elle repose contre le parpaing peint derrière moi, et je me à faire des dessins sur la base de son crâne, du bout des doigts.

— Eh bien, vois-tu... C'est à cause de mon petit ami.

— Raconte.

Il affiche une fossette, et je plante un doigt dedans.

— Eh bien... il joue au football, et il aime me voir assise dans les tribunes derrière le banc de son équipe. Donc, quand il fait un froid de canard dehors, si je veux éviter les engelures, je suis obligée de mettre un bon nombre d'épaisseurs.

Il pince une de mes fesses, et je laisse échapper un glapissement.

— Tu te crois maline, hein ? Il ne fait pas *si* froid que ça.

— Bien sûr que *si*.

J'agite une main gantée devant son visage.

— Je suis sûr qu'il apprécie le sacrifice.

— Il paraît, oui.

Je souris et joue le jeu, mais je reprends mon sérieux quand il pose son front sur le mien.

— Il de la chance de t'avoir pour l'encourager depuis les gradins dans des conditions aussi extrêmes.

— Ça, oui.

Je m'efforce de maintenir le contact visuel alors que nos fronts se pressent l'un contre l'autre.

— Bon sang, vous êtes en train de me filer la gerbe.

La voix de Carter résonne dans le tunnel.

— *La ferme*, King, rétorqué-je du tac au tac. Tu es censé être un chaperon *silencieux*.

Mase repose ses mains sur mon visage, et me ramène à l'instant présent.

— Je t'aime, bébé, lâche Mase, abandonnant toute velléité de jouer, ce qui fait chavirer mon cœur.

Je lève mes mains pour les poser autour de ses poignets qui nous maintiennent serrés l'un contre l'autre.

— Je t'aime aussi.

Nous restons ainsi, nos regards plongés l'un dans l'autre, à essayer de communiquer tout l'amour et le désir que nous ressentons l'un pour l'autre.

— N'est-ce pas mignon ?

Cette fois, la voix qui nous parvient n'a plus rien de taquin, elle est venimeuse ; et elle vient de ma droite, pas de ma gauche. Ce n'est pas King. Elle est familière, cependant, et particulièrement malvenue. C'est une voix qui est annonciatrice de problèmes.

Instinctivement, je resserre mes bras et mes jambes autour de Mase pour tenter de le maintenir en place.

— Parker.

La voix de Mason est particulièrement haineuse.

Rien de bon ne peut sortir de ça. *Absolument* rien.

Je sais comment Liam pense. Ce n'est pas une rencontre

fortuite. Il n'a pas obtenu la réaction qu'il voulait avec ses délires sur les réseaux sociaux ou en envoyant Chrissy/Tina chez moi, alors il est venu exprès nous trouver pour chercher la bagarre. J'imagine qu'il croit pouvoir provoquer suffisamment Mase afin qu'il pète les plombs et se fasse sortir avant le match.

Derrière moi, j'entends un bruit de pas précipités, mais je n'ose pas quitter Liam des yeux pour vérifier si c'est King : Liam est comme le serpent acculé, tout prêt à frapper au premier moment d'inattention.

— Tu sais, Parker…

King parle calmement, froid comme de la glace, tout prêt à relever le défi qu'il représente comme si c'était un samedi soir de course. Et qui sait ? Peut-être que c'est pareil pour lui, au final. Du coin de l'œil, je le vois contourner Mase et se placer entre nous et Liam.

— J'aurais pensé que tu savais qu'il ne fallait pas jouer avec les miens, ajoute King en secouant la tête comme pour réprimander un enfant un peu trop remuant. Est-ce que tu as pris trop de coups sur la tête, en jouant au football ?

Le visage de Liam s'en tord de contrariété, et il s'étouffe presque. Puis il tend un bras agressif vers moi, pour me désigner. *Première erreur*.

— Elle ne fait pas partie de ta cour.

Deuxième erreur.

À cet instant-là, j'ai l'impression qu'il va se passer quelque chose de grave, et qu'on est en train de marcher sur ma tombe quand Liam incline la tête sur le côté pour me considérer.

— TRAVIS ! hurlé-je à m'en déchirer les cordes vocales, aussi fort que je peux, au point que mes poumons protestent sous l'effort.

Je prie pour qu'il m'entende malgré le bruit permanent dans les vestiaires.

Mase resserre ses mains sur moi à m'en faire mal quand mon cri incite Liam à reporter son attention sur moi.

Les portes rouges du vestiaire s'ouvrent brutalement et Trav les franchit à grands pas

— Pourquoi est-ce que tu m'appelles par mon nom ent…

Trav s'interrompt brutalement en même temps que le cliquetis de ses crampons sur le sol cesse.

J'utilise toute la force des muscles de mes cuisses pour

regarder par-dessus les épaulettes de Mase et croise le regard inquiet de Trav qui se tient debout tout en maintenant la porte ouverte avec un pied.

— Va. Chercher. Les. Gars.

Un cri de faucon déchire l'air, ce qui fait surgir ce qui semble être toute l'équipe des Hawks à la porte. Pourquoi ai-je néanmoins l'impression que ce ne sera pas suffisant ?

Liam claque de la langue, trop stupide ou trop arrogant pour comprendre qu'il s'est de lui-même mis dans une situation précaire à se jeter dans la gueule du loup. Son regard va de Mase et moi à Carter.

— À moins que… Nova ne soit pas le seul à profiter de mes restes ? La princesse du football s'agenouille peut-être aussi devant la cour de Sa Majesté, et fait davantage qu'embrasser la bague ?

Un silence épais s'installe dans le tunnel tandis que tous les muscles du corps de Mase se tendent.

Avec un calme qui m'évoque l'œil d'un ouragan, il fait glisser ses mains le long de l'arrière de mes cuisses, et attrape mes genoux pour desserrer mes jambes et me faire descendre au sol. Il essaie ensuite de me mettre à l'abri derrière lui en me poussant.

Je m'accroche à l'avant de son maillot. Si je peux comprendre qu'il éprouve le besoin de me protéger, il ne se rend pas compte que je ressens la même chose pour lui.

Malheureusement, Mason fait littéralement deux fois ma taille, et il m'entraîne avec lui sans même s'en rendre compte à chaque pas qu'il fait vers Liam.

King se place devant nous, et les bras de Trav se bloquent autour du cou de Mase tandis que Kev et Alex se placent à nos côtés.

— Non, dit Trav en serrant les dents alors que nous luttons tous pour retenir Mason.

— Qu'est-ce que tu viens de dire à propos de ma copine ?

Je ne l'ai jamais entendu s'exprimer d'une voix aussi férocement froide.

— Mase, dis-je en posant mes mains bien à plat sur son torse tout en plantant mes talons dans le sol pour essayer de l'arrêter. Il n'en vaut pas la peine.

Mase essaie de se dégager des bras qui le retiennent.

— Je. Ne. Le. Laisserai. Pas. Parler. De. Toi. Comme. Ça.

— S'il te plaît.

Je le pousse, et j'avance.

— Mase. C'est ce qu'il veut.

A force, nous parvenons à lui faire réintégrer les vestiaires, et je transpire à grosse gouttes quand la porte se referme derrière nous.

— Cet *enfoiré* mérite une bonne leçon.

Ses coéquipiers maintiennent leur emprise sur lui tandis que je me lève pour prendre son visage dans mes mains.

— Il n'en vaut pas la peine, insisté-je, mais il ne me regarde pas. S'il te plaît.

J'essaie d'attirer son attention en tirant sur ses oreilles, mais il ne réagit pas.

— S'il te plaît, Mase !

Il baisse finalement ses yeux vers moi, ses pupilles encore dilatées de fureur.

Il redresse le menton puis se libère de la poigne de ses coéquipiers, et la seconde d'après, je suis écrasée contre sa poitrine, mon front heurtant le plastique dur de son plastron.

— Quelqu'un veut me dire à quoi rime toute cette agitation ? hurle le coach Knight en se frayant un chemin à travers un groupe de joueurs.

— Y a pas de problème, répond Trav pour le groupe. C'est réglé, coach.

Coach Knight s'arrête quand il me repère dans le groupe.

— Kayla. Tu ne devrais pas être ici.

— Je sais. Je suis désolée, je m'en vais.

Je me libère de l'étreinte de Mase, et me dirige vers la porte.

— Sûrement pas, bordel !

Mase me tire par la main pour m'empêcher de sortir. Il est plus qu'énervé. Il balance des jurons à tout-va, une veine palpite sur sa tempe, et sa poitrine se soulève comme s'il venait de courir quatre-vingt-dix mètres avec le ballon dans les mains sans s'arrêter.

Je lui montre le texto de King qui vient d'arriver sur mon téléphone.

— Tout va bien. Il est parti.

Il suffit d'un seul pas à Mase pour se retrouver devant moi, et il enroule une main autour de ma nuque, totalement oublieux de notre public composé de tous ses coéquipiers. C'est mon Néandertal, avec sa possessivité, et je dois lutter pour qu'il me lâche.

— Kay.

Ses cils ombrent ses joues et il ferme les yeux pour respirer mon parfum.

— Je sais, Néandertal, soufflé-je, en sachant parfaitement ce qu'il pense sans qu'il ait besoin de l'exprimer avec des mots. Utilise ça pour aller botter les fesses de ces fichus Nittany Lions.

Des cris de faucon répondent à mon injonction et m'accompagnent alors que je dépose un doux baiser sous la mâchoire de Mase et quitte les vestiaires pour aller rejoindre King.

Au fond de moi, je sais parfaitement que la partie est loin d'être terminée.

CHAPITRE 58

MASON

Le tunnel d'entrée résonne encore des derniers accords de la musique d'introduction de l'université, mon corps vibrant à chacun des échos des percussions. Ma poussée d'adrénaline, celle qui me traverse habituellement avant un match, n'a rien à voir avec la rage meurtrière qui m'habite depuis ma rencontre *fortuite* avec Liam Parker.

J'avais déjà envie de lui botter les fesses avant, mais cet enfoiré donne l'impression qu'il veut mourir à s'en prendre à ma copine de cette manière. Je serre les doigts, et mes jointures craquent quand je repasse la conversation dans ma tête.

Trav pose une main sur mon épaule :

— Ça va, mec ?

Je fais oui de la tête, même si c'est faux.

— Cette histoire n'est pas terminée.

Ma voix est étrangement calme, par rapport au tsunami d'émotions qui habitent mon corps.

Il tend le poing et je le choque, deux fois.

— Putain, non. Mais on s'occupera de ça après, lâche Trav.

Il pointe le terrain de son casque, pour me rappeler que je dois rester concentré sur le jeu.

— Après, acquiescé-je.

L'énergie palpable que seul ce match en particulier peut générer envahit le tunnel alors que l'écran géant passe de la vidéo d'introduction au direct et que *Thunderstruck* d'AC/DC retentit dans la sonorisation. Dans un grand cri de ralliement collectif, l'équipe entre sur le terrain en courant.

L'odeur de soufre du feu d'artifice qui a été tiré avant notre entrée flotte encore sur le terrain, et un brouillard de fumée blanche tombe sur la foule alors que nous prenons possession du stade.

Le public est une véritable marée noire, et tout ce noir transforme les spectateurs en ombres mouvantes au point qu'on aurait presque l'impression que le stade est vide, si ce n'était les cris et acclamations assourdissantes de dizaines de milliers de fans des Hawks.

Tout en me dirigeant vers notre banc avec le reste de mes coéquipiers, je prends le temps de chercher Kay dans les tribunes. D'habitude, j'attends que la pièce du tirage au sort ait été lancée pour la chercher, mais ce soir j'ai besoin de la voir là, sur son siège, j'ai besoin de me rassurer, de la savoir en sécurité.

Je sens mes épaules se détendre sensiblement lorsque j'aperçois son sourire éclatant et son timide signe de la main. Je frappe de ma main sur mon cœur puis pointe un doigt vers elle, avant de courir rejoindre les autres capitaines pour le tirage au sort.

Bras dessus, bras dessous, Trav, Alex, Kev et moi nous dirigeons vers la ligne où l'arbitre et la caméra nous attendent. Un rictus se dessine sur mes lèvres quand je vois que Parker se trouve parmi les maillots blancs des joueurs qui ont été choisis pour représenter Penn State.

À ma gauche, Kev fredonne la marche funèbre, et à ma droite, Trav serre mon bras pour me rappeler de garder la tête froide.

— Dis-moi, Nova, lance Parker avec une sourire mauvais derrière la grille de son casque ; à quel degré ta petite pute s'est-elle effondrée une fois que je suis parti ? C'est peut-être une princesse du football, mais c'est surtout une reine du drame.

Je me propulse en avant, mais mes amis me font reculer. Ma rage refait surface instantanément, j'ai le cœur qui tape comme un fou, la respiration hachée.

L'arbitre se glisse entre nous, une pièce commémorative à la main, son regard allant des maillots blancs aux noirs, attendant la poignée de main d'usage entre les capitaines.

Aucune chance que ça arrive.

Comme s'il avait entendu, l'arbitre secoue la tête avant de lancer la pièce.

Les Nittany Lions gagnent, et choisissent de recevoir en premier. Voilà qui me convient parfaitement : cela va donner à mes gars en défense leur première occasion de donner à cette ordure une leçon de respect. La façon dont les yeux sombres de Kev scintillent dans l'ombre de son casque me laisse à croire qu'il pense la même chose.

— Souffle un baiser à Kay pour moi.

Parker retire son casque et fronce ses lèvres dans ma direction.

Des corps vêtus de maillots noirs entrent dans mon champ de vision en un instant, et mes amis m'encerclent.

— Que je ne n'entende plus jamais son nom dans ta *putain* de bouche, grogné-je comme une bête enragée, ma haute stature me permettant de voir comme le sourire de Parker s'élargit par-dessus l'épaule d'Alex.

Parker fait exprès de me provoquer. Je le sais. Mes gars le savent. Cela ne change rien au fait que je n'ai qu'une envie, lui botter les fesses ici et maintenant, et laisser son corps exsangue étalé sur le faucon peint sur le gazon.

Le bruit strident d'un sifflet traverse ma brume de fureur et je me laisse guider jusqu'au banc des Hawks.

J'arrache mon casque de mon crâne et le serre contre mon flanc, tout en m'efforçant de chasser toutes les pensées impliquant Parker pour me concentrer sur la seule personne importante dans ma vie : la blonde aux mèches rouges et noires qui me sourit depuis les tribunes.

Je lève le bras pour pointer mon casque dans sa direction, je lui fais un clin d'œil et lui renvoie son baiser soufflé. Avant que je ne me retourne, Kay fait un Y avec sa main, ce même geste qu'elle a fait à Pops pendant la compétition de la NJA. Je fais la même chose avec ma main libre, tout en notant mentalement de lui demander la signification de ce geste.

Je retourne vers le banc d'un pas martial, tout prêt à profiter des souffrances qui vont s'abattre sur ce sombre crétin.

Le sifflet retentit.

Le quarterback appelle le jeu.

Le ballon entre en scène, et les lignes se mettent en mouvement.

Le choc des protections contre les protections est comme de la musique à mes oreilles, surtout quand l'un de nos défenseurs balaie littéralement Parker.

Les Nittany Lions ne parvenant pas à marquer, les lignes se remettent en place pour la deuxième tentative, mais ils ne vont pas plus loin qu'une vingtaine de mètres.

Aux troisième et huitième tentatives, le quarterback passe le ballon à Parker, et il a à peine le temps de se mettre à courir que Kev lui balance son épaule en plein dans le ventre pour le propulser brutalement au sol. À chaque fois, Kev reste son visage juste au-dessus du sien jusqu'à ce que les arbitres les séparent.

Le sourire sur le visage de mon ami alors qu'il court hors du terrain, casque à la main, me dit à quel point il aime ce qu'il fait.

Et ce n'est que le début.

J'ai mal à l'estomac comme jamais cela ne m'est arrivé pour un match de football ; et pourtant, j'étais dans les tribunes quand E a joué le Super Bowl.

J'ai été incapable de rester assise depuis que j'ai rejoint ma place dans les tribunes, tout à la fois excitée par le match et incapable de m'empêcher de me repasser le film de ma confrontation avec *l'autre connard*.

Quand je leur ai raconté ce qui venait de se passer, G et CK se sont efforcés de me réconforter, et je dois bien admettre que je suis contente que JT ait choisi King comme confident sur la situation, au lieu d'E. JT s'est efforcé de me protéger, alors qu'E aurait sauté dans sa voiture pour revenir directement refaire le portrait de Liam s'il avait su tout ça.

Ce qui me rend le plus nerveuse, c'est que je connais mon petit ami. Aucune chance qu'il laisse passer les insultes de Liam. Il erre sur les lignes de touche avec des airs de tueur et même à cette distance je peux voir ses jointures blanchies autour de son casque lorsqu'il m'envoie son baiser à distance.

Je peux presque sentir les vibrations du sol à chaque tacle de Kev, et je sursaute systématiquement. Pendant toute cette série de tentatives de Penn State, la défense des Hawks n'a fait aucun compromis, et a puni sévèrement chaque percée des joueurs de Penn State.

Un coup de sifflet interrompt le match, mais Kev maintient malgré tout Liam cloué au sol. Le genou de Kev est appuyé sur le gazon, la pointe de son crampon s'enfonce, son pied se cambre sous l'effort. Il a les mains accrochées dans le maillot de Liam, alors que leurs casques se heurtent lorsque Kev rapproche son visage de celui de Liam. Bien sûr, ils sont trop loin pour qu'on puisse entendre quoi que ce soit, mais la façon dont Kev fait jouer les muscles de ses avant-bras est explicite : il ne s'agit pas d'une petite conversation amicale.

Je ne m'étais même pas rendu compte que je retenais mon souffle, jusqu'à ce que j'expire bruyamment lorsque les arbitres interviennent pour les séparer et que tout mon corps se relâche.

— Ouille.

G frappe ses mains ensemble alors que nous regardons un Kev manifestement ravi courir jusqu'à la ligne de touche et échanger un genre de rituel fraternel avec Mase, à base de claquements de mains et de chocs de poings.

— Être à l'abri de ton mec parce qu'ils jouent en attaque tous les deux ne va pas permettre à l'autre enfoiré de s'en sortir sans bleus.

—Je suis d'accord, confirme CK, les yeux luisants d'approbation derrière la monture de ses lunettes. On dirait que toute l'équipe prend ta défense.

La sensation de chaleur familière que j'ai appris à associer à notre groupe, notre *famille* en devenir, commence à bouillonner en moi. Je passe mes bras sous ceux de CK et de G, tous deux étant mes premiers *frères* après JT, et je pose ma tête sur la courbe du biceps de G ; parce que, soyons réalistes, il n'y a aucun moyen pour moi d'atteindre son épaule.

La politesse voudrait que nous reprenions nos places, mais personne autour de nous ne se plaint et nous restons debout pour regarder la ligne d'attaque et Mase prendre possession du terrain.

Trav lance un ballon qui vole jusqu'à Alex, lequel court pour atteindre la ligne des trente-cinq de Penn State avant de se faire plaquer.

Bordel de merde ! Qu'est-ce qu'ils ont mis dans la Gatorade ?

J'ai presque envie de rire devant le commentaire de ma pom-pom girl intérieure : il est indéniable que l'équipe a décidé de toute donner, et c'est *brutal*.

La passe suivante atterrit dans les mains de Mase. Il s'élance, trouve un trou dans la ligne, et passe à travers pour aller réaliser le premier touchdown pour les Hawks.

Les canons retentissent, la fanfare explose, et les dizaines de milliers de fans des Hawks hurlent des acclamations à s'en fracasser les cordes vocales.

Mon petit ami se tient dans la zone d'en-but, le bras perpendiculaire au sol, et le ballon pointé vers le banc de Penn State ; puis il plante ledit ballon avec détermination dans le sol. C'est une véritable déclaration de guerre.

7 à 0 pour les Hawks.

Il faudra attendre le deuxième quart-temps pour que le tableau d'affichage change à nouveau grâce à un plaquage d'un running back de Penn State.

7 partout. Égalité.

À *chaque fois* que Liam s'élance, un joueur des Hawks lui tombe dessus, chaque tacle étant plus violent que le précédent. Je ne vois rien à redire à ça.

Il ne reste plus que deux minutes de jeu sur cette mi-temps. L'équipe fait front uni, et ils sont bien placés sur le terrain : je sais que Trav va s'efforcer de mettre à profit ce temps pour creuser l'écart avant la fin de ce deuxième quart-temps.

Sa voix résonne haut et fort pour appeler le jeu. Le centre frappe la balle, Trav la fait tourner dans ses grandes mains et se met à la recherche d'un receveur.

Heureusement que je porte des gants, sinon l'avant-bras de G porterait la marque de mes ongles sur toute sa longueur, à force que je le serre comme une démente.

Je vois l'opportunité une fraction de seconde avant Trav : Alex se débarrasse du défenseur qui est après lui et se libère pour pouvoir faire une passe latérale. Il plie le coude, le bras au plus haut sur le côté, le ballon parallèle à l'avant-bras, Alex le place près de son corps. Il regarde vers le bas du terrain pour voir s'il a une option claire, mais ce n'est pas le cas.

Alex fait des petits pas, évitant de justesse de se faire plaquer, jusqu'à ce que Mase se libère tout en arrêtant un plaquage défensif, et crée un trou assez grand pour qu'Alex puisse marquer.

14 à 7 pour les Hawks.

La deuxième mi-temps est du même acabit que la première. Chaque coup porté à Liam par la défense, et en particulier par Kev, est plus punitif que le précédent. Dans le stade, l'atmosphère semble prendre en intensité à chaque seconde qui s'écoule sur le décompte du temps de match.

Au cours du troisième quart-temps, Penn State parvient à ramener le score à égalité avec une action de son quarterback.

Je me tords les mains, contente d'avoir des gants pour les protéger de la morsure du froid mais aussi de mes dents. Sans quoi j'aurais déjà ruiné ma manucure à force de me ronger les ongles.

Plusieurs actions, dont une magnifique de Noah sur cinquante-six mètres, permettent de maintenir l'égalité.

17 à 17.

Quatrième quart-temps.

Plus que deux minutes de jeu.

Penn State a le ballon et se trouve dans la zone rouge des Hawks.

Le quarterback appelle le jeu. Il lance le ballon.

Kev, capable de lire le jeu d'instinct, se jette directement sur Liam, et l'empêche de partir avec le ballon, lequel lui tombe des mains.

Je jurerais que les murs du stade tremblent lorsque la foule se lève et se met à hurler.

Les joueurs se bousculent sur le terrain.

Ils s'empilent au-dessus du ballon.

Les sifflets retentissent.

Les arbitres interrompent la mêlée.

Et l'un de nos joueurs récupère le ballon.

Le bruit devient assourdissant.

Une minute et demie à jouer avec deux temps morts.

La balle est à nos quinze mètres.

Il est temps pour Trav de mener nos garçons à la victoire.

Pas une seule personne dans le stade ne se rassied.

Ligne après ligne, ils descendent le terrain.

Il reste dix secondes de jeu. Trav feinte, avant de passer le ballon à Mase, lequel court sans être arrêté pour un touchdown.

C'est fini.

Les Hawks de l'Université de Jersey sont maintenant les champions en titre de la division Est du Big Ten.

Les poteaux de but sont mis à bas alors que des milliers de supporters des Hawks se précipitent sur le terrain, la pelouse verte se transformant en marée noire.

G et CK m'aident à passer par-dessus la balustrade pour que nous puissions rejoindre la mêlée, et je cours vers le banc des Hawks, ayant besoin de monter sur quelque chose si je veux espérer que mon homme me repère dans la foule qui déferle sur le terrain.

Bien sûr, il me voit le premier, et parcourt la distance qui nous sépare de sa longue foulée déliée. Il est tellement sexy, le casque à la main, le protège-dents encore coincé entre ses dents, et les cheveux trempés de transpiration.

— Félici...

Il me soulève dans ses bras et me serre fort tout en déposant un baiser à couper le souffle sur ma bouche.

Même à travers la doublure polaire de mon legging, je sens le froid de son casque le long de mes fesses lorsque j'enroule mes jambes autour de la taille de Mase. Je m'accroche à lui comme un singe, sans me soucier de son maillot trempé de sueur, des supporters qui l'acclament, de ses coéquipiers qui sont en liesse, ou des flashes constants des appareils photo. Rien d'autre ne compte que ce baiser.

Il lèche mes lèvres de sa langue, et je les ouvre, pour caresser sa bouche de la mienne.

— NOVA ! crie Trav. On vient juste de gagner un match de foot, arrête de jouer avec ta copine, et ramène tes fesses ici !

Je décroche mes chevilles en pensant qu'il va me reposer au sol, avant de me mettre à hurler quand il me jette sur son épaule, la tête en bas.

— *Mase !*

Je mets une claque sur son délicieux fessier. Oui, j'ai bien dit *délicieux*. Dois-je le redire ? *Pantalon de football.*

— Pose-moi !

Il me claque une fesse à son tour, mais en profite pour continuer à la peloter.

— Pas question, Skittles. Tu es *mon* trophée.

Malgré ma tête en bas, je distingue quatre jeux de crampons

et les paires familières de Jordans et de Converse quand Mase pénètre dans le cercle de nos amis.

Je passe d'une paire de bras à l'autre, chacun des gars me soulevant comme si j'étais vraiment un trophée. Je suis trop fière d'eux pour m'en offusquer.

Les journalistes finissent par se diriger vers notre petit groupe, chacun se disputant les premières interviews d'après-match avec les vainqueurs. Mase passe un bras autour de mes épaules et me rapproche de lui, son casque venant masquer mon visage alors qu'il commence à reculer.

Je tombe un peu plus amoureuse de lui à chaque jour qui passe, et encore plus quand je vois comment il est capable, d'instinct, de me protéger des regards. Oui, je réussis assez bien à ignorer les commentaires sur l'Instagram de l'université, maintenant ; mais passer à la télévision nationale, c'est un autre degré de médiatisation, pour lequel je ne suis pas prête.

Je pose une main à plat sur son ventre, et fais un geste du menton vers Trav.

— Mase. Stop. Vas-y. C'est *votre* moment.

Ses yeux s'étrécissent, et je vois bien que cela ne lui plaît pas.

— Non. Je veux être avec toi. Ils pourront m'interviewer dans les vestiaires.

Même si je suis flattée, je refuse qu'il se prive de cet instant. Il a gagné le droit de profiter de ce moment. De plus, c'est exactement le type de couverture médiatique qui lui donnera un avantage lors de la présélection au printemps.

*La présélection. *Rajuste son ruban* tu parles d'un sujet dont* tu *ne veux* PAS *parler !*

Je lève la main pour caresser sa mâchoire, et je m'attarde du pouce sur son ombre de barbe.

— Non. Vous l'avez mérité. C'est votre heure de gloire.

Il pose sa main sur la mienne, laquelle est toujours posée sur son visage. Sa paume est toute chaude, et je m'appuie dessus malgré la saleté. Il caresse les jointures de mes doigts.

— Très bien. Je n'aime pas ça, mais si tu y tiens, je vais le faire.

Il m'embrasse une dernière fois avant de me relâcher, puis siffle pour attirer l'attention de G. Ce n'est qu'une fois que je suis bien entourée de CK et G que Mason se laisse entraîner dans l'interview du journaliste le plus proche.

Je risque un coup d'œil sur Mase pendant que nous nous éloignons, et je ne peux qu'être aveuglée par son sourire qui est aussi scintillant que les lumières du stade. Cette interview n'est probablement que la première d'une longue série, et je m'en réjouis.

G tire sur le pompon de mon bonnet pour attirer mon attention.

— Allez, p'tit bout. Allons te chercher un café géant, cela va te mettre dans l'ambiance de la fête.

La fête de la victoire chez les AK. J'avais oublié. *Quel bonheur !* Ou pas.

Chapitre 60

UofJ411 : Quelqu'un était chaud #RegardezMoiCa #CasanovaWatch
boomerang de Mason que l'on tire en arrière lors du tirage au sort
@lt.sgottabethebooks : T'as intérêt à faire gaffe à tes fesses @TightestEndParker85. Notre @CasaNova87 va te botter le cul plutôt deux fois qu'une ce soir #PassezMoiLePopCorn
@JJennifermarie119 : Moi je parie sur @CasaNova87 en tous les cas s'il est face à @TightestEndParker85. #OuvrezLesParis

UofJ411 : Alors, VOILÀ qui a dû faire bien mal #Ouille
boomerang de Kev qui écrase Liam au sol
@Hbietsch : Je sais que @TightestEndParker85 n'est pas quarterback, mais voilà pourquoi notre #91 a pour pseudo @SackMasterSanders91 #DejeunerAEmporter #CommentEtait-LeGazon?
@Heymom05 : @TightestEndParker85 #TuVeuxDeLaGlace?
@Hippychick782000 : Oooh, tu veux un doudou, @TightestEndParker85 #QuelBébé

. . .

UofJ411 : *ÇA*, c'est du baiser #PhotoInsta #Kaysonova
photo de Mason qui embrasse Kay sur le terrain
@JJUllom : J'en ai des étoiles plein les yeux *émoji avec les yeux en
forme de cœur* #Roi&ReineDuFootball #Kaysonova
@Juliedreamsofbooks : Si, ça, c'est pas un instant Kodak !
#CoupleIdeal #DynastieFootball #Kaysonova

UofJ411 : Voilà un nouveau genre de trophée #SouleveMoiAussi
#Kaysonova
photo de Mason qui porte Kay sur son épaule après le match
@Kmford2317 : @CasaNova87 peut me prendre sur son épaule
comme ça tous les jours s'il veut #CasanovaWatch
#ReclamerSonTrophée #Kaysonova

CHAPITRE 61

MASON

La fête de la victoire est déjà bien entamée lorsque nous arrivons chez les Alpha, où nous sommes accueillis en héros. Entre les douches et les interviews d'après-match, cela nous a pris plus de temps que prévu pour revenir ici, et j'ai hâte de retrouver ma copine.

La maison est pleine à craquer de fêtards, et des cris de faucon retentissent lorsque nous entrons. Je suis bousculé, on me tape dans les mains, et on m'attire pour faire des selfies avant même que je ne parvienne à atteindre l'escalier en face de la porte d'entrée.

Dans ma poche, mon téléphone vibre pour la milliardième fois ; le flux de textos et d'appels de félicitations est constant. Ça, et les divers commentaires de Brantley concernant mon interview sur le terrain font que ma batterie de téléphone fond à vue d'œil. Et c'est sans parler du nombre de notifications que j'ai reçues après que UofJ411 s'est mis à poster. Ceci dit, même moi j'ai regardé le boomerang de Kev plaquant Liam au moins une dizaine de fois.

Je me fraie un chemin à travers la cohue : je veux d'abord déposer mon sac dans ma chambre, puis trouver Kay. Bien que j'apprécie, aussi bien sur le plan personnel que professionnel, que

Kay m'ait obligé à participer aux interviews des journalistes sur le terrain, pour moi cela voulait surtout dire que j'allais passer moins de temps avec elle.

Je déverrouille la porte de ma chambre et je grimace devant le tas de vêtements abandonnés en plein milieu de mon lit. Bien sûr, j'aurais préféré trouver ma copine allongée là, nue, mais l'avantage, c'est que je n'aurai pas à me battre contre des kilomètres de tissus pour mettre la main sur sa peau soyeuse.

Même si j'ai surtout envie de trouver Kay et de revenir ici avec elle pour passer ma nuit enfoui entre ses cuisses, c'est probablement une bonne idée de passer un moment à cette fête avant. Les décharges d'adrénaline dues au match et à mes affrontements avec Parker pulsent toujours dans mes veines, et je crains de ne pas être capable de retenir la cavalerie, au risque d'être brutal avec elle. Et je n'ai aucune envie de lui faire mal à cause de notre différence de taille et de force.

Les bruits de la fête qui se déroule deux étages plus bas ne sont qu'un peu assourdis par la distance, mais je parviens quand même à distinguer les rires qui s'échappent de la porte ouverte de Grayson.

J'appuie une épaule contre le chambranle de la porte, et je croise mes chevilles pour observer la scène qui se déroule devant moi. Kay, Em et Quinn sont entassées sur le lit, les unes sur les autres, et rient à une histoire que Grayson leur raconte. Même CK semble amusé, même s'il secoue la tête avec une mimique navrée depuis la commode sur laquelle il est perché.

Je ne sais pas ce qu'il est en train de raconter, mais je m'en fiche : tout ce qui m'intéresse, c'est que Kay semble ne plus être affectée par les événements d'avant-match.

Ses cheveux sont un mélange de boucles blondes et de boucles aux couleurs de l'Université de Jersey, elle a les joues toutes roses et porte toujours mon nom et mon numéro dans son dos. *Bordel !* Elle est tellement belle quand elle est comme ça, insouciante et heureuse.

— Néandertal ! crie-t-elle quand elle me voit.

Elle saute du lit et se précipite dans mes bras.

Je serre son corps contre le mien et dépose un baiser sur le dessus de son casque de cheveux parfumés à la menthe.

— Skittles. Tu devrais peut-être ralentir un peu le jeu si tu veux tenir toute la nuit.

Je tapote le couvercle du gobelet de café à emporter qu'elle tient à la main.

Elle me pince le menton du bout des doigts et de ses ongles vernis en noir.

— Tu as de la chance d'être mignon. Parce que tes blagues sont vraiment nulles.

Le jour où cette fille arrêtera de se moquer de moi, ce sera le jour où je devrai vraiment m'inquiéter. Je la serre plus fort et en profite pour lui voler une gorgée de son café parfumé à la citrouille.

Trav glisse son nez entre nous.

— Yo, les tourtereaux. Vous pourrez vous faire des câlins plus tard. J'ai besoin d'une bière.

— Espèce de jaloux, le taquine Kay en lui appuyant sur le bout du nez.

— Carrément, admet Trav sans honte aucune, tout en passant un bras autour de ses épaules pour l'attirer contre lui. Maintenant, Miniature, j'ai besoin de toi : il faut que tu m'aides à trouver la chanceuse qui pourra partager mon lit cette nuit.

— *Beurk*, lâche Kay en lui mettant un coup dans la poitrine. Ne compte pas sur moi pour mater de la chasseuse de maillot.

— Je croyais qu'on était amis ? Tu as peut-être des goûts discutables pour ce qui est des joueurs de football... réplique Trav en me regardant par-dessus la tête de Kay pour me faire un clin d'œil. Mais tu as bon goût pour les copines. Donc, qui, mieux que toi, pourrait m'aider à trouver une camarade de jeu à QB2 ?

— *Pouah*, gémit-elle, tout en repoussant son bras alors que nous entrons de la salon. Tu appelles *vraiment* ta bite QB2 ?

Son visage est traversé par un mélange de rire, de dégoût et de véritable curiosité.

Trav remplit un gobelet de bière et me le tend avant d'en remplir un autre pour lui.

— Pourquoi pas ? Tu as un meilleur nom ? Comment t'appelles celle de Casanova ?

Le cou de Kay vire au rose vif, et ses joues prennent la même teinte alors qu'elle tourne le dos à mon meilleur ami et l'abandonne pour venir jusqu'à moi. Elle fronce le nez et enfonce un doigt dans une de mes fossettes alors que je lui adresse mon plus beau sourire. Je sais comment elle appelle ma queue, et maintenant elle sait que c'est exactement ce à quoi je pense.

Comme d'habitude, il y a peu de monde dans la tanière, et il est facile de trouver une place dans l'un des fauteuils en cuir. J'étire le bras qui tient ma bière le long d'un accoudoir et j'accroche l'autre autour de la taille de Kay pour la tirer sur mes genoux.

À ma place. À chaque fois qu'elle s'installe ainsi, contre moi, c'est la première chose à laquelle je pense. Elle est mon chez-moi, et je suis *à ma place* avec elle.

— Rappelle-toi juste, Travis, lâche Kay, tout en reposant sa tête sur ma poitrine. *Pas de bras, pas de chocolat.*

Des rires tonitruants saluent sa répartie, et elle reçoit plusieurs invitations à choquer des poings, à chaque fois qu'un de mes coéquipiers passe à côté de nous.

Les conversations vont bon train et deviennent rapidement décousues alors que des gens entrent et sortent de la pièce. À un moment donné, quelqu'un change de chaîne pour passer sur les rétrospectives du week-end sur ESPN mais le son est assez bas pour n'être qu'un bruit de fond.

— Je crois que c'est celle-là ma préférée de toutes les photos virales de vous deux.

Noah se laisse littéralement tomber sur Kay et moi, incapable de saisir le concept d'espace personnel, et nous montre une image sur son téléphone.

Sur l'écran, il y a une photo de moi en train d'embrasser Kay, quand elle est venue me retrouver sur le terrain après le match. Je ne sais pas qui est la personne qui a pris la photo, mais elle a parfaitement capturé toute la passion animale que je ressens pour ma nana.

La photo est prise de côté, ce qui permet de voir clairement comment ses jambes sont enroulées autour de moi, les pieds accrochés l'un à l'autre, une main sur mon visage, l'autre sur les cheveux derrière ma tête. On voit aussi ma main s'agripper sous sa cuisse et mon casque reposer contre ses fesses tandis que l'autre est accrochée autour de son dos. On croirait une affiche de film. *Oh !* Il y a un hashtag qui le dit aussi.

— Oh, mon Dieu !

Kay enfouit son visage dans ma poitrine. Elle fait des efforts pour accepter d'apparaître sur les réseaux, mais je sais bien qu'elle n'aime pas cela pour autant.

Moi ? Je n'ai aucun scrupule.

— Cette photo va aller directement en fond d'écran.

Kay lève la tête et écarquille les yeux.

— Vraiment ?

Elle est adorable. Je dépose un baiser sur le bout de son nez.

— Et comment, bébé ! Franchement, regarde-nous. On est super sexy.

Elle m'adresse son sourire le plus époustouflant de tous, un qui illumine son visage.

— Est-ce que ça fait ringard si on a des fonds d'écran identiques ?

— Putain, on s'en fout. Passe-moi ton téléphone.

Je pose ma bière et tends ma main libre vers elle.

Elle sourit mais fait ce que je lui demande. Je saisis son code, à savoir, la date à laquelle je l'ai invitée à sortir la première fois, je lui envoie la photo et m'occupe de la mettre en fond d'écran. Nous sommes vraiment trop mignons. Ah ! Je suis *sûr* que ça vous donne la nausée, autant de mignonitude, non ?

Alex et Grayson se moquent de nous dans un coin en s'efforçant de créer leur propre version de notre photo, avec Em et Quinn en guise de photographes.

Soudain, toutes les conversations s'interrompent comme un disque qui se raye, et l'air semble comme s'immobiliser.

Tous mes muscles se tendent, et Kay lève les yeux vers moi. Du coin de l'œil, je vois le regard interrogateur qu'elle me lance, mais mon attention reste concentrée sur la porte battante qui mène du couloir à la pièce où nous sommes.

Je la sens se tendre sur mes genoux, et toute la joie qu'elle dégageait s'évanouit instantanément. Je me retrouve soudain avec une boule d'anxiété de moins d'un mètre cinquante entre les bras, lorsqu'elle suit mon regard… jusqu'à l'endroit où Liam Parker se tient dans l'embrasure de la porte.

CHAPITRE 62

KAYLA

La seconde d'avant, j'étais là à me délecter de la sensation des doigts de Mase traçant des dessins sur ma peau libérée de ses épaisseurs, et l'instant d'après, j'en suis à me demander si je ne me suis pas endormie à son contact, parce que je me retrouve face à mon pire cauchemar sans l'avoir vu venir : Liam Parker.

Bordel, mais qu'est-ce qu'il fait là ?

Mon cerveau part comme un dératé dans tous les sens. C'est mauvais.

C'est *vraiment, vraiment mauvais.*

L'incident… dans le tunnel, c'était une chose ; mais pointer son nez là où se trouve à peu près l'intégralité des athlètes des Hawks relève du suicide assisté. Comment est-il seulement parvenu à entrer ?

Si je dois en croire l'agressivité de l'équipe à son encontre pendant le match, il n'y a aucune chance que cette confrontation se termine sans effusion de sang.

Les mains de Mason tremblent quand il me soulève avec lui pour se lever. Mâchoire serrée, veine palpitant sur le côté de son cou, les yeux fixés sur la menace qui se trouve là devant nous, il me repose lentement sur le sol.

Un désagréable frisson visqueux parcourt ma colonne vertébrale lorsque Liam ricane en voyant comment Mase se déplace pour venir devant moi et me protéger de la menace qu'il représente de sa haute stature.

— Sérieux, Kay.

Liam regarde autour de lui tous les joueurs des Hawks qui se déplacent pour se rapprocher de nous et nous soutenir. J'espère qu'à cet instant, il regrette amèrement de n'avoir emmené que deux de ses coéquipiers avec lui.

— Tu es donc vraiment ce genre de fille qui ne regarde pas à la quantité, hein ? D'abord la cour de Sa Majesté, et maintenant toute une équipe de football ?

Mase passe une main le long de mes côtes et me pousse derrière lui.

— Il me semble te l'avoir déjà dit... Ne. Prononce. Pas. *Son. Nom.*

J'agrippe le dos du polo de Mase, et parviens à voir le sourire narquois qui apparaît sur le visage de Liam quand j'arrive à contourner le corps massif de mon petit ami. Ça va dégénérer. *Vraiment* dégénérer.

— Pauvre, pauvre Nova, roucoule Liam avec une sympathie feinte qui me fait grincer des dents. Qu'est-ce que ça fait de savoir que c'est *mon nom* qu'elle a gémi en premier ?

Un long sifflement collectif incrédule résonne dans la pièce à cette question, et mes jointures blanchissent à force de crisper mes doigts sur le tissu du polo de Mase.

— Tiens-toi *putain* loin de *ma* copine.

Mase fait un pas vers Liam et je finis de le contourner, enroulant mes bras autour de sa taille comme un boa constrictor, dans l'espoir de l'empêcher d'avancer. Il ne manque plus qu'une toute petite étincelle pour mettre le feu aux poudres.

Il faut absolument éviter que Mason ne se retrouve impliqué dans une bagarre : ce match attire bien trop l'intérêt des médias. Le genre de bouffonneries que Liam est en train de nous faire peut mettre sérieusement à mal les chances d'un joueur universitaire de devenir pro. Ce genre de choses est aussi rédhibitoire que de mal jouer.

C'est le moment que choisit Liam pour tenter une autre approche.

— Dis donc, Nova, elle fait toujours ce truc avec ses hanches quand elle est au-dessus ?

Il se tortille d'une manière qui ressemble plus à un singe ivre qu'à quoi que ce soit de sexuel.

— Va. Te. Faire. *Foutre*, éructe Mase, fou furieux.

— Ceci dit, il faut bien dire que l'avoir à plat sur le dos était amusant aussi.

Liam se tapote le menton du bout du doigt.

Je reporte mes yeux sur G pour le supplier du regard. Je ne vais pas être capable d'arrêter Mason toute seule, je vais avoir besoin de renfort si je veux avoir le moindre espoir de l'empêcher de faire une bêtise.

— Tu causes beaucoup, Parker, lâche Mase d'une voix étrangement calme et lisse, et la chair de poule s'invite sur mes bras. Mais dans mes souvenirs, le seul à avoir été à plat dos ce soir, c'est toi, rétorque-t-il avec un rictus menaçant. Tu devrais donc sûrement pouvoir me dire, toi… le gazon, il a quel goût ?

Des ricanements fusent dans la pièce, y compris de la part des deux coéquipiers de Liam.

Mase baisse le menton pour vérifier que je vais bien. Dans son inquiétude pour moi, il ne voit pas Liam se jeter sur lui.

À cet instant-là, je ne pense pas. Je ne fais que réagir.

Ma volonté de protéger l'homme que j'aime prend le pas sur mon instinct de conservation et je me jette devant lui, la seule idée qui me traverse l'esprit étant que je dois l'éloigner du danger.

Une violente douleur explose dans ma tête, quelque part depuis le côté de mon visage.

J'ai l'impression de décoller du sol.

Ma tête heurte quelque chose de dur.

Et puis…

Plus rien.

Je sombre dans un trou noir.

OK, OK, je vous entends déjà crier avec vos majuscules, et je sais que vous êtes là, genre, SÉRIEUX, ALLEY !!!! Je veux savoir ce qui se passe après !

Super nouvelle ! Le tome 3 est disponible et il n'y a plus de suspense à la fin !! *Jouer pour gagner (#UofJ3)* est disponible dans Kindle Unlimited.

Jordan Donovan (la chargée de relations publiques de E) est à l'origine de toute la saga des *Anciens de BTU*, et vous pouvez faire sa connaissance dans *Jeux de pouvoir*, si vous êtes curieuse de savoir qui elle est.

Vous voulez un endroit où vous pouvez discuter de mes intentions machiavéliques ? Spéculer sur le degré de folie auquel je vais céder ?

Vous aussi, vous avez des idées dingues, et vous avez envie d'échanger avec des gens aussi fous que vous ? Vous voulez m'aider à organiser la mort de Liam ? Vous aussi, vous voulez vous débarrasser de cette commère d'UofJ411 ? Il y a un groupe Facebook pour tout ça, mais lisez d'abord Jouer pour gagner, *et ensuite venez rejoindre le groupe #UofJ Spoiler.*

Vous faites partie de ces gens qui aiment donner leur avis ? Retrouvez *Nouvelle donne* sur Goodreads, BookBub, et Amazon.

Vous voulez en savoir plus sur King et sa cour ? Sachez que Savvy King s'est littéralement jetée hors de mes doigts sur le papier. Ce roman dérivé de la série UofJ *est également disponible sur Kindle Unlimited sous le titre* Indomptable reine.

À PROPOS DE L'AUTEUR

Alley Ciz est une auteure américaine indépendante. Plusieurs de ses romances sont devenues des best-sellers. Ses romans mettent en scène des héroïnes impertinentes et pleines d'humour capable de mettre à genoux devant elles des hommes au charme pourtant éprouvé. Alley est une accro aux romances, l'amour des livres l'ayant conduite à avoir envie de donner vie par la plume aux fous qui vivent dans sa tête... même s'ils sont incapables de s'en tenir aux plans prévus pour eux.

On peut typiquement trouver cette fan d'Harry Potter vêtue d'un t-shirt humoristique, reliée à une perfusion de café, se gavant de pizzas et de tacos, courant après ses trois miniatures, le tout sous le regard amusé de son labrador jaune de 40 kilos. Probablement le personnage le mieux élevé de la maison.

facebook.com/AlleyCizAuthor

instagram.com/alley.ciz

pinterest.com/alleyciz

goodreads.com/alleyciz

bookbub.com/profile/alley-ciz

amazon.com/author/alleyciz